Sharon Zukowski

Tierisch Tödlich

Ein Kriminalroman

Aus dem amerikanischen Englisch
von Helga Bilitewski

Orlanda Frauenverlag

Originaltitel: Dancing in the Dark
St. Martin's Press, New York

Die Deutsche Bibliothek – CIP-Einheitsaufnahme
Zukowski, Sharon:
Tierisch tödlich: ein Kriminalroman / Sharon Zukowski.
Aus dem amerikan. Engl. von Helga Bilitewski. –
Berlin: Orlanda Frauenverlag 1994
(Orlanda-Krimi)
ISBN 3-929823-18-7

1. Auflage 1994

Redaktion: Karla Ewerhardy
Titelillustration: Mirta Domacinovic
Foto der Autorin: Kelly v. Grider, Jr.
Konvertierung und Umbruch: Satzinform, Berlin
Druck: Clausen & Bosse, Leck

Für meine Mutter, Helen Meyers,
die immer mein größter Fan gewesen ist.

Danksagung

Schon längst bin ich meiner geduldigen Agentin Elizabeth Cavanaugh, Peter Meyers Sen. und Barbara Van Benschoten einen Dank schuldig für die Ermutigung, die Unterstützung, den Rat und die gute Laune. Besonders danke ich meiner Schwester Leeann Zukowski für den Versuch, mir bei der Organisation zu helfen.

1

Ich hasse Termine am Vormittag, und ganz besonders hasse ich Termine am Montagmorgen – sie bringen immer Ärger. Dieser hier war keine Ausnahme.

Es fing an mit dem sauren Ton, in dem mein voraussichtlicher Klient fragte: »Wann kommen die Männer?« Enttäuscht runzelte er die Stirn, als er erfuhr, daß Blaine Stewart eine Frau war. Die Furchen vertieften sich, als ich ihm mitteilte, daß keine Männer kämen. Er murmelte etwas von Frauenbefreiung und legte mit seiner eigenen Geschichte los, bevor ich etwas unternehmen konnte. Von da an wurde es immer schlimmer.

Der Mann dröhnte mit tiefer Stimme vor sich her, und der texanische Akzent verlor nach wenigen Minuten seinen Reiz. Seine Geschichten über das Zusammentreiben der Rinder waren bald nicht mehr lustig, aber meine Versuche, die Unterhaltung auf das Geschäftliche zu lenken, blieben ohne Wirkung. Meine Kaffeetasse war leer. Ich beschloß, sie leer zu lassen; Jacob Faradeux war es nicht gewohnt, unterbrochen zu werden, gewiß nicht von jemandem, die ihre vierte Tasse Kaffee brauchte. Bevor ich mir noch einen vernichtenden Blick zuzog, lehnte ich mich lieber zurück und versuchte, wie die aufmerksame Detektivin auszusehen, die Faradeux engagieren wollte.

»Das Problem ist, daß niemand den Mumm hat, diesen Leuten die Stirn zu bieten. Benji, mein ältester Sohn, ist ein jämmerlicher Angsthase. Sein Bruder Paul ist faul. Der würde auf seinem Arsch sitzen und den ganzen Tag lang fernsehen, wenn ich ihn nicht zwänge, seinen Lebensunterhalt zu verdienen. Sie sagen, ich sollte auf diese Leute hören und mit ihnen verhandeln.«

Faradeux deutete auf die Frau, die neben ihm saß. »Nanci hier ist die einzige, die Mumm hat – und sie ist ein Mädchen.«

Aus seiner Stimme klang tiefe Mißbilligung. Faradeux konnte nicht zugeben, daß seine Söhne seine Stärken nicht geerbt hatten, und auf jeden Fall wollte er nicht zugeben, daß sein Lieblingskind eine Frau war. Frauen wurden von Faradeux nicht sehr geschätzt.

Nanci, die mindestens dreißig Jahre über das Mädchenalter hinaus war, ergriff seinen Arm, um seine Tirade zu beenden. Faradeux ignorierte die Geste.

Ich gab es auf, höflich zu sein; ich brauchte noch eine Dosis Koffein. Ich ging durch das Zimmer zu der Kaffeemaschine auf dem kleinen Tisch in der Ecke, füllte meine Tasse nach und sagte streng: »Kommen Sie zur Sache, Mr. Faradeux. Ich habe nicht die Zeit, mir Ihre Familienprobleme anzuhören.«

»Red, ich habe Ihnen erklärt, warum ich Ihre Firma brauche. Haben Sie mir nicht zugehört?« Faradeux's Gesicht war rot vor Zorn; nach diesem Angriff sahen seine dunklen Augen mich herausfordernd an.

Die Leute haben mich mein ganzes Leben lang »Red« genannt. Ich weiß nicht, warum sie glauben, das sei so eine schlimme Beleidigung – ich mag mein rotes Haar. Ich nahm einen Schluck Kaffee und sagte: »Sie haben mir wunderbare Geschichten über Texas, Ihre Ranch, Ihre Firma und Ihre Familie erzählt. Warum erzählen Sie mir nicht, warum Sie mich engagieren wollen? Und nennen Sie mich nicht noch einmal Red, oder ich bin gezwungen, Sie einen unverschämten Kerl zu nennen und Sie hinauszuwerfen, verdammt nochmal.«

Faradeux warf den Kopf zurück und lachte. Sein Gebrüll hallte durch das Konferenzzimmer, prallte an der hinteren Wand ab und kam zu uns zurück. Schließlich beruhigte er sich wieder und sagte: »Sie gefallen mir. Ich weiß nicht, ob Sie mir Komplimente machen oder mich beleidigen, und ich will es nicht wissen.«

»Mr. Faradeux –«

»Nennen Sie mich Jacob.«

»Jacob, was für ein Problem haben Sie? Warum kann sich nicht jemand in Texas darum kümmern?«

»Wenn ich in Texas Probleme hätte, bräuchte ich Ihre Hilfe nicht, weil ich wüßte, was ich zu tun hätte«, erklärte Faradeux betont langsam. »Meine Probleme sind direkt hier in Manhattan.«

Er begann mit der nächsten umständlichen Geschichte, wie er sein Imperium im Kampf gegen Sandstürme, Sturzfluten und den kalten Nordwind von den Rockies, der eisige Stürme, Frost und

Schnee mit sich brachte, auf der grasigen Hochebene von Texas mühsam aufgebaut hatte. Ich sah seine Tochter an und bat sie schweigend um Fürsprache.

Nanci zog eine Grimasse, öffnete ihre Aktentasche und nahm eine grüne Akte heraus. Sie legte sie auf den Tisch, faltete die Hände und wartete. Die blonde, braungebrannte Nanci sah wie eine kleine, weibliche Ausgabe von Jacob Faradeux aus, nur waren seine Fingernägel nicht so lang und elegant manikürt.

Jacob hielt inne. Schnell sagte seine Tochter: »Sie müssen Daddy entschuldigen, daß er so weitschweifig erzählt, aber er leidet etwas unter dem Jet-lag. Lassen Sie sich kurz von mir informieren. Faradeux Industries ist ein Konglomerat, das sich mit der Viehzucht, Fleischverarbeitung und anderen damit zusammenhängenden Aktivitäten beschäftigt. Im nächsten Monat sollen unsere Aktien an der New Yorker Börse in den Handel gehen. Eine kleine Organisation hier in New York City findet unsere Beteiligung an der Lebensmittelproduktion ...«

Sie zog die Stirn kraus und suchte nach den richtigen Worten. »Sie halten unsere Aktivitäten für moralisch verwerflich. Wir sind anderer Meinung.« Sie reichte mir die dicke Akte. »Darin befinden sich Hintergrundinformationen über unsere Firma und Kopien der Briefe, die wir von der Gruppe erhalten haben, die damit droht, die Feierlichkeiten zu stören.«

»Welche Feierlichkeiten?«

Stolz erklärte Jacob Faradeux: »An dem Tag, an dem wir registriert werden, werde ich den Gong schlagen, um den Handel an der Börse zu eröffnen. Das ist eine besondere Ehre. Ich will nicht, daß mir irgendwelche Demonstranten den Tag verderben. Ich möchte, daß Sie rausfinden, was sie vorhaben, und sie aufhalten.«

»Das klingt ziemlich ominös.« Meine Partnerin Eileen – die zufällig auch meine drei Jahre ältere Schwester ist – stand an der Tür. Jacob erhob sich von seinem Stuhl. Sie bedeutete ihm sitzenzubleiben, trat ins Zimmer und entschuldigte sich für die Verspätung. »Es tut mir leid, daß ich zu spät komme. Ich hatte einen unerwarteten Gerichtstermin. Was habe ich verpaßt?«

Ich warf ihr einen gehässigen Blick zu, der sagte: »Das reicht nicht. Dafür bezahlst du später«, und stellte sie einander vor. Eileen nahm links von mir Platz. Ich schob ihr das Paket Infomaterial zu und sah, wie sich im Zeitlupentempo ein Ausdruck des Entsetzens auf Jacobs braungebranntem und nach sechzig Jahren unter der geliebten Texassonne runzligem Gesicht ausbreitete.

Dem großen Cowboy war in einem Zimmer voller Frauen unbehaglich zumute. Ich mußte beinahe lachen. Ich lächelte auf eine, wie ich hoffte, mitfühlende Art und sagte: »Keine Sorge, Jacob, hier arbeiten auch ein paar Männer.«

»Red, es interessiert mich nicht, wen Sie engagieren, so lange Sie etwas erreichen. Die Jungs vom FBI am Federal Plaza erzählten mir nicht, daß Sie Frauen seien, sondern daß Sie die besten seien. Also, warum trinken wir nicht alle noch eine Runde Kaffee und kommen zum Geschäft?«

Eileen war still. Sie blätterte die Unterlagen in der Akte durch, während ich die Kaffeetassen nachfüllte und Faradeux fragte: »Warum haben Sie sich mit dem FBI in Verbindung gesetzt?«

Jacob wollte antworten, aber seine Tochter hob die Hand. »Daddy, laß mich erzählen.« Während Nanci berichtete, rieb sie mit den Fingernägeln sanft über die Armlehne. »Wir bekommen von vielen Leuten Briefe. Manche enthalten begründete Beschwerden, andere sind ein bißchen verrückt. Wir beantworten jeden, egal, wer ihn geschickt hat.«

Aus den Augenwinkeln sah ich, daß Eileen eine der Seiten studierte. Nanci hielt inne, unsicher, ob sie fortfahren sollte.

»Fahren Sie fort. Eileen liest, ich höre.«

Nanci lächelte. »Eine Gruppe aus Manhattan, die Weltweite Tierschutzbewegung – WARM genannt -, erfuhr von unseren Plänen und schrieb uns. Sie drohte, daß sie uns aufhalten würde, wenn wir nach New York kämen. Deshalb gingen wir zum FBI, um uns zu erkundigen, ob es uns helfen könne.«

Eileen reichte mir den Brief und sagte: »Ms. Faradeux, dieser Brief enthält keine beunruhigenden Aussagen oder Drohungen.«

Ich nahm den Brief. Nanci hielt inne und wartete auf meine ungeteilte Aufmerksamkeit. Schnell überflog ich das Papier.

»Wir sprechen für eine unterdrückte Gruppe, die keine Stimme hat. In ihrem Namen fordern wir Sie auf, sofort mit der Folter an unschuldigen Tieren aufzuhören. Getrieben von Ihrer Habgier beuten Sie mit Ihrem grausamen und verschwenderischen System der Lebensmittelherstellung Tiere aus, die sich selbst nicht wehren können ...« In dem Sinne fuhr der Brief weitschweifig fort, und die Seite war voll mit Beschimpfungen über Faradeux Industries. Er endete mit der Warnung: »Versäumen Sie nicht die Gelegenheit, der Welt Gerechtigkeit zu bringen. Nutzen Sie Ihre bevorstehende Feierlichkeit, um die Erstehung einer Welt voller Mitgefühl zu feiern. Befreien Sie Ihre tierischen Sklaven!«

Ich legte den Brief sorgfältig auf die Akte, die Nanci mir gegeben hatte, und schaute über den Tisch. Nanci sah beunruhigt aus, Jacob ungeduldig. Ich fragte mich, wie lange er es schaffen würde, seinen Zorn unter Kontrolle zu halten. »Eileen hat recht. Diesen Leuten gefallen die Praktiken Ihrer Firma nicht, aber sie drohen Ihnen nicht. Sie sind übersensibel.«

»Dasselbe sagte uns das FBI. Darum sind wir zu Ihnen gekommen. Wir möchten, daß Sie Untersuchungen anstellen. Daddy befürchtet, sie könnten ihm den Tag verderben –«

»Verdammte Agitatoren!« explodierte Jacob. »Ich bin nicht übersensibel. Sie haben es auf mich abgesehen! Sie müssen sie aufhalten.« Faradeux schlug mit der Faust auf den Tisch. Die Kaffeetassen sprangen einen Zentimeter hoch und landeten wieder, ohne einen Tropfen zu verschütten. »Die Rechte der Tiere! Was ist mit meinen Rechten? Was ist mit den Rechten meiner Aktionäre? Was ist mit den Rechten der Menschen, die Steaks essen wollen?«

Ich genoß gerade eine wohlverdiente Zigarette in der Stille meines Büros, als Eileen ins Zimmer kam. Sie setzte sich auf den Rand meines Schreibtisches und sah mich an, und ihre Augen blinzelten vor unterdrückter Belustigung. In perfekter Abstimmung riefen wir: »Was ist mit den Rechten der Menschen, die Steaks essen wollen?« und brachen in brüllendes Gelächter aus.

»Also«, wandte sich Eileen an eine Pflanze in der Zimmerecke, weil sie mich nicht ansehen konnte, ohne zu kichern, »sollen wir die Welt für Steakliebhaber sicher machen?«

»Na klar!« Ich rieb meine Stirn und die Schläfen und versuchte, den Schmerz, der sich hinter meinen Augen entwickelte, wegzumassieren. »Wir können den Auftrag gebrauchen. Wir überprüfen die Gruppe, das dürfte nicht allzu lange dauern. Dann schicke ich Faradeux einen Bericht und eine fette Rechnung. Das müßte ihn glücklich machen.« Ich kicherte. »Wenn er bezahlt hat, gehen wir ein Steak essen.«

»Wer am Federal Plaza hat uns diesen Typen geschickt? War das ein Freund oder ein Feind?«

Es ist erstaunlich, wie schnell ein schöner Tag umkippen kann. Gerade eben hast du noch gelacht und Scherze gemacht, und sechzig Sekunden später ist alles vorbei. Plötzlich lächelst du nicht mehr, sondern suchst die Aspirindose und wünschst, du hättest niemals dein sicheres Bett verlassen. Ich hörte auf zu lachen und sagte: »Halstead.«

»Oh.« Das Wort hing in der Luft. Ich wollte nicht über Dennis Halstead reden. Ich nahm einen Kugelschreiber und malte müßig eine Reihe ineinandergreifender Kreise.

Vor einigen Jahren hatten Dennis und ich eine kurze, aber leidenschaftliche Affäre. Diese Affäre endete in ein paar Wochen, nachdem er mich seinem engen Freund und Kollegen Jeff Stewart vorgestellt hatte. Jeff und ich heirateten sechs Monate, nachdem wir uns kennengelernt hatten. Zwei Wochen vor unserem vierten Hochzeitstag wurde mein Mann bei einer verpfuschten Drogenrazzia getötet. Ich versank in tiefem Selbstmitleid, das durch pausenlosen Alkoholkonsum genährt wurde, der mehrere Jahre andauerte. Das alles geschah vor vier Jahren – seit einem Jahr bin ich nun trocken und arbeite hart daran, trocken zu bleiben.

Halstead versuchte mehrmals, die Beziehung wieder aufleben zu lassen. Da ich aber überzeugt war, daß ihn eher das Mitleid als die Leidenschaft dazu motivierte, wies ich seine Annäherungen ab. Schließlich zog sich Dennis zurück; ich war nie sicher, ob er enttäuscht oder erleichtert gewesen war.

Unsere seltenen Begegnungen waren von Spannungen aus der

Vergangenheit geprägt. Jetzt würde ich ihn anrufen müssen, um mich dafür zu bedanken, daß er mir einen Rinder züchtenden Paranoiker geschickt hatte, dem ich garantieren sollte, daß seine Party nicht von Leuten mit einer anderen Meinung verdorben werden würde. Die Kugelschreibermine schnappte zurück, und ich warf den Stift auf den Tisch.

Eileen räusperte sich. »Blaine, kannst du mir einen kleinen Gefallen tun? Dein Freund Tony Parker schikaniert einen meiner Mandanten. Ich möchte, daß du feststellst, warum.«

Diesen Tag konnte man absolut vergessen; meine Kopfschmerzen brachen mit voller Wucht aus. Ich riß das Blatt vom Block und warf es in den Papierkorb. »Wer ist der Mandant?«

»Hurley Blake. Du kennst ihn nicht.« Sie nahm sich eine Zigarette von mir und fummelte in ihrer Tasche nach Streichhölzern.

Ich zündete mein Feuerzeug an, hielt die Flamme unter die Zigarette und sagte: »Hör auf, mich hinzuhalten. Ist das wieder ein Fall für die Wohltat?«

»Und du nimmst nie einen Streuner auf.«

Unser Hang, Fälle zu übernehmen, die nichts einbrachten, war ein heikles Thema. Ich hatte das ganze Wochenende lang an unserem vierteljährlichen Geschäftsabschluß gearbeitet und wußte, daß wir mehr auf Kunden achten mußten, die unsere Leistungen auch wirklich bezahlten. Aber ich durfte mich nicht beklagen – ich hatte von Anfang an genauso viele ehrenamtliche Arbeiten übernommen wie Eileen. Und wir beide hatten ein gemeinsames Geschäft angefangen, um die Bosse loszuwerden, für die der Profit mehr als alles andere zählte. Und in den sieben Jahren, die wir beide im Geschäft waren, hatten wir Gewinne gemacht. Und wir waren im Begriff, es auch dieses Jahr zu tun …

Ich warf das Feuerzeug auf den Tisch und seufzte. »Wer ist Hurley Blake?«

Eileen lächelte; die Entschuldigung war akzeptiert. »Ihm gehört ein kleiner Laden auf der Lower East Side. Hurley verdiente nichts, als er den Laden öffnete, darum erweiterte er sein Angebot. Fünf oder sechs Jahre lang arbeitete er als lokaler Buchmacher.«

War meine normalerweise vernünftige Schwester verrückt geworden? Ich unterbrach sie. »Entschuldige – seit wann vertreten wir Buchmacher? War ich bei der Versammlung nicht dabei, als wir beschlossen, unsere Firmenphilosophie zu ändern?«

»Es hat sich nichts geändert.« Eileen lachte rauh auf. »Wir kämpfen immer noch für die Wahrheit, die Gerechtigkeit und den amerikanischen Lebensstil.«

Sie machte keine Witze. Als wir unsere Firma planten, eine Kombination aus einem Anwalts- und Detektivbüro, hatte Eileen halb im Ernst vorgeschlagen, unseren Briefkopf mit dem bekannten Superman zu schmücken. Darauf hatte ich belustigt mit »An die Arbeit, Robin« gekontert, und das war unser erstes Patt. Unser Briefkopf wurde ohne Motto gedruckt.

»Hurley Blake stieg vor drei oder vier Jahren aus dem Geschäft aus«, fuhr Eileen fort. »Er sagte, er habe Angst gehabt, sonst das Sorgerecht für seine Tochter zu verlieren. Ich glaube, er hatte vor etwas anderem Angst.«

Mein Schädel brummte, zehrte an meiner Geduld. Zum zweiten Mal an diesem Morgen sagte ich: »Komm zur Sache.«

»Hurley ist sauber, aber Parker hört nicht auf, ihm zu drohen, daß er ihn einsperren und seine Tochter in ein Heim stecken wird. Heute morgen kam ich zu spät, weil Parker es schon wieder gemacht hat.«

Eileen benutzte das glühende Ende der Zigarette, um sich die nächste anzustecken. Ich hob eine Augenbraue; Kettenrauchen war Eileens Signal für stark strapazierte Nerven.

Ich hielt ihr den Aschenbecher für die Kippe hin und sagte: »Du bist die Anwältin hier. Warum legst du nicht eine Beschwerde gegen Parker ein? Drohst der Stadt mit einer Klage über zwanzig oder dreißig Millionen Dollar? Falls er die Grenze überschreitet, sollte das ihn aufhalten.«

Eileen kratzte sich den Kopf und stieß den Rauch aus. »Mein Mandant lehnt es ab, daß ich etwas unternehme. Er ruft mich nur jedesmal an, wenn Parker in seinem Laden eine Razzia durchführt, und erwartet von mir, daß ich alles regle. Aber er gibt mir keine klaren Antworten. Parker redet auch nicht mit mir. Du standst ihm nahe, als du bei der Polizei warst, vielleicht spricht er mit dir. Wirst du ihn anrufen?«

»Okay, ich spreche mit ihm. Vielleicht bekomme ich ihn dazu, deinen Mandanten in Ruhe zu lassen.«

»Danke.« Eileen hüpfte vom Tisch und stürzte aus dem Büro. An der Tür blieb sie stehen. »Sag Bescheid, wenn ich dir bei Faradeux behilflich sein kann.«

Ruhe und Frieden traten in meinem Büro ein. Ich fand ein paar Aspirin, spülte die Tabletten mit dem kalten Kaffee in meinem Becher hinunter und versuchte, mich auf die Arbeit zu konzentrieren, die sich auf meinem Tisch häufte. Es war ein zweckloses Unternehmen. Ich wählte die Nummer vom neunundvierzigsten Bezirk und verlangte den Kommandanten.

Die River View Bar & Grill ist vielleicht nicht die beste Bar der Welt, aber obwohl ich nicht mehr trinke, steht sie auf meiner Liste immer noch an erster Stelle. Von der River View Bar, die von allen in der Gegend nur das »View« genannt wird, hatte man nie einen Ausblick auf irgendeinen Fluß gehabt, aber in den letzten siebenundfünfzig Jahren ist durch ihre glänzenden Zapfhähne genug Bier geflossen, um den Hudson River zu füllen. Im View gibt es dicke, saftige Hamburger, freundliche Barkeeper und eine Musikbox mit der neuesten Musik. Das beste an allem ist aber, daß es eine Eckkneipe ist, die nur zwölf Häuser von meinem Haus entfernt ist.

Einige Stammgäste beschweren sich, daß immer mehr Yuppies ihnen den Platz rauben würden, aber Bobby und Ryan, die Besitzer und Barkeeper, haben hart daran gearbeitet, daß das View ein lokaler Zufluchtsort bleibt. Beide Gruppen schaffen es, friedlich miteinander auszukommen. Sie müssen es; Bobby, der zwei Meter sieben groß ist, schmeißt jeden raus, der den Frieden stört – ohne jede Diskussion.

Nachmittags um viertel vor fünf suchen nicht viele Mitglieder beider Gruppen einen Zufluchtsort. An der Bar hockten nur ein paar Männer und nuckelten an ihrem Nachmittagsbier. Ich machte es mir zunächst auf einem Barhocker bequem, änderte aber meine Meinung. Ich nahm mein verschwitztes Glas Selters und setzte mich in eine der zurückgezogenen hinteren Sitznischen. Bobby, der die Tische bedient, während Ryan an der Bar ausschenkt, stellt in diesen Nischen immer große Reservierungsschilder auf, um sie ausschließlich für die Stammgäste vom View freizuhalten.

Ich war ein Stammgast; Parker nicht. Er saß auf einem Hocker am anderen Ende des Raumes und starrte auf den Zentimeter Bier in seinem Glas. Ich tippte Tony auf die Schulter und führte ihn in den hinteren Teil der Bar. Bobby brachte frische Getränke und verschwand wieder, wobei er die Gelegenheit nutzte, um meinen Gast auszuchecken. Er nickte und blinzelte mir zu; Parker war okay.

Die erste halbe Stunde verbrachten wir damit, uns gegenseitig auf den neuesten Stand zu bringen und über gemeinsame Bekannte bei der Polizei zu tratschen. Vor Jahren, als ich noch eine Idealistin war und frisch vom College kam, arbeitete ich sechzehn Monate bei der New Yorker Polizei und haßte jede Sekunde meiner Arbeit. Parker wurde mein selbsternannter Mentor.

Ich erinnere mich noch an den Abend, als ich Parker erzählte, daß ich kündigen würde. Wir saßen stundenlang an seinem Küchentisch, tranken Whisky und stritten über meinen Entschluß. Am nächsten Morgen kündigte ich.

Parker stieg immer höher auf. Jetzt war er ein Polizeihauptmann mit seinem eigenen Kommando und hatte seinen lebenslangen Wunsch erfüllt. Aber Tony schien mit seinem Erfolg nicht glücklich zu sein – er sah angespannt und mürrisch aus. Hastig kippte er sein Bier runter und winkte Bobby ungeduldig zu, Nachschub zu bringen.

»Ich habe seit Monaten nichts von dir gehört. Was brauchst du? Ich weiß, daß du heute morgen nicht aufgewacht bist und gedacht hast, es sei ein schöner Tag, um mit deinem alten Sergeant etwas zu trinken.«

Bobby brachte noch einen Drink an den Tisch und betrachtete meinen leeren Krug. Ich schüttelte den Kopf und wartete, bis er weg war. In der Hoffnung, daß das Bier Parker etwas heiterer gestimmt hatte, holte ich tief Luft und sagte: »Eileen erwähnte, daß sie dich heute morgen getroffen habe. Sie sagte, daß du einen ihrer Mandanten schikanieren würdest.«

Tony donnerte den Krug auf den Tisch. Bobby, der den Ärger spürte, kam näher. Ich winkte ihn fort und sagte zu Tony: »Eileen erwägt, offiziell Beschwerde einzulegen. Ich dachte, ich rede erstmal mit dir und gucke, ob wir das regeln können.«

»Hurley Blake«, murmelte Parker, wobei er mehr zu sich selbst als mit mir sprach.

»Genau, Hurley Blake. Was ist mit ihm?«

»Blake ist ein Halunke. Sag deiner Schwester, daß sie sich von ihm fernhalten soll.«

»Eileen behauptet, du würdest eine Menge übler Tricks anwenden. Das ist nicht dein Stil – du hast mir beigebracht, mich an die Regeln zu halten. Warum läßt du diesen Kerl nicht eine Weile in Ruhe?«

»Scheiße, du hast es nicht weiter als bis zum Rekruten geschafft. Jetzt willst du mir Ratschläge geben. Erzähl' mir nicht, wie ich mein Revier leiten soll.« Er zog ein Bündel Geld aus der Tasche und warf einen Zwanziger auf den Tisch. »Ruf mich das nächste Mal, wenn du einen Gefallen brauchst, nicht an.«

»Tony ...« Ich versuchte, mir etwas einfallen zu lassen, was keinen weiteren Wutausbruch auslösen würde. »Es tut mir leid. Ich wollte dich nicht verärgern.«

Die Entschuldigung überraschte Tony – ich entschuldige mich nicht oft. Tony blinzelte und versuchte zu lächeln. Er war außer Übung, die Muskeln verzogen sein Gesicht zu einer Grimasse.

»Hör zu, mein Kind, achte nicht auf mich. Erinnerst du dich, wie wir uns immer beklagt haben, daß unser alter Vorgesetzter keinen Humor habe?«

Ich nickte. »Ich erinnere mich. Ich erinnere mich auch, wie du geschworen hast, daß dir das nie passieren würde.«

»Das waren noch Zeiten. Wir hatten auf alles eine Antwort.« Tony schüttelte den Kopf und versuchte erneut zu lächeln. »Ich hätte nicht so schreien dürfen. Ich habe das in letzter Zeit viel zu oft getan. Sag deiner Schwester, daß ich mich zurückziehe. Du kennst ja deinen alten Sergeant, er ist immer zu sehr bemüht, die schlechten Jungs von der Straße zu holen. Sag Eileen, daß es mir leid tut.« Er lachte; ich erblickte eine Spur von dem sorglosen

Sergeant, der immer versucht hatte, mich vor Schwierigkeiten zu bewahren. »Es wird nicht das letzte Mal sein, daß ein schlauer Anwalt sauer auf mich ist.«

»Wenn das eine Entschuldigung ist, nehmen wir sie an.« Ich zeigte auf seinen leeren Bierkrug und fragte: »Willst du noch eins?«

»Nee.« Tony schob den Schein in die Mitte des Tisches und stand auf. »Ich muß gehen, ich komme schon zu spät zu einem Termin. Diesmal geht es auf meine Rechnung – das nächste Mal bist du dran.«

Bobby, der niemals langsam ist, wenn Geld auf dem Tisch liegt, ergriff den Schein, bevor Parker richtig aus der Tür raus war. Er betrachtete den Zwanziger, dann sah er mich an. »Dafür kannst du noch sechs Selters haben, oder ich bekomme ein schönes Trinkgeld. Was willst du?«

»Du bekommst das Trinkgeld. Ich gehe nach Hause.«

Bobby lächelte und stopfte das Geld in die Hosentasche seiner engen, verblichenen Jeans. Ich trank langsam die restliche Selters aus, rauchte eine Zigarette und versuchte, mir den Streß vorzustellen, den es machte, ein Revier zu leiten, und der Parker in einen humorlosen, frühzeitig gealterten Mann verwandelt hatte.

Die gute Laune, die das dicke Trinkgeld mit sich gebracht hatte, verschwand, als die abendlichen Gäste hereinströmten. Ungeduldig strich Bobby an der Sitznische vorbei, um sie an zahlende Gäste zu übergeben. Meine Selters war leer. Mir war nicht nach einem weiteren Glas oder nach einer weiteren Zigarette; es gab keinen Grund, hier noch länger herumzuhängen. Darum ging ich nach Hause und blieb nur so lange, bis ich Eileen angerufen hatte, um mir Hurley Blakes Adresse geben zu lassen. Ich tauschte meinen Rock gegen eine Jeans und die Stöckelschuhe gegen Turnschuhe aus und ging los, um Blakes Laden in der Avenue B einen Besuch abzustatten.

Wenn man vom St. Mark's Place in Richtung Osten geht, verliert Greenwich Village allmählich seine charmante Exzentrik. Es ist nichts mehr von ihr übrig, sobald man die First Avenue zur

Avenue A überquert und eine neue Welt, bekannt als Alphabet City, betritt. In den Straßen zwischen der Avenue A und der Avenue D sind die Armut, zerfallene Häuser, die höchste Verbrechensrate der Stadt und jede Art von Droge, die man sich vorstellen kann, miteinander verflochten. Aus gutem Grund wagen sich Touristen oder Menschen, die in anderen Teilen der Stadt wohnen, nie absichtlich in diese Gegend.

Ich ging um den Tompkins Square Park herum – selbst die Cops haben Angst, durch den Park zu gehen – in die Avenue B. Als ich den halben Block hinter mir hatte, stieg mir Rauch in die Nase. Ich rannte um die Ecke und sah ein Mädchen im Teenageralter, das die Tür eines brennenden Gebäudes aufriß. Rauch drang durch den engen Spalt, und Flammen entzündeten die Reis- und Pastapackungen, die im Fenster des Lebensmittelladens ausgestellt waren – dem Laden, der Hurley Blake gehörte.

»Nicht doch!« Ich ergriff das Mädchen am Jackenkragen und zog sie zurück. »Du kannst da nicht rein! Du bringst dich dabei um!«

»Hau ab! Mein Daddy ist da drin!« schrie sie. »Laß mich los! Ich muß ihn rausholen!«

Zappelnd versuchte das Mädchen, sich zu befreien. Mit rudernden Armen versetzte sie mir einen Schlag an den Kopf und gab mir einen heftigen Tritt gegen das Schienbein. Durch diese unerwartete Kombination strauchelte ich; sie riß sich los und hastete zum Eingang. Ich fand wieder Halt und schlang die Arme um die Taille des Mädchens, bevor sie die Tür erreichte. Sie holte mit der Faust aus, zielte auf meinen Kopf. Ich duckte mich, ergriff ihr Handgelenk und warf sie gegen ein parkendes Auto. Entsetzt sahen ihre braunen Augen mich an.

»Bist du sicher, daß da jemand drin ist?« rief ich.

»Mein Daddy – es ist sein Laden. Laß mich los!«

Das Mädchen versuchte, sein Handgelenk zu befreien; die Panik verlieh ihr noch mehr Kraft. Ich packte fester zu und schrie: »Um die Ecke ist ein Feuermelder. Geh und drück den Alarm!«

Wie angewurzelt stand sie da, gelähmt vor Angst. Ich riß das Mädchen vom Auto hoch, gab ihr einen Klaps auf den Rücken und stieß sie in die Richtung des Feuermelders. »Geh schon, verdammt nochmal – ich hole deinen Dad raus.« Sie stolperte die Straße hinunter und blickte beim Laufen über die Schulter zurück. Ich holte tief Luft und zog die Tür auf.

Der frische Luftzug teilte den dicken Rauch für einen kurzen Augenblick. Ich sah ein paar Regalreihen mit Lebensmitteln, von denen manche Packungen schon in Flammen standen. Die Ränder der dunklen Rauchwolke schlossen sich wieder zusammen, und eine Welle heißer Luft schlug mir ins Gesicht, brannte in meinem Hals und in meinen Lungen. Ich ging in die Hocke, um die kühlere Luft am Boden zu atmen, und krabbelte zur Kasse.

Eine Reihe von Kisten über meinem Kopf schlug in Flammen aus und explodierte, und ein Regen von Frühstücksflocken und brennendem Karton ging auf mich nieder. Ich schüttelte sie aus meinem Haar und schaute hinter den Ladentisch. Da war niemand.

Die Feuerwand kam immer näher. Ich sprang über einen schmalen Gang und kroch um die nächste Regalreihe. Die dichte Rauchschicht senkte sich immer tiefer und erhitzte die Atemluft. Panik brach in meinen nach Sauerstoff lechzenden Lungen aus. Ich hustete unkontrollierbar und blinzelte, um meine Augen vom Rauch zu befreien. Ein Stück Deckenpaneel flammte auf und fiel zu Boden. Kleine züngelnde Flammen schossen in alle Richtungen.

Es war der Augenblick der Entscheidung. Noch hatte ich Zeit, zurück zur Tür und in Sicherheit zu kommen. Niemand würde mir Vorwürfe machen, weil ich die Suche aufgegeben hatte – niemand außer dem angsterfüllten Mädchen, das draußen wartete. Ich wischte den Ruß aus meinen Augen und kroch weiter in den Laden hinein.

Neonlampen explodierten und bedeckten den Boden mit rasiermesserscharfen weißen Glassplittern. Popcorn fing an zu knallen. Gläser mit Babynahrung, Spaghettisauce und anderen Zutaten zersplitterten, und das Glas und die heißen Flüssigkeiten gingen auf mich nieder. Das Prasseln des Feuers vermischte sich mit dem Splittern des Glases zu einem ohrenbetäubenden Lärm der Zerstörung.

Der dichte Rauch hing nur noch wenige Zentimeter über dem Boden und verkürzte die Sichtweite, bis ich über die Länge meines Armes nicht mehr hinaussehen konnte. Die Feuerwand über mir nahm die letzte Hürde und fiel über die letzte Regalreihe her. Wieder ergoß sich eine Flut von Glas und glühender Asche auf den Boden. Die Entscheidung stand fest: Es war verdammte Zeit, aus dem Inferno zu flüchten.

Ich drehte mich um und stieß mit den Füßen gegen ein Bündel. Ich tastete es im dunklen Rauch ab; meine Hände fühlten das weiche Baumwoll-T-Shirt eines Mannes. Ich drückte auf die Arterie an seinem Hals und fühlte einen schwachen Pulsschlag. Ich betete, daß es Hurley Blake war, den ich gefunden hatte, schlang die Arme um seine Brust und zog. Er war so schwer und nachgiebig wie ein Sack Zement.

Ziehen, husten, Luft holen, Pause. Wir kamen nur langsam voran. Ich hörte auf zu denken, gab es auf, die glühenden Aschestücke, die auf mich herabfielen, abzustreifen, und konzentrierte mich auf den Rhythmus.

Ziehen, husten, Luft holen, Pause. Jedesmal kamen wir einen langsamen Schritt voran.

Ziehen. Husten. Luft holen. Pause.

Der beißende Rauch reichte bis zum Boden, und ich wußte nicht weiter. Desorientiert durch die Flammen und den Rauch brach ich zusammen, stützte den Kopf auf den Boden und versuchte, Luft zu bekommen. Ich war zu erschöpft, um weiterzugehen. War nur noch wenige Atemzüge davon entfernt, angesichts des Rauchs aufzugeben. Ich schloß die Augen. Die heißen Fliesen brannten an meiner Wange.

Hurley bewegte sich unter meinem Arm, drängte mich lautlos weiterzugehen. Ich packte ihn fester und kroch blind vorwärts, pflügte mich durch den Ascheregen, der von der Decke fiel.

Ein großes, glühendes Stück Holz fiel auf meinen Arm. Ich schüttelte es ab und stieß gegen eine Wand. Die Wand bewegte sich. Ein frischer Luftzug stieg mir in die Nase.

Die Tür? Ich stieß mit der Schulter dagegen und fiel hinaus auf den Fußweg, wobei ich den schweren Körper hinter mir herzog.

Jemand löste meine Finger von seinem Hemd und bedeckte mein Gesicht mit einer Atemmaske. Ich umklammerte sie mit beiden Händen und inhalierte gierig den süßen Sauerstoff.

»Sie haben wieder einmal Glück gehabt.« Dr. Mabe schnitt ein Stück Heftpflaster ab und warf die Rolle auf das Tablett neben dem Bett. Ich fühlte mich nicht glücklich. Mein ganzer Körper tat weh, mein Hals und meine Lunge brannten bei jedem Atemzug. Ich hätte mir am liebsten die Decke über den Kopf gezogen und eine Woche lang geschlafen.

»Wann kann ich nach Hause gehen?« krächzte ich. Der heisere Ton meiner Stimme überraschte mich.

»Erst wenn ich überzeugt bin, daß Sie gesund sind.« Die Ärztin drückte ein Mullpolster auf die Brandverletzung an meinem Arm und klebte es sanft fest. »Sie haben eine Menge Rauch und Ruß inhaliert. Ich möchte sichergehen, daß alles in Ordnung ist, bevor ich Sie aus den Augen lasse.«

Ich setzte mich auf den Rand der Liege und starrte auf meine nackten Füße; ich hätte gern geduscht. Dr. Mabe stieß gegen einen Haufen Lumpen auf dem Fußboden. »Ihre Sachen stinken. Kein Taxifahrer wird Sie darin mitnehmen. Ich habe Ihre Schwester angerufen.«

»Sie haben Eileen angerufen?«

Dr. Mabe lachte. »Das gehört zu den besonderen Dienstleistungen des St. Katherine Krankenhauses für regelmäßige Patienten. Eileen ist auf dem Weg. Sie bringt Ihnen frische Wäsche.« Sie beendete den Verband und trat zurück, um mich anzuschauen. »Wie lange kenne ich Sie schon? Drei, vier Jahre? Ich bin es allmählich leid, Sie zusammenzuflicken.«

»Belehren Sie mich nicht. Ich bezahle meine Rechnungen.« Ich gähnte. »Haben Sie keine anderen Patienten, die Sie belästigen können?«

»Nee.« Dr. Mabe war viel zu fröhlich für die Chefin einer Notaufnahme in Manhattan. »Montagsabends ist das Geschäft immer ruhig. Die Leute erholen sich vom Wochenende. Sie bleiben zu Hause und verletzen sich nicht. Ich weiß nicht, was wir hätten tun können, um uns zu amüsieren, wenn Sie nicht gekommen wären.« Sie nahm das Stethoskop ab, schob es in die Tasche ihres Kittels und setzte sich neben mich. »Was ist diesmal passiert? Ich habe nicht alles mitbekommen, als die Sanitäter Sie brachten.«

Wir wurden unterbrochen, ehe ich antworten konnte. Ein Pfleger kam ins Zimmer und entschuldigte sich für die Störung. Er reichte ihr eine Krankenakte und sagte: »Dr. Rabin sucht Sie.«

Meine Ärztin seufzte. Während sie den Bericht las, strich sie sich gedankenverloren mit der Hand durchs Haar und entblößte ein paar graue Haarsträhnen. Das kurze dunkle Haar fiel gehorsam an seinen Platz zurück, sobald sie die Hand senkte. Sie schloß die Akte und sagte, als sie sich erhob: »Bin gleich wieder da.«

Ich hielt sie zurück. »Dr. Mabe – könnten Sie herausfinden, wie es Hurley Blake geht?« Sie kannte den Namen nicht. »Der Typ, den ich aus dem Gebäude gezogen habe«, erklärte ich, »könnten Sie rausfinden, wie es ihm geht?«

»Klar, ich sehe mal nach.« Sie sah mich an und befahl: »Legen Sie sich hin und entspannen Sie sich. Gehen Sie nirgendwohin, bevor ich zurück bin.«

Gehen Sie nirgendwohin – was für ein Witz! Ich folgte dem Rat der Ärztin und legte meinen Kopf auf das Kissen. Als ich die Augen schloß, hatte ich sofort das lebhafte Bild von brennenden Wänden vor mir. Ein schwacher Rauchgeruch zog an meinem Gesicht vorbei und vermischte die Realität mit der Phantasie, bis ich nicht mehr wußte, ob ich mich wieder im Feuer befand oder außerhalb seiner Reichweite.

Ich richtete mich auf, überzeugt davon, Flammen zu sehen, und lachte über meine gereizten Nerven. Dr. Mabe hatte recht; meine Kleider stanken wirklich. Ich stand auf und stieß das Lumpenbündel in die Ecke neben dem Mülleimer. Sollten sich doch die Putzfrauen um diesen stinkigen Haufen kümmern. Dann legte ich mich wieder hin, schloß fest die Augen und versuchte, mich zu entspannen.

Dr. Mabe kam ins Zimmer zurück. Sie verstand meine geschlossenen Augen falsch und wollte gerade wieder leise hinausgehen. Begierig auf Gesellschaft setzte ich mich hin und sagte: »Ich bin wach.«

»Es ist vielleicht ein Fehler, Sie zu entlassen. Sie müssen nur ein Wort sagen, und ich lasse Sie unverzüglich nach oben auf die Station bringen.«

»Nein, danke.« Mit einer vorgetäuschten Energie, die ich nicht besaß, setzte ich mich auf den Rand der Liege und schwang die Füße auf den Boden. »Ich schlafe lieber in meinem eigenen Bett. Kann ich gehen?«

Sie nickte. »Die Laborbefunde sehen gut aus. Es gibt keinen Grund, Sie hierzubehalten. Eileen wartet draußen.« Sie reichte mir eine Flasche mit Pillen und eine Tüte. »Hier haben Sie ein paar Schlafmittel und saubere Sachen. Gehen Sie nach Hause und ins Bett. Ich möchte Sie morgen sehen, bevor Sie irgend etwas anderes tun.«

Ein schauerlicher Schrei drang durch die geschlossene Tür. Aus Angst vor der Antwort, die ich erhalten würde, flüsterte ich: »Wer war das?«

»Hurley Blakes Tochter. Er ist gestorben, ohne sein Bewußtsein wiederzuerlangen. Es tut mir leid.« Dr. Mabe legte ihre Hand auf meine Schulter und sagte: »Sie haben getan, was Sie konnten. Gehen Sie nach Hause.«

Dem gab es nicht viel hinzuzufügen. Eileen kümmerte sich um die Einzelheiten, und bevor mein betäubtes Hirn sich erholt hatte, um wieder denken zu können, waren wir zu Hause. Ich schleppte mich die Treppe hinauf ins Badezimmer. Eileen, mein Schutzengel, folgte mir zögernd.

»Was machst du?«

»Ich nehme ein Bad. Ich kann den Geruch nicht ertragen.« Ich drehte die Wasserhähne auf. »Was machst du?«

»Ich mache mir Sorgen.« Sie setzte sich auf die Kommode und sah mir zu, wie ich das Wasser regulierte und Badeschaum hineinschüttete.

»Großartig.« Ich zog mich aus, drehte das Wasser ab und stieg behutsam in die Badewanne. Meinen linken Arm legte ich vorsichtig auf den Wannenrand, damit der Verband nicht naß wurde, und sagte: »Du bist gut im Sorgenmachen. Wahrscheinlich brauchst du dafür nicht meine Hilfe.«

»Ich sprach mit ...«

Ich hörte ihr nicht zu. Ich erinnerte mich an Hurleys schwache Bewegung, die mich ermuntert hatte, aus dem Laden zu kriechen. Ich klatschte einen Klumpen Schaum an die Wand. Der Schaum klebte an den blauen Fliesen und zitterte kurz, bevor er in das Wasser hinunterrutschte. »Ich kann es nicht glauben, daß er tot ist. Was wäre, wenn ich ein paar Minuten früher dort angekommen wäre?«

»Sei nicht albern.« Eileen warf mir einen Waschlappen an den Kopf. Ich schleuderte ihn in die Wanne und lehnte den Kopf an die kühlen Fliesen. »Du hast alles getan, was du konntest. Spiel jetzt nicht ›Was wäre wenn?‹ Damit machst du dich selbst verrückt. Nimm dir die Griechen zum Vorbild – gib den Parzen die Schuld.«

»Ah, die Griechen. Wovon redest du überhaupt?«

Eileen hatte mit zwölf Jahren die griechische Mythologie entdeckt. Gelangweilt von Büchern wie Little Women hatte sie ein Buch mit griechischen Fabeln an dem schlecht gelaunten Bibliothekar vorbeigeschmuggelt, der meinte, kleine Mädchen sollten ihre Köpfe nicht mit solchem Unsinn belasten, und war den Rest ihres Lebens süchtig danach gewesen.

»Das Leben ist ein Faden, den die Parzen unter ihrer Kontrolle haben«, erklärte sie eifrig. »Klotho, die erste Parze, spinnt den Lebensfaden. Lachesis bestimmt die Länge des Fadens. Atropos, die dritte Parze, hält die Schere. Wenn sie schneidet, ist alles vorbei. Gib Atropos die Schuld, nicht dir selbst.«

Die Pillen begannen zu wirken; ich war zu müde zum Streiten. Ich grunzte und stieg aus der Wanne. Eileen reichte mir ein Handtuch und folgte mir aus dem Badezimmer. Gähnend trocknete ich mich ab und fiel ins Bett. Ich hatte kaum noch die Kraft, um gute Nacht zu sagen. »Danke, daß du mir zu Hilfe gekommen bist. Schließe ab, wenn du gehst. Wir sehen uns morgen früh.«

»Ich bleibe heute nacht hier. Du solltest nicht allein bleiben; ich würde mir die ganze Nacht Sorgen machen, wenn ich nach Hause ginge.«

»Wie du willst.« Ich zog das Laken bis zu den Ohren hoch und murmelte: »Mach es dir bequem. Du weißt, wo alles ist.«

Trotz Eileens Rat, den Parzen die Schuld zu geben, stieg »Was wäre wenn?« mit ins Bett. Jedesmal, wenn ich fast einschlief, setzte der leichte Rauchgeruch aus meinem Haar die flüsternde Stimme in Gang. Was wäre wenn? Würde Hurley Blake dann noch leben?

Um mich abzulenken, schaltete ich das Radio neben dem Bett an. Da machte sich Nanci Griffith mit ihrer sanften Stimme über mich lustig – »Wenn Wünsche etwas änderten, wären wir alle in Rosen gebettet und es gäbe keine Kinder, die im Schlaf weinen.« Ich fragte mich, ob Wina Blake im Schlaf weinen würde, und schlief ein.

2

Der Morgen war fast um, als ich mich endlich zwang, aufzustehen. Eileen war schon längst weg und hatte eine Nachricht, die sie an die Kaffeemaschine geklebt hatte, hinterlassen. »Geh zu Dr. Mabe, bevor du ins Büro kommst. Noch besser, du nimmst den Tag frei. Wir werden versuchen, ohne dich zu überleben.«

Ich überlegte, ob ich ihrem Rat folgen sollte, tat es aber nicht. Eine ausgiebige Dusche, den bandagierten Arm sorgfältig in Plastik eingewickelt, und eine starke Tasse Kaffee machten mich fit, um dem, was vom Tag noch übrig war, ins Auge zu schauen. Mein Besuch im Krankenhaus war kurz. Dr. Mabe erklärte mich für gesund und ermahnte mich, mich für mindestens eine Woche von Zigaretten und brennenden Gebäuden fernzuhalten. Wieder ein guter Ratschlag, über den ich nachzudenken versprach.

Die Ärztin hatte mich aber nicht vor Gebäuden gewarnt, die nicht mehr brannten: Ich ging zu Hurley Blakes Laden zurück, um die Ruine zu überprüfen. Ich verließ die U-Bahn am Astor Place und ging in die verfallene Lower East Side. Im grellen Tageslicht war es unmöglich, die bedrückende Stimmung dort zu ignorieren oder den politischen Versprechungen von einer Wiedergeburt zu glauben. Eilig ging ich an den verlassenen Häusern vorbei und hielt ein wachsames Auge auf das Straßenleben.

Ein Mann, dessen Alter unter Dreck und getrocknetem Erbrochenem, das über sein Gesicht verschmiert war, verborgen war, hockte vor einem verfallenen Cafe und schrie: »Sie haben mein Gebiß geklaut. Sie haben mein Gebiß geklaut.«

Wie tröstet man jemanden, dem die Zähne geklaut worden sind? Seine Begleiter boten ihm Trost an, indem sie ihm eine Flasche reichten und zärtlich seine Schulter tätschelten. Ich schüttelte den Kopf und ging weiter.

Die zerstörte Tür und die Fenster des Ladens waren mit großen Spanplatten zugenagelt worden. Plünderer, die nach weiß Gott was suchten, hatten bereits den größten Teil der Platten vor der Tür abgerissen. Dankbar, daß meine geschwächten Muskeln nicht gefordert waren, um mir Zugang zu verschaffen, duckte ich unter den herunterhängenden Platten hindurch und ging in den hinteren Teil des Ladens.

Ich roch die ruhige, verrauchte Luft und erinnerte mich an die Strafpredigt, die mir einer der Feuerwehrleute am Abend zuvor gehalten hatte. »Sie dürfen niemals in ein brennendes Gebäude laufen. Das ist eine sichere Methode, um sich umzubringen.« Die Erkenntnis, wieviel Glück ich gehabt hatte, sandte Schauer der Angst über meinen Rücken. Ich schüttelte sie ab und stieß die Trümmer beiseite, die auf dem Gang lagen.

Der Schutt erinnerte mich an die Bilder der Zerstörung, die die Bomber im Zweiten Weltkrieg hinterlassen hatten. Glassplitter, verkohltes Holz und Pfützen schwarzen Wassers bedeckten den Boden. Winzige Ascheteilchen, die durch meine Anwesenheit aufgewirbelt wurden, hingen in der Luft.

Ich schnupperte. Rauch. Verbrannte Lebensmittel. Noch etwas, das ich nicht identifizieren konnte. Die Gerüche riefen Erinnerungen an das Feuer wach. Ich schloß die Augen und ging die Szene noch einmal im Zeitlupentempo durch.

Selbst im Zeitlupentempo überraschte mich die schnelle Ausbreitung des Feuers. Ich holte nochmal tief Luft. Meine Überraschung wich einem Verdacht: Ein schnell um sich greifendes Feuer, ein merkwürdiger Geruch, der an Schießpulver erinnerte. Hinweise auf eine Brandstiftung.

Ich öffnete die Augen und sah mich aufmerksam um. Die Tiefkühltruhen an der hinteren Wand des Ladens waren auseinanderexplodiert; der Zwischenraum war groß genug, daß ein Mensch dort hindurch in das Lager auf der anderen Seite gehen konnte. Der Linoleumfußboden um die Truhen herum war zerrissen und zerstückelt und legte einen etwa dreißig Zentimeter großen Kreis nackten Betons frei. Hurley Blakes Laden war nicht abgebrannt, er war in die Luft gesprengt worden.

Ich betrat den flachen Krater. Einer der vielen Nägel, die auf dem Boden verstreut lagen, drang durch die Sohle meines rechten Turnschuhs und stach in den leeren Raum zwischen meinen Zehen. Ich versuchte, ihn herauszuziehen und brach mir dabei einen Fingernagel ab. Da hörte ich, wie leichte Fußschritte versehentlich ein Stück Glas zertraten. Ich drehte mich um. Hurley Blakes Tochter kam den Gang herunter, eine stumpfnasige 38er Spezial steif vor sich ausgestreckt.

Fünf Schuß. Zielsicherheit war kein Problem – man brauchte kein Meisterschütze zu sein, wenn man nur eineinhalb Meter von seinem Ziel entfernt war.

»He, immer mit der Ruhe. Nimm den Revolver runter, ich tu' dir nichts.« Ich streckte ihr die Hände in einer nicht bedrohlichen Geste entgegen und trat einen Schritt auf sie zu.

»Bleib stehen, du Kuh.«

»Okay.« Ich blieb stehen und stellte den Fuß in Schulterbreite ab, so daß der rechte Fuß ungefähr dreißig Zentimeter vor dem anderen stand, und wiederholte ruhig: »Immer mit der Ruhe.«

»Sei still.« Das Mädchen kam näher und knurrte: »Sei still oder ich blas dir deinen verdammten Kopf von deinen verdammten Schultern.«

Noch einen Schritt weiter und sie wäre nahe genug, um sie zu packen. Ich verlagerte mein Gewicht auf die Vorderballen meiner Füße und lächelte. Das Ausbleiben einer Antwort verärgerte den untersetzten Teenager; sie stieß mit dem kurzen Lauf des Revolvers gegen meine Brust.

»Was ist los, du Kuh? Hast du Angst? Das solltest du auch. Versuchst du, uns abzuzocken?«

»Ich versuche nicht, euch abzuzocken. Ich habe deinen Vater gestern abend aus dem Feuer geholt.«

»Soll ich mich dafür bedanken? Nun, ich bedanke mich bei niemandem. Er ist tot.« Zurückgehaltene Tränen vergrößerten ihre dunklen Augen.

Das Mädchen wischte sich mit dem Rücken ihrer freien Hand die Augen. Ich sprang vor, packte mit beiden Händen die Hand mit dem Revolver und bog sie im rechten Winkel zur Seite. Das Mädchen versuchte, sich zu befreien. Ich hasse es, Kinder zu quälen, aber ich hasse es auch, von einem erschossen zu werden – ich verstärkte den Druck. Heulend stieß sie einen häßlichen Fluch aus und ließ die Waffe fallen.

Ich hielt ihr Armgelenk mit einer Hand umklammert und bückte mich, um den Revolver mit der anderen aufzuheben. Sobald er in meiner Tasche und sicher vor ihrem Zugriff war, ließ ich ihre Hand los und sagte: »Du mußt Edwina Blake sein.«

»Mein Name ist Wina.« Mürrisch rieb sie ihr Handgelenk und murmelte: »Gib mir den Revolver zurück.«

»Damit du mich erschießen kannst?« lachte ich. »Nein, ich glaube, ich behalte ihn noch eine Weile. Wofür brauchst du einen Revolver?«

»Freunde haben mir erzählt, daß die Leute hier einbrechen und Sachen klauen. Ich wollte sie aufhalten.« Sie stieß ein verkohltes Holzstück in eine Pfütze und sah sich um. »Da ist nicht viel zum Klauen übrig. Was willst du hier?«

Ich konnte diesen wütenden Augen das Gefühl nicht erklären, das ich hatte, als ihr Vater sich in meinen Armen bewegte, und daß die Erinnerung daran mich wieder hier hergezogen hatte. Ich zuckte die Schultern. »Ich arbeite mit der Anwältin deines Vaters zusammen. Ich kam gestern abend, um mit ihm über die Probleme, die er mit der Polizei hatte, zu reden.«

»Zu spät. Er braucht deine Hilfe nicht mehr.« Wina stieß noch ein Holzstück über den Fußboden. »Ich brauche dich auch nicht. Hau endlich ab.«

Jetzt verlor ich die Geduld. »Natürlich brauchst du Hilfe. Sieh dich doch mal genau hier um. Siehst du, wie diese Truhen da auseinanderexplodiert sind? Das kommt nicht vom Feuer. Das war kein Unfall.« Ich reichte ihr meine Visitenkarte. »Dort weiß man, wo ich zu erreichen bin. Ruf an, wenn du etwas brauchst.«

Wina nahm die Karte und schnippte mit den Fingern dagegen. »Welche Art von Hilfe kannst du mir geben?«

»Ich weiß nicht.« Ich bedauerte bereits meine impulsive Handlung; Streuner aufzulesen, kann anstrengend sein. Die erstbeste blöde Ausrede, die mir einfiel, sprudelte aus mir heraus. »Vielleicht brauchst du ein stilles Plätzchen zum Lernen.« Ich zuckte die Schultern. »Das mußt du entscheiden.«

Wina Blake war nicht beeindruckt. Sie schnippte erneut mit den Fingern gegen die Karte. »Das einzige, was du für mich tun kannst, ist, mir den Revolver zurückzugeben.«

Ich schüttelte den Kopf. »Tut mir leid. Keine Revolver.«

Sie ließ die Karte aus ihren leblosen Fingern fallen. Sie flatterte zu Boden. Wina benutzte die Spitze ihres schwarzen Turnschuhs, um die Karte auf den aschebedeckten Fliesen langsam zu zertreten. »Ich besorge mir einen anderen Revolver. Ich werde das Arschloch schon noch finden, das meinen Daddy umgebracht hat, und ihn töten.«

»Auf so etwas solltest du dich nicht einlassen –«

»Ach, leck mich doch!« Das Mädchen drehte sich um und rannte aus dem Laden.

Ich zog den Nagel aus meinem Schuh und ließ ihn in meine Tasche auf den Revolver fallen. Dann verschwendete ich noch weitere zehn oder fünfzehn Minuten damit, die Trümmer hin und her zu stoßen und in Kisten zu schauen, bevor ich aufgab. Ich richtete die Absperrung aus Spanplatten wieder auf und ging zum St. Mark's Place, um dort ein Taxi anzuhalten.

Ich schlenderte durch das Schreibbüro, um mir eine Tasse Kaffee zu holen, und lächelte. Textverarbeitungssysteme spuckten leise Dokumente aus, Telefone klingelten; meine Angestellten arbeiteten hart. Ich hoffte, daß sie genug erwirtschafteten, um meine wohltätige Arbeit abzudecken. Eileen war nicht in ihrem Arbeitszimmer, darum ging ich in mein eigenes und stöhnte beim Anblick des Schreibtisches. Über Nacht war der Stapel Akten, die sich darauf türmten, um fünfzehn Zentimeter gewachsen. Vorsichtig betrachtete ich die Mappen und fragte mich, ob der Schmerz in meiner Schulter noch ein Zeichen der Erschöpfung oder eine Ausrede war, um mich um die Arbeit zu drücken.

Eileen kam herein und beendete das Selbstgespräch. »Hi. Marcelle sagte, daß du da seist.« Marcelle, unsere Empfangsdame, verfolgt aufmerksam jedes Kommen und Gehen. »Ich machte mir schon Sorgen um dich. Jedesmal, wenn ich anrief, hatte ich deinen blöden Anrufbeantworter dran. Wie geht es dir?«

»Es geht mir gut. Du brauchst dir überhaupt keine Sorgen zu machen.« Mit einer Handbewegung deutete ich auf die Akten. »Fragst du dich manchmal, ob wir zu erfolgreich geworden sind? Zu viele Schreibarbeiten machen. Nicht genug praktische Arbeit.«

Eileen lachte und setzte sich. »Gestern hast du über den Mangel an Arbeit geklagt, heute haben wir zu viel. Ich wollte dich fragen, wem du den Faradeux-Fall übertragen willst, aber ich vermute, daß du dich selbst darum kümmern willst.«

»Es gibt keinen Grund, warum ich es nicht selbst machen soll. Ich langweile mich. Dr. Mabe sagt, mit mir sei alles in Ordnung – so lange ich mich von Feuern fernhalte.«

Eileen lachte wieder. »Bitte, übernimm den Fall. Du warst in letzter Zeit ziemlich griesgrämig. Wir werden alle glücklicher sein, wenn du dieses Büro verläßt und mal richtig arbeitest. Wie willst du mit WARM Kontakt aufnehmen?«

Ich lächelte. »Ich habe bereits Kontakt aufgenommen. Ich habe ihr Büro angerufen und ein paar Andeutungen fallenlassen, daß ich vielleicht etwas spenden könnte. Sie machen heute abend eine Veranstaltung. Ich werde mir ihren Standpunkt anhören. Vielleicht werde ich sogar von ihnen bekehrt und verbanne alle Hamburger aus dem Büro.«

»Dann wirst du einen Aufstand erleben. Und bitte mich nicht, dich zu verteidigen, denn ich werde auf ihrer Seite sein.«

Ich lachte und lehnte mich auf meinem Stuhl zurück; mein Arm berührte den Metallgegenstand in meiner Tasche. Ich hörte auf zu lachen, zog den Revolver heraus und warf ihn auf den Tisch. »Er ist nicht geladen. Die Patronen sind in meiner Tasche. Ich traf vorhin Hurley Blakes Tochter. Wina ist ein charmantes Mädchen mit einem sehr begrenzten Vokabular. Sie drohte, mir meinen verdammten Kopf wegzublasen – das waren ihre Worte, nicht meine. Ich hielt es für besser, sie zu entwaffnen.«

Eileen nahm die Waffe und rümpfte mißbilligend die Nase. »Es wird den Leuten zu leicht gemacht, sich solche Sachen zu besorgen.« Vorsichtig legte sie den Revolver zurück auf den Tisch und fragte: »Wo hast du sie getroffen?«

»Wir sind uns im Laden begegnet. Als ich heute morgen zur Nachuntersuchung ins Krankenhaus ging, sagte Dr. Mabe etwas, was mich neugierig machte. Sie sagte, Hurley Blake sei an inneren Verletzungen und schweren Blutungen gestorben und nicht an Rauchvergiftung oder Verbrennungen, was man bei dem Feuer vermutet hätte. Darum bin ich in den Laden zurückgegangen, um mich umzusehen. Es sieht aus, als wäre dort eine Bombe explodiert. Ich werde Tony anrufen und mich erkundigen, was die Cops und die Feuerwehr davon halten.«

Noch etwas beunruhigte mich – mein Gewissen. Ich rieb den Ansatz meines Nackens und spürte einen verspannten Knoten, der unter meinen Fingern zu wachsen schien. »Ich habe einen großen Fehler gemacht und Wina Blake erzählt, daß jemand das Feuer gelegt hat. Sie stürmte raus und versprach, die dafür verantwortliche Person zu töten.« Ich schob den Revolver in eine Schublade und schloß sie ab. »Das Kind ist verrückt genug, um es zu versuchen.« Schweigend fügte ich hinzu: Ich muß sie aufhalten. »Erzähl mir von Hurley Blake.«

Eileen zündete sich eine Zigarette an, nahm einen Zug und blies den Rauch an die Decke. Ich sah ihr neidisch zu. Ich hatte Lust auf eine Zigarette, aber ich dachte an Dr. Mabes Rat und spielte statt dessen mit dem winzigen Nagel.

»Hurley war vierzig Jahre alt. Er hatte keine weiteren Kinder. Ich weiß nichts über seine Frau. Sie wohnten zusammen mit seiner Mutter in der achten Straße. Die Rechtsberatungsstelle schickte ihn zu mir – ich habe ein paar überzählige Fälle von denen übernommen. Sonst weiß ich nichts über den Mann.«

Eileens Besuch entwickelte sich zu einer allgemeinen geschäftlichen Unterhaltung. Die meisten Leute verstehen nicht, wie zwei Schwestern zusammenarbeiten und dabei Spaß haben können, aber ich kann mir überhaupt keine andere Konstellation vorstellen.

Wir haben versucht, für andere Leute zu arbeiten, und haben es gehaßt. Ich habe sogar versucht, allein zu arbeiten, und habe das noch mehr gehaßt. Nach sieben gemeinsamen Jahren hat unsere Partnerschaft eine stabile, reife Ebene erreicht – wir schreien uns nur ein oder zweimal im Monat an. Unsere Schreianfälle toben wir unter uns im Konferenzzimmer aus, gut geschützt vor den neugierigen Ohren der Angestellten. Wenn wir mit dem Schreien fertig sind, läuft das Geschäft wieder seinen gewohnten Gang.

Der Rest des Tages ging friedlich vorbei. Ich rief mehrmals bei Tony Parker an, erreichte ihn aber nie, und schaffte es, mich durch die Akten auf meinem Tisch zu arbeiten – oder sie abzugeben. Ich hatte sie bis auf ein halbes Dutzend durch, als Eileen an der offenen Tür vorbeiging und »Gute Nacht!« rief.

Wenn meine Schwester, dieser Workaholic, geht, ist es Zeit, nach Hause zu gehen. Ich rief ihr nach, daß sie warten solle, ließ die auf meinem Schreibtisch ausgebreiteten Papiere liegen und eilte hinter ihr her. Eileen betrachtete meine Aufmachung und kicherte. »Du siehst aus, als gingest du auf ›ne Demo. Wo findet die Versammlung statt – bei McDonalds?«

»Richtig, der Burger King ist der Hauptredner.«

Mein Sarkasmus entging ihr, und sie begann, einen Jingle aus einer Hamburger-Werbung zu summen. »Hör auf«, fuhr ich sie an. Eileen hob die Brauen und hörte auf zu summen.

Lampenfieber. Angst vor der Premiere. Ich war nervös, was nicht ungewöhnlich war. Ich bin immer nervös, wenn ich mit einer verdeckten Ermittlung beginne. Sobald ich mich an die Rolle gewöhnt habe, geht es mir gut, aber ich kann keine Witze machen, bevor ich anfange. Jacob Faradeux war ein Clown, aber er war mein Clown; ich wollte nicht den Fehler begehen, seine Gegner zu unterschätzen. Extremisten machen mich, unabhängig von ihrer Sache, nervös.

Der Fahrstuhl hielt in der Eingangshalle. Wir stiegen aus, und Eileen ermahnte mich wie immer zur Vorsicht: »Paß bitte auf. Mach keine Dummheiten.« Wie immer versprach ich, auf sie zu hören.

Der Stadtteil Chelsea, das einst Clement Moore gehörte, dem Autor von »A Visit from St. Nicholas«, liegt eingezwängt in den dreißig Straßenzügen zwischen dem Garment District und dem Village. Das frühere Zuhause von Dylan Thomas, Andy Warhol, Jack Kerouac, Mark Twain und Sid Vicious wird mittlerweile von Discountläden und Büroetagen dominiert, wodurch Chelsea dem Rest der Insel gleichgemacht wird.

Die Leute von WARM verschwendeten ihr Geld nicht für schicke Büroräume. Das Gebäude, ein vernachlässigtes Waisenkind inmitten einer Gruppe wohlhabender Reihenhäuser, war bei der Neubaumanie, die die Straße erfaßt hatte, übersehen worden.

Die Außenfassade war abgeblättert und bröckelig, das Innere war noch schlimmer. Die Eingangshalle wurde dominiert von der Dreieinigkeit: Schmutz, Dunkelheit und Feuchtigkeit. Ich drückte auf den Fahrstuhlknopf und wartete. Der Fahrstuhl kam nicht. Ich suchte die Treppe und rannte sechs Stockwerke hinauf. Als ich oben ankam, war ich kaum außer Atem und glücklich – das gestrige Erlebnis hatte keine Beeinträchtigungen hinterlassen.

Ein Mann, der gut genug aussah, um mit allen herrschenden Idolen zu konkurrieren, begrüßte mich an der Tür. Er war braungebrannt, hatte blaue Augen und ein schiefes Lächeln. Ich musterte ihn. Mein geübter Blick bemerkte die muskulöse Brust, die unter dem einfachen Arbeiterhemd verborgen war. Ein paar dunkle Haare lockten sich aus dem offenstehenden Kragen heraus.

»Diese Treppe bringt einen um. Komm rein und setz dich, bevor du ohnmächtig wirst. Ich heiße Grant Wilder. Ich bin heute der Türsteher.« Er schüttelte mir die Hand; die beiden letzten Finger an seiner rechten Hand fehlten. »Vietnam«, murmelte er.

Ich löste meinen Blick von den lockigen Haaren und schaffte es, mich vorzustellen. »Ich bin Blaine Stewart. Ich habe heute angerufen – ich glaube, ich habe mit dir gesprochen.«

Grant zog die Stirn kraus. Ich sah deutlich, wie ihm der Gedanke »Vorsicht, Spender« durch den Kopf ging. »Oh ja. Ich erinnere mich an den Namen«, sagte er beiläufig. »Ich freue mich, daß du kommen konntest.«

Ein älteres Paar stand zögernd an der Tür. Grants Blick schoß zu ihnen hinüber, dann wieder zu mir zurück. »Die Leute dort sehen etwas verloren aus. Ich mache die offizielle Begrüßung, darum fahre ich jetzt besser damit fort, ehe sie weglaufen. Warte nach der Veranstaltung auf mich, dann erzähle ich dir mehr über die Organisation.«

Ich versprach zu warten. Grant schenkte mir ein strahlendes Lächeln und drückte mir sanft die Hand, bevor er sie losließ. Ich setzte mich in der letzten Reihe auf einen Stuhl am Gang und beobachtete, wie er die Neuankömmlinge begrüßte.

Wilder behandelte die Menschen mit der Routine eines Politikers, schüttelte Hände und redete, als wäre er sich seiner charismatischen Erscheinung nicht bewußt. Es war eine gute Vorstellung, aber seine Entfaltung von Charme dauerte immer einen Moment zu lang; sein Lächeln war immer ein bißchen zu strahlend. Ich glaubte nicht, daß Grant sich seiner Wirkung nicht bewußt war.

Dreißig Leute füllten schließlich den Raum und versuchten, es sich auf den Metallstühlen bequem zu machen. Einunddreißig, wenn ich meinen eingeschlafenen Hintern dazuzählte. Es war sieben Uhr neunundvierzig, weit über die Anfangszeit der Versammlung hinaus. Ungeduldig blickte ich über die Schulter und wurde Zeugin des leidenschaftlichen Endes einer Diskussion zwischen Grant und einer kleinen, dunkelhaarigen Frau.

Nach einem ausgedehnten Kuß riß sie sich los und eilte nach vorn in den Raum. Grant nahm mir gegenüber am Gang Platz, begegnete meinem Blick und zuckte die Schulter, als wollte er sagen: Das kommt ständig vor. Er schlug die Beine übereinander und studierte beiläufig das Publikum.

Etwas mehr Frauen als Männer. Hippies aus den Sechzigern, die ein neues Ziel suchten, ernste junge Internatsschüler, ein älteres grauhaariges Ehepaar, ein Sechserpack alter Matronen und eine Handvoll Collegestudenten. Niemand sah aus, als ob er wahnsinnig wäre, aber wie sollte man das beurteilen? Heutzutage treten Wahnsinnige in Nadelstreifenanzügen auf und tragen in ihren teuren Aktentaschen American Express Cards und batteriebetriebene Telefone mit sich herum.

Die Frau wartete, bis sich der Lärm gelegt hatte, und stellte sich mit Rosalynn Carter vor. »Keine Verwandtschaft mit Jimmy.« Die Reihe älterer Damen kicherte leise. Rosalynn nickte ihnen dankbar zu und begann ihren Vortrag. Jedes Wort war auf großen Karteikarten notiert. Sie las sie uns mit einer hauchenden, monotonen Stimme vor und wagte es kein einziges Mal, den Blick zu heben. Wenn sie aufgeschaut hätte, wären ihr ermüdete Gesichter begegnet; das Publikum driftete in gelangweilten Schüben davon. Ich versuchte zuzuhören, aber meine Gedanken kehrten immer wieder zu der Begegnung mit Wina Blake zurück.

Das Wort »Faradeux« durchdrang meine Träumerei. Ich richtete meine Aufmerksamkeit wieder auf Rosalynns Vortrag. »... ein schreckliches Beispiel für die Brutalität, die die Viehzüchter und Schlachtbetriebe anwenden, die ihre Barbarei hinter dem Begriff Fleischproduktion verbergen. Das Wort Fleischproduktion ist aber eine höfliche, saubere Bezeichnung für Mord.«

Die Empörung verstärkte Rosalynns Stimme. »Wenn wir diese Produkte kaufen, kaufen wir totes Fleisch. Das tote Fleisch von unterdrückten Tieren, die mißhandelt und gefoltert worden sind. Der Videofilm, den Sie gleich sehen werden, schildet das kurze, schmerzhafte Leben der Rinder, die von Faradeux Industries gezüchtet und getötet werden. Die Filmarbeiten fanden auf verschiedenen Grundstücken Faradeux's statt. Es ist alles authentisch – nichts wurde für den Film gestellt.«

Rosalynn rollte ein Fernsehgerät heran und stellte es an. Grant verdunkelte das Oberlicht. Das Video war eine Amateurproduktion, die mit einer dieser neuen, mit einer Hand zu bedienenden Kameras gedreht wurde, die es jedem gestatten, seine oder ihre persönliche Kinowirklichkeit zu schaffen.

Der Film begann mit der Aufnahme eines großen Schildes, das über einem Feldweg hing. Das Schild erklärte stolz, daß das Land zum Eigentum von Faradeux Industries gehörte. Die Linse öffnete sich langsam zu einer breiten Aussicht auf junge Rinder, die friedlich auf einem Feld grasten. Die pastorale Szene brach abrupt ab und wurde von einem Kaleidoskop rotglühender Brandeisen ersetzt, die den Tieren eingebrannt wurden. Dünne Rauchwolken stiegen von den versengten Schenkeln auf.

Rosalynn überließ es klugerweise den lebhaften Bildern selbst, unsere Phantasie anzusprechen. Rinder wurden auf einen Lastwagen verladen, dem die Kamera auf der langen Fahrt zu einem Schlachthof in Colorado folgte. Schmalere, geschwächte Tiere stolperten die Rampe zu dem eingezäunten staubigen Platz hinunter, auf dem sich Hunderte anderer Stiere drängten. Als die desorientierten Rinder auf der Stahlrampe um ihr Gleichgewicht kämpften, fragte ich mich, ob sie möglicherweise unter Reisefieber litten. Die Handlung beschleunigte sich, zeigte die Entfernung der Hörner und anschauliche Kastrationsszenen. Mein Magen drehte sich um.

Die Kamera wankte nicht, als sie den arglosen Rindern ins Schlachthaus folgte. Sie bewegten sich in einer nervösen, ruckartigen Schlange vorwärts, dann wurden sie vom Boden hochgerissen und an einem Fließband darüber aufgehängt, damit die toten Tiere nicht in das Blut ihrer geschlachteten Vorgänger fielen. Die Kameralinse erstarrte über einem blutigen Kadaver und wurde schwarz.

Die Lampen leuchteten wieder hell auf. Rosalynn setzte ihren weitschweifigen Vortrag über die Zahl der Rinder, die in den Viehgehegen zusammengepfercht werden, fort, über die Chemikalien, die eingesetzt werden, damit sie schneller zunehmen, und tausend andere trockene Statistiken. Ich kippte meinen Stuhl auf die Hinterbeine, um meine übermäßig langen Beine auszustrecken, und ließ mich von ihrer hypnotischen Stimme behaglich einlullen.

»Jacob Faradeux dirigiert den Mord an Hunderttausenden schutzlosen Rindern mit demselben Mangel an Menschlichkeit, wie Hitler sie gegenüber den Juden walten ließ. Er muß, genauso wie Hitler, aufgehalten werden …«

Einige Köpfe nickten zustimmend. Empört darüber, daß niemand widersprach, daß sie den Holocaust herunterspielte, indem sie ihn mit der Produktion von Hamburgerfleisch verglich, ließ ich meine Stuhlbeine auf den Fußboden krachen und rief: »Wie können Sie –«

Als ich merkte, daß ich im Begriff war, meine Tarnung aufzudecken, hielt ich inne und formulierte meinen Einwand um: »Wie können wir sie aufhalten? Faradeux kontrolliert eine große, mächtige Organisation.«

Grant warf mir ein lobendes Lächeln zu. Rosalynn tat dasselbe. »In ein paar Wochen geht Faradeux Industries an der New Yorker Börse auf den Markt. Es ist ein moralisches Verbrechen, diese Firma zu honorieren. Die Menschen, die sich für ein Ende der Unterdrückung einsetzen, müssen aufstehen und protestieren. Diese Versammlung ist ein Aufruf zum Kampf. Wir müssen uns mobilisieren, um gegen die Existenz von Faradeux Industries zu protestieren und die Beendigung ihrer Schlachtfelder zu fordern.«

Begeisterter Applaus erstickte den Rest von Rosalynns Antwort. Die nächste Versammlung wurde bekanntgegeben, und es wurden Erfrischungen gereicht. Das blasse Gemüse auf dem Tisch sprach mich nicht an. Ich ging daran vorbei und goß mir eine Tasse Kaffee ein. Grant Wilder erschien wie versprochen an meiner Seite. Er nahm sich eine Handvoll Karottenstifte und schenkte mir ein erneutes Lächeln. »Wie fandst du es?«

»Dieser Film war schrecklich. Eine eindrucksvolle Einführung in eure Arbeit. Erzähl mir mehr über deine Organisation.«

»Es ist nicht meine Organisation.« Er biß geräuschvoll von der Karotte ab und kaute. »Roz spielt die Hauptrolle. Ich helfe ihr nur. Wo hast du von uns erfahren?«

»In der Voice.«

»Das war ein guter Artikel.« Die Village Voice, eine der letzten Zeitungen in der Stadt mit Enthüllungsberichten, hatte kürzlich einige Aktivistengruppen vorgestellt und WARM in einer Spalte erwähnt. Der Artikel hatte mir eine Menge Nachforschungen erspart; nachdem ich ihn gelesen hatte, erneuerte ich dankbar mein Abonnement.

Ich nickte Grant zustimmend zu. »Das stimmt. Der Artikel hat mir eine Menge Zeit und Arbeit erspart.«

Grant hob seine attraktive Augenbraue und fragte: »Wieso?«

»Für das neue Jahr hatte ich unter anderem beschlossen, mich endlich in einer Gruppe zu engagieren, die wirklich etwas für die Rechte der Tiere unternimmt.«

Seine Brauen senkten sich, dann hoben sie sich wieder. »Das Jahr ist schon fast zur Hälfte vorbei. Dein Beschluß war nicht besonders dringend.«

Ich seufzte. »Das ist nicht so einfach. Wenn du einer Sache deine Zeit und dein Geld widmen willst, mußt du vorsichtig sein. Es gibt zu viele Gruppen, die gern mein Geld haben wollen. Es gibt aber nicht viele, die zeigen können, was sie tun, um das Wohl der Tiere zu verbessern. Ich hoffe, WARM ist anders.«

Grant überging den Hinweis auf das Geld, als wäre es unwichtig, und fragte: »Welche anderen Gruppen hast du dir angesehen?«

»Das sage ich lieber nicht. Ich spreche nicht gern schlecht über Leute, die ich nur ein- oder zweimal getroffen habe.«

»Eine schöne Frau, die nicht diskret ist, ist nicht mehr wert als die Perlen, die man vor die Säue wirft.« Er lächelte. »Ein Sprichwort. Was kann ich dir über unsere kleine Gruppe erzählen?«

Wir unterhielten uns. Grant war ein Meister darin, die Leute galant auszufragen, indem er sie ermunterte zu reden, ohne zu bemerken, daß ihre Antworten für eine spätere Überprüfung gespeichert wurden. Er kaute auf Karottenstiften und stellte neugierige Fragen. Ich gab ausweichende Antworten, die offen und ehrlich wirkten, und gelegentlich spielte ich darauf an, daß ich eine spendenwürdige Einrichtung suchte. Mein unschuldiges Lächeln überspielte unangenehme Augenblicke.

Ich konterte jede Frage mit einer eigenen. Wilder überging meine Fragen geschickt mit Gegenfragen. Irgendwo im Laufe der Diskussion über Antikriegsproteste und der Frage, wo ich wohnte, die ich überhörte, bestand ich einen privaten Test.

Grant aß seine Karotten auf und beobachtete, wie ich meine Kaffeetasse nachfüllte. Als ich mich auf unserem Platz im vorderen Teil des Raumes wieder zu ihm gesellte, sagte er: »Du bist vorsichtig, und du hast Erfahrung. Das gefällt mir. Wir könnten dich gebrauchen. Ich möchte, daß du bei der nächsten Versammlung unserer Führungskomitees dabei bist. Wir brauchen etwas frisches Blut.«

»Muß Rosalynn nicht zustimmen?«

»Mach dir keine Gedanken um Roz. Sie hört auf mich. Die Versammlung findet hier morgen abend um halb acht statt. Kannst du kommen?«

»Klar, ich kann mir dafür freinehmen.« Ich lächelte, erfreut darüber, daß ich so schnell Erfolg hatte.

Die Menschenmenge verschwand allmählich, und es blieben nur noch ein paar Nachzügler zurück, die den letzten Kaffee austranken und die letzten welken Überreste auf der Gemüseplatte stibitzten. Das ältere Paar nahm Roz und Grant vorn im Raum in die Mangel. Ich beschloß zu gehen, bevor ich zwei neugierigen Leuten in die Falle ging, die ihre mißtrauische Aufmerksamkeit auf mich richteten. Ich winkte Grant zum Abschied zu. Er rief mich, aber ich tat so, als würde ich ihn nicht hören und ging nach draußen, ehe er sich losmachen konnte.

Ich wohne in Greenwich Village, fünfzehn oder zwanzig Straßen südlich vom WARM-Büro. An einem normalen Abend wäre ich zu Fuß nach Hause gegangen und hätte die milde Abendluft genossen, aber heute nicht. Ich hatte Angst, verfolgt zu werden – Angst genug, um die U-Bahn zu nehmen.

Die zwanzigminütige Fahrt von Chelsea bis zu mir nach Hause dauerte fünfundvierzig Minuten, in denen ich von einem Zug in den nächsten umstieg und über meine Schulter zurückblickte. Verschwendete Zeit. Paranoide Zeit.

Müde und verärgert schleppte ich mich die Treppe der U-Bahn hinauf und ging zur Barrow Street. Die dunklen Fenster meiner leeren Wohnung warnten mich vor der erstickenden Einsamkeit, die mich drinnen erwartete. Ich eilte am Haus vorbei und ging bis zwei Uhr morgens spazieren, bis ich mich vor Erschöpfung mehr nach Schlaf als nach Geselligkeit sehnte.

Die Lampe des Anrufbeantworters im Flur blinkte und forderte mich auf, mir die Nachrichten anzuhören. Ich ignorierte sie und stolperte die Stufen hinauf. Irgendwie gelang es mir, mich auszuziehen, bevor ich ins Bett fiel.

3

Alpträume ruinierten meinen Schlaf. Cowboys galoppierten auf riesigen schwarzen Pferden in immer enger werdenden Kreisen und trieben mich unter einen rostigen Haken, der in der Mitte des Feldes herunterhing. Die scharfkantigen Hufe der Pferde gruben sich in den trockenen Boden und wirbelten Staubwolken in die Luft, die die Reiter vorübergehend blind machten.

Ich rollte unter einem Zaun hindurch in ein Gehege mit Rindern. Sie grasten friedlich weiter, ungestört von dem Blut, das aus den klaffenden Wunden an ihren Hälsen strömte. Pfützen aus geronnenem Blut befleckten das kurze Gras. Ich trat in eine hinein und würgte. Das krächzende Geräusch alarmierte die blutigen Stiere; sie hoben ihre Köpfe und stürmten los.

Ich drehte und wendete mich, um ihnen zu entfliehen, zog Decken über meinen Kopf und warf sie Sekunden später wieder beiseite. Die roten Ziffern auf der Digitaluhr sprangen auf 5 Uhr 57. Es war unmöglich, sich noch länger vorzumachen, daß ich schliefe. Ich gab es auf und zog meine Joggingsachen an.

Ich rauche zu viele Zigaretten, bleibe zu lange auf und denke nie daran, meine Vitamine zu nehmen. Ich versuche, diesen Mißbrauch meines Körpers wiedergutzumachen, indem ich laufe, schwimme und jede Woche fünfzehn oder zwanzig harte Meilen zu Fuß gehe – das gehört zu einem der wenigen Termine, die ich einzuhalten schaffe.

Das Laufen gehört zu den beliebtesten Dingen meines Fitneßprogramms, aber nicht, wenn ich den Kater nach einer schlaflosen Nacht abschüttle. Ich schlurfte die vor der Dämmerung noch ruhigen Straßen entlang, schwitzte und wartete auf den euphorischen Augenblick, in dem sich der Knoten in meiner Brust und den Beinen auflöst. Das Hochgefühl beim Laufen wollte sich einfach nicht einstellen, und so versuchte ich mir selbst etwas vorzumachen – Klar, kann ich noch zwei Meilen schaffen -, zu fluchen und zu versprechen, daß ich nie wieder rauchen oder laufen würde. Obwohl ich diese Versprechen jedes Mal mache, wenn ich laufe, funktionieren sie immer wieder. Ich beendete meine Runde, ohne kriechen zu müssen, kehrte tugendhaft in meine Straße zurück und freute mich auf das Frühstück.

Ida Yankovitch, die ältere Dame, die direkt auf der gegenüberliegenden Straßenseite wohnte, goß gerade ihre Blumenkästen. Ida gehörte zu der Generation, die nichts davon hielt, lange zu schlafen. Sie beobachtete, wie ich die Straße hinaufkam, und winkte, als ich in Rufweite kam. Ich erwiderte ihren Gruß und sprang die Stufen rauf. Ida schoß über die Straße und stand am Fuß meiner Treppe, bevor ich die Tür aufgeschlossen hatte.

»Blaine, mein Liebes, ich habe gestern eine Nachricht auf Ihrem Anrufbeantworter hinterlassen. Haben Sie sie gehört? Nennen Sie mich ruhig altmodisch, aber ich hasse es, auf diese Dinger zu sprechen. Moderne Annehmlichkeiten – moderne Unannehmlichkeiten, wenn Sie meine Meinung wissen wollen. Wer hätte das gedacht, daß wir einmal so beschäftigt sein würden, daß wir Maschinen brauchen, um auf das Telefon zu antworten. Verstehen Sie mich nicht falsch, mein Liebes, ich weiß, daß Sie ihn brauchen. Sie sind immer so beschäftigt, daß ich gar nicht weiß, wie ich Sie erreichen könnte, wenn Sie nicht diesen kleinen Apparat hätten.«

Ich übernahm häufig Erledigungen für sie. Ida wagte sich nie weiter als bis zum Ende der Straße, wissen Sie. Nach zwei Überfällen hielt sie sich immer in der Nähe ihres Hauses auf. Der erste Raub war eine Routinesache. Ida gab ihre Handtasche her, meldete das Verbrechen der Polizei, wechselte die Schlösser an ihren Türen und ersetzte die gestohlenen Gegenstände. Der zweite Räuber nahm ihre Brieftasche und verprügelte sie, weil sie nicht genug Geld bei sich hatte. Ich besuchte Ida im Krankenhaus und hielt ihre zitternden Hände, als sie weinte und mir von dem Überfall erzählte. Ich erinnere mich, wie ich mir im stillen geschworen hatte: Wenn ich diesen Bastard jemals erwische …

Niemand erwischte jemals diesen Bastard. Nach ein paar Tagen im Krankenhaus wurde Ida entlassen. Sie ging nach Hause und wechselte wieder die Schlösser. Drei zusätzliche Schlösser kamen hinzu, und die Nachbarn schworen, daß sie auf sie aufpassen würden, aber Ida glaubte ihnen nicht. Sie ging nie wieder weiter als bis zum Ende der Barrow Street.

Ida ließ sich in einem fort über Anrufbeantworter und das Ende der Zivilisation aus. Höflich unterbrach ich sie. »Ida, es tut mir leid. Ich kam erst spät nach Hause und habe mir die Nachrichten nicht angehört.« Schweiß lief mir über die Stirn in die Augen. Sehnsüchtig nach der Dusche wischte ich ihn weg und fragte: »Brauchen Sie etwas?«

»Wenn es Ihnen keine Umstände macht, Liebes, ich brauche etwas aus dem Tierladen. Wissen Sie, daß die mir nichts mehr liefern wollen? Der Verkäufer – er war so unhöflich – sagte, es lohne sich nicht mehr, jemanden wegen eines Auftrags unter fünfundzwanzig Dollar loszuschicken. Früher haben diese Geschäfte alles für ihre Kunden getan, jetzt interessiert es sie einfach nicht mehr.«

Ich wollte eine Dusche, Kaffee und Frühstück. Ich wollte nicht auf der Türschwelle stehen und mir die Beschwerden meiner Nachbarin über das moderne Leben anhören. Ich hatte genug Probleme mit meinem eigenen Leben; ich wollte mir ihre eigentlich nicht anhören. Aber ich konnte sie nicht einfach unhöflich wegschicken – Ida erinnerte mich an meine eigene Mutter, die ihr Leben glücklich auf einem Golfplatz in Arizona vergeudete. Ich wischte mir nochmals die Stirn ab, stützte mich auf das schmiedeeiserne Geländer und fragte geduldig: »Was brauchen Sie?«

»Mikey hat sein ganzes Futter aufgefressen, und dieser verdammte Vogel frißt nichts anderes als die spezielle Mischung aus diesem Laden am Broadway. Ich möchte Ihnen keine Umstände machen, aber wir können ihn doch nicht verhungern lassen, oder?«

»Nein, wir können ihn nicht verhungern lassen. Kann Mikey bis heute abend abwarten?« Mikey, ein Sittich, der fast so alt war wie Ida, konnte nicht viele Mahlzeiten auslassen. »Oder droht er schon, vor Hunger ohnmächtig zu werden und von seiner Stange zu fallen?«

Ida kicherte. Sie tätschelte meinen Arm und versuchte, mich zu beruhigen. »Oh, mein Liebes, Sie sind so witzig. Natürlich kann Mikey bis heute abend warten. Ich möchte nicht, daß Sie sich Umstände machen, Sie tun bereits so viel für mich.« Ida tätschelte nochmals meinen Arm und entschuldigte sich, daß sie sich wieder um ihren Garten kümmern müsse.

Ich beobachtete, wie Ida über die Straße eilte, und fragte mich, wieviel Energie ich mit siebenundsiebzig noch haben würde. Ich gähnte und hatte meine Antwort. Wenn ich keine anständige Nachtruhe bekäme, würde ich nicht einmal die Energie haben, um über die Straße zu kriechen.

Eileen trat aus dem Fahrstuhl und entdeckte, wie ich in der üblichen Menge ungeduldig stand und wartete – unser Gebäude hat die langsamsten Fahrstühle in Manhattan. Sie ergriff meinen Ellbogen und zog mich in die Mitte der Eingangshalle. »Hast du Probleme mit der Übersicht über deine Termine?« Eileen versuchte, die Stirn zu runzeln, aber das Grinsen wollte aus ihrem Gesicht nicht weichen. »Oder übst du eine neue Disziplin – Termine verpassen?«

Wie immer irritierte mich Eileens amüsiertes Grinsen. Ich blickte sie finster an und fragte: »Wovon, zum Teufel, redest du?«

»Da sind Leute in unser Büro eingedrungen, die behaupten, sie hätten wichtige Geschäfte mit dir zu erledigen. Nur mit dir, sonst niemandem. Einer wartet am Empfang und treibt Marcella zum Wahnsinn, einer treibt Jona zum Wahnsinn und eine ist im Konferenzzimmer.« Sie lachte. »Alle sind am Kochen, insbesondere der Cowboy vorn.«

Ich seufzte. »Faradeux?«

»Kein Geringerer. Vor deinem Büro hängt Parker herum und verpestet die Luft mit seinen Zigarren. Das Mädchen haben wir ins Konferenzzimmer gesteckt; der Diamantknopf an ihrer Nase macht Faradeux nervös.«

Ich seufzte nochmal. »Jacob Faradeux, Tony Parker und Wina Blake?«

»Wieder richtig. Immerhin fuchtelte das Mädchen nicht mit dem Revolver.« Eileen lachte und nahm ihre Aktentasche. »Viel Spaß. Schade, daß ich keine Zeit habe, um mit dir nach oben zu gehen – ich würde gern zusehen, wie du mit ihnen umgehst.«

Immer noch lachend verließ sie das Gebäude. Ich sah ihr nach und wünschte, ich könnte mit ihr gehen. Gerade als ich hoffte, der Fahrstuhl würde nie ankommen, erschien er. Ich fuhr in den vierunddreißigsten Stock und murmelte: »Faradeux. Parker. Blake. Faradeux. Parker. Blake.«

Die anderen Fahrstuhlinsassen beobachteten mich besorgt und überlegten, ob ich gefährlich sei. Nachdem sie mich betrachtet hatten, blickten sie auf ihre Füße, weil sie die Verrückte in ihrer Mitte nicht provozieren wollten, da ich ihre Blicke trotzig erwiderte. Hörbare Seufzer der Erleichterung folgten mir aus dem Fahrstuhl.

Marcella sah erleichtert aus, als ich ins Büro kam. Faradeux sprang vom Sofa auf und rief: »Red, wo sind Sie gewesen? Wenn einer meiner Leute um zehn Uhr morgens zur Arbeit geschlendert käme, würde ich ihn mit einem Tritt in den Hintern von der Ranch befördern.«

»Guten Morgen, ich gehöre nicht zu Ihren Leuten. Ich würde zurücktreten.«

»Jetzt hören Sie mal zu –«

»Jacob, ich bin eine beschäftigte Frau. Ich habe keine Zeit für Ihre John-Wayne-Vorstellungen. Was wollen Sie?«

»Ich will mit Ihnen reden. Ich warte schon seit einer halben Stunde.«

Faradeux's Tonfall klagte mich der Schluderei und der Verschwendung seines Geldes an. Ich beschloß, ihm besser nicht zu erzählen, daß ich Vogelfutter für einen launischen Sittich gekauft hatte. »Wenn Sie einen Termin gemacht hätten, wäre ich hier gewesen. Ich rede gern mit Ihnen, aber Sie werden warten müssen. Andere Leute sind vor Ihnen dran.«

»Wie lange haben Sie mit diesen noch wichtigeren Leuten zu tun?«

Ich lächelte, wobei ich mir Eileens amüsiertes Grinsen, das sie mir immer zuwarf, zum Vorbild nahm. »Eine halbe Stunde, vielleicht ein bißchen länger. Alle meine Klienten verdienen meine vollste Aufmerksamkeit.«

»Dreißig Minuten, Red. Ich bin in dreißig Minuten zurück. Dann haben Sie besser Zeit für mich, sonst wird Ihnen John Wayne im Vergleich zu mir wie ein Schlappschwanz vorkommen.«

Marcella verfolgte fröhlich den Schlagabtausch. Wir taten unser Bestes, um ihre eintönigen Aufgaben als Empfangsdame etwas abwechslungsreich zu gestalten. Amüsiert verdrehte sie die Augen; mit einem Stirnrunzeln erteilte ich ihr einen stillen Verweis. Jacob glaubte, das Stirnrunzeln hätte ihm gegolten; er wurde rot und entschuldigte sich. »Okay, Red, lassen Sie sich Zeit. Ich werde mich wie ein Gentleman benehmen und in Ruhe warten.« Er drückte sich den Hut auf den Kopf und schritt nach draußen.

Der erste war geschafft. Jetzt kamen die nächsten zwei.

Ich ging ins Konferenzzimmer. Wina Blake saß mit dem Rücken zur Tür über ein Buch gebeugt an dem langen Tisch. Die Musik, die aus ihrem Kopfhörer dröhnte, schaltete alle anderen Geräusche aus. Ich konnte verstümmelte Texte hören, die vor der bevorstehenden Apokalypse warnten – fröhliche Musik für eine Sechzehnjährige. Ich schloß die Tür und ging zu meinem Büro. Wina Blake konnte noch etwas warten.

Ein ekliger Geruch nach brennenden schmutzigen Socken wehte um die Ecke. Ich wußte nicht, wo Tony Parker seine Zigarren kaufte, aber man hatte ihn betrogen: Sie enthielten nicht einen Fetzen richtigen Tabaks. Jona sah krank aus. Sie bemühte sich, dem Rauch auszuweichen, während ihre frische Hautfarbe einen erbsensuppengrünen Stich annahm. Ich mußte sie retten, bevor sie auf die Tastatur kotzte. »Tony, ich sollte dich wegen Körperverletzung mit einer tödlichen Waffe verhaften lassen. Du hättest nicht herkommen und die Luft verpesten müssen. Es hätte mir gereicht, wenn du meine Anrufe beantwortet hättest.«

Der Polizeihauptmann stand auf und versuchte, den Rauch über meinen Kopf hinweg zu blasen. Da ich ein paar Zentimeter größer bin als er, strömte mir der Rauch direkt in die Augen. Ich wedelte die Wolke beiseite und lud Tony ein, mir ins Büro zu folgen.

Er lächelte und entschuldigte sich nicht für den Rauch. »Du kannst mir keine Vorwürfe machen, weil ich deinen Anrufen ausgewichen bin. Ich dachte, du wolltest mich wieder beschimpfen, darum wollte ich dir Zeit geben, dich zu beruhigen. Ich habe gerade erfahren, daß du in dem Feuer in der Avenue B warst. Da dachte ich, ich komme mal vorbei und sehe nach, wie es dir geht.«

Ich öffnete die Tür zu meinem Büro. »Komm erstmal rein, bevor Jona in dem Gift erstickt, das du in die Luft bläst.« Ich folgte

Parker hinein, schloß die Tür und lehnte mich dagegen. »Was willst du?«

»Also, Blaine, wie führst du dich denn auf?« Tony setzte sich auf die Couch und schlug lässig die Beine übereinander. Als er damit fertig war, seine Hosenbeine gerade zu ziehen, schaute er zu mir auf und sagte sanft: »Ich wollte dich sehen, weil ich mir Sorgen um dich machte. Ich wollte mich vergewissern, daß du nicht verletzt bist.«

Ich schüttelte den Kopf und unterbrach ihn. »Meine Klienten stapeln sich hier überall und warten darauf, mich zu sprechen. Das Büro ist brechend voll wie der Flughafen am Abend vor Thanksgiving, und du raubst mir die Zeit mit Erkundigungen über mein Wohlbefinden. Es geht mir gut. Vielen Dank für die Nachfrage. Wenn wir jetzt mit den Höflichkeiten fertig sind, erzähle mir von der Bombe in Blakes Laden.«

Tony beugte sich zum Couchtisch vor und tippte mit der Zigarre auf den Aschenbecher. »Da war keine Bombe.«

»Unsinn, Tony. Ich bin in den Laden zurückgegangen und habe mich umgesehen. Hurley Blake ist zerfetzt worden. Ich möchte wissen, was passiert ist.«

»Blaine, hör mir zu. Da war keine Bombe. Du hast Glück gehabt, dem Inferno unverletzt entkommen zu sein.«

Das, was ich in seinem Gesicht sah, überraschte mich. »Du hast Angst«, platzte ich heraus.

Tony stand auf, senkte seine Stimme eine Oktave tiefer und erklärte hastig: »Ich tue dir einen Gefallen, und ich weiß nicht, warum. Ich tue dir ständig einen Gefallen, aber du hörst nie auf mich. Du hast eine zu lebhafte Phantasie, die dich eines Tages umbringen wird. Glaub mir, es war ein Feuer.«

»Wer hat die Ermittlung durchgeführt?«

»Hör auf. Vergiß es. Ich werde dir nicht erlauben, meine Leute mit dummen Fragen zu belästigen. Warum kümmerst du dich nicht um deine reichen Kunden? Überlaß den Müll den dafür zuständigen Beamten.« Er schob sich an mir vorbei und war fort, bevor ich etwas antworten konnte.

Ich wollte mich hinsetzen und nachdenken, aber ich wußte, daß Faradeux nicht mehr lange würde warten können. Mein Cowboy war bestimmt wieder am Empfang und marterte ungeduldig seinen Hut, während er wartete. Ich klingelte Jona an, bat sie, ihn zu holen, und tat so, als studierte ich die Papiere auf meinem Tisch. Den Texashut in der Hand, schritt Faradeux in mein Büro. Er winkte mir mit seiner schwieligen Hand zu und dröhnte: »Stehen Sie nicht auf, Red. Eine hübsche, kleine Lady wie Sie sollte für so einen häßlichen alten Tölpel nicht aufstehen.«

Er warf den schwarzen Hut auf meinen Schreibtisch und setzte sich. »Ich habe Nanci angerufen. Sie sagte, ich solle mich zuerst dafür entschuldigen, daß ich mich wie ein Bauer benommen habe. Ehrlich gesagt, macht mich diese Situation etwas verlegen. Ich kümmere mich immer selbst um meine Probleme und bin es nicht gewohnt, mich auf Fremde zu verlassen. Erst recht nicht auf Frauen.«

Ich murmelte einen Dank, dann sagte ich: »Ich dachte, Sie seien mittlerweile wieder in Texas.«

»Ich bleibe noch ein oder zwei Tage. Meine Emissionsbank will mich beeindrucken, indem sie mir mit dem Overheadprojektor große Zahlen zeigt. Ich hätte nie gedacht, daß ich eines Morgens aufwache und zusehe, wie die Bankiers aus einer großen Stadt über meine Herden nachbrüten. Aber um die Wahrheit zu sagen, Red, mache ich mir Sorgen. Bei Faradeux Industries arbeiten alle hart und ehrlich. Ich möchte nicht zusehen, wie ihre Bemühungen von einer Gruppe Müsli-Essern verleumdet werden.«

»Ich war gestern abend bei einer Veranstaltung der Müsli-Esser. Sie zeigten einen sehr anschaulichen Film über Ihren Betrieb. Er war nicht sehr schmeichelhaft für Sie.«

Faradeux schüttelte betrübt den Kopf und erklärte schleppend: »Wir sind technisch auf dem neuesten Stand, Red. Wir halten uns an alle verdammten Regeln, die irgendwelche verdammten Einrichtungen in diesem Land erfinden.«

Eine Diskussion über sein Geschäft wäre nur eine Zeitverschwendung gewesen. »Was wollen Sie?« fragte ich und versuchte, mich zu erinnern, wie oft ich diesen Satz bereits gesagt hatte. Vielleicht könnte Ida mir Mikey für ein paar Tage ausleihen: Er könnte auf meinem Schreibtisch sitzen und zu jedem, der in seine Nähe kam, sagen: »Was wollen Sie?« Ich könnte derweil in der Karibik am Strand sitzen, mich bräunen lassen und Fragen stellen wie: »Wann wird das Mittagessen serviert?« oder »Könnten Sie mir den Rücken mit Sonnencreme einschmieren?«

Faradeux redete; ich kehrte von den Inseln zurück. »Wir haben wieder einen Brief von der Gruppe erhalten; einer dieser nächtlichen Lieferdienste brachte ihn. Nanci hat ihn mir gefaxt. Ich dachte, Sie sollten ihn sehen.«

Der Brief warnte vor der Bestellung von »hochbezahlten professionellen Lakaien. Sie werden uns nicht davon abhalten, Menschen Ihrer Art zu verurteilen.« Das Kommuniqué endete mit WARMs Standardaufruf gegen die Benutzung von unschuldigen Tieren zum Nutzen der Menschen.

»Es ist lange her, seit ich ein professioneller Lakai genannt wurde. Jacob, Sie haben eine schwache Stelle in Texas. Wer weiß, daß Sie meine Firma angeheuert haben?«

»Ich kann mir nicht vorstellen, daß mich jemand von meinen Leuten verrät.« Jacob verschränkte die Arme vor seiner Brust und beendete die Diskussion.

»Es tut mir leid, Jacob. Das reicht nicht. Jemand aus Ihrer Firma tauscht Informationen mit WARM aus. Sie haben keine vierundzwanzig Stunden gebraucht, um festzustellen, daß Sie uns engagiert haben. Wer außer Nanci weiß von uns?«

»Kümmern Sie sich um Manhattan. Ich werde mich um Texas kümmern.«

Am liebsten hätte ich ihn hinausgeworfen, aber ich hatte einen Vertrag unterschrieben, war eine Verpflichtung eingangen und hatte den Scheck eingereicht. »Sie haben mich wegen meines Sachverstands engagiert, also hören Sie auf mich. Halten Sie alle unsere Gespräche geheim. Vertrauen Sie niemandem. Ich war gestern abend bei einer Versammlung von WARM; sie mögen weder Sie noch Ihre Gesellschaft. Wir sollten es ihnen nicht leichter machen, indem wir unsere Pläne zu ihnen durchsickern lassen.« Faradeux wollte lossprudeln, aber ich unterbrach ihn. »Denken Sie darüber nach, wer bei Ihnen redet. Wir können uns eine Menge Ärger ersparen, wenn wir das Loch stopfen.«

Jacob schüttelte den Kopf. »Ich kann mir nicht vorstellen, daß mich jemand von meinen Leuten verrät.«

»Das sagten Sie bereits. Wann kehren Sie nach Texas zurück?« Ich wollte Faradeux aus Manhattan raushaben, bevor er explodierte und in WARMs Büro raste, um die Leute zurechtzuweisen.

»Ich fahre heute Nachmittag, aber ich komme nächste Woche zurück. Ich möchte wissen, welche Fortschritte Sie gemacht haben.«

»Lassen Sie sich einfach einen Termin geben, dann bin ich hier.« Ich lächelte und streckte ihm die Hand entgegen. Faradeux grinste, nahm meine Hand mit eisernem Griff und drückte sie.

»Bis nächste Woche, Red.«

Jona begleitete Faradeux nach draußen. Ich sah ihm nach und rieb meine Schläfen – meine chronischen Kopfschmerzen, die durch zu viele Zigaretten genährt worden waren, kehrten zurück. Der Schmerz erinnerte mich an Wina Blake. Es war Zeit nachzuschauen, wie sie sich amüsierte.

Wina arbeitete immer noch mit dem Rücken zur Tür an ihrem Buch. Rapmusik dröhnte aus den schwarzen Schaumstoffpolstern. Sie schaltete das Gerät aus und funkelte mich an.

»Entschuldige, ich wollte dich nicht erschrecken.« Ich ließ mich auf dem Stuhl neben ihr nieder und sah mir das Buch auf dem Tisch an. Chemie – ein Fach, das ich gehaßt habe und in dem ich ständig beinahe durchgefallen bin. »Hast du Hunger? Ich habe gerade eine Pizza bestellt. Ich habe überlegt, ob du Lust hast, sie mit mir zu teilen.«

Wina schniefte. »Ich habe kein Geld.«

»Ich habe dich nicht nach Geld gefragt. Ich habe gefragt, ob du Lust auf Pizza hast – ich kann sie nicht allein essen.« Das Mädchen murmelte etwas, das sowohl ein Fluch als auch eine Einwilligung sein konnte. Ich lächelte wie ein Idiot und fuhr fort. »Lernst du noch oder bist du bereit für eine Pause?«

»Ich lerne.«

»Okay. Mein Büro ist nebenan. Ich sage dir Bescheid, wenn die Pizza kommt.«

Wina wartete fünf Minuten, damit ich verstand, daß sie nicht auf meinen Befehl hin aufsprang, dann schlenderte sie in mein Büro.

Sie warf sich auf einen Stuhl und nahm von meinem Tisch einen gläsernen Briefbeschwerer, ein Geburtstagsgeschenk von meinem Mann. Ich nahm ihn ihr aus der Hand und bewahrte ihn sorgfältig außerhalb ihrer Reichweite auf.

Sie sagte nichts. Ich auch nicht. Wina starrte aus dem Fenster. Ich starrte sie an.

»Was guckst du so?«

»Ich habe nicht damit gerechnet, dich wiederzusehen. Das letzte Mal, als wir uns trafen, hast du meine Visitenkarte in eine Pfütze geworfen und bist weggelaufen.«

Winas Blick huschte über mein Gesicht; sie lächelte beinahe. »Bin zurückgegangen, um sie aufzuheben.«

»Warum bist du nicht in der Schule?«

»Wegen der Abschlußprüfung. In zwei Tagen werde ich in Chemie geprüft. Dafür muß ich viel lernen. Im Studienzimmer ist es zu laut. Wirst du mich rauswerfen?«

»Nein, ich werde dich nicht rauswerfen. Du kannst hier lernen. Du kannst das Konferenzzimmer benutzten, wann immer es leer ist. Meine Sekretärin kann dir ein leeres Büro suchen, wenn es besetzt ist. Aber bitte mich nicht um Hilfe.«

»Was?« Sie riß die Augen auf.

»Ich hasse Chemie. Bitte mich nicht, dir bei deinen Hausaufgaben behilflich zu sein.«

Wina wollte mehr als ein Zimmer zum Lernen, aber wir wurden unterbrochen, ehe ich sie ausquetschen konnte. Der Pizzamann stellte seinen Karton auf dem Tisch ab und begann, mir seinen neuesten Witz zu erzählen. Ich kenne den Pizzamann nicht beim Namen, aber ich liebe seine Witze. Doch heute nicht. Ich schnitt ihm das Wort ab und drängte ihn hinaus, aber der Augenblick war vorbei – Wina war nicht mehr zum Reden zumute.

Ich stellte die Teller hin und teilte die Pizza aus, während Wina den Sprudel eingoß. Nachdem wir unsere Aufgaben erledigt hatten, setzten wir uns und begannen zu essen. Ich nahm einen kleinen Biß. Lebhafte Erinnerungen an den WARMs Film gingen mir durch den Kopf; ich konnte nicht schlucken. Ich nahm die Wurst ab und nahm einen weiteren, noch kleineren Biß und erstickte fast.

Der Wunsch nach einem Mittagessen war mir vergangen. Ich legte die Pizza hin und beobachtete meinen Gast.

Wina verschlang ein Stück und nahm sich gierig das nächste. Als sie fertig war, legte ich ein drittes Stück auf ihren Teller und fragte: »Was willst du? Das ist ein langer Weg hierher, nur um zu lernen.«

»Nichts. Ich will nichts.« Sie verschlang die Pizza mit wenigen Bissen und blickte in den offenen Karton. Ich warf ein viertes Stück auf ihren Teller und sagte: »Du bist den ganzen Weg hergekommen, um zu lernen? Liegt das nicht etwas abgelegen?«

»Ich möchte, daß du mir hilfst. Rausfindest, wer meinen Daddy getötet hat.«

»Wina –«

Sie warf das halbgegessene Stück Pizza hin. Es machte auf dem Teller einen Satz und rutschte über den Tisch, wobei es eine fettige Spur hinterließ. »Niemand interessiert sich für einen toten schwarzen Mann – ist ja nur ein Nigger weniger zum Unterdrücken.«

»Das reicht.« Ich schlug mit der offenen Handfläche auf den Tisch. »Ich will nicht hören –«

»Aber das System –«

»Das System hat deinen Vater nicht umgebracht. Vielleicht führt es die Ermittlungen deiner Meinung nach nicht schnell genug durch, aber –«

»Es gibt keine Ermittlungen. Das Feuer entstand in der Elektrik; es war ein Unfall.«

»Wer hat dir das gesagt?«

»Die Polizei. Ich habe heute morgen dort angerufen.« Im Singsang der Rapmusik sang sie: »Es gibt keine Ermittlungen. Wir wiederholen es nicht noch einmal. Die Funken entstanden im Deckenkabel.« Sie fing an zu weinen. »Sie sagten mir, ich solle aufhören anzurufen. Sie sagten, ich verschwendete meine Zeit ...«

4

Die U-Bahn blieb mitten im Tunnel ruckartig stehen. Damit muß man immer rechnen, wenn man in Eile ist. Die Verkehrsbehörde hat in dieser Hinsicht einen sechsten Sinn – sie reißt den Stecker raus und läßt dich eine Weile warten, damit du über dein hektisches Leben nachdenken kannst. Das gehört zu ihrem Beitrag, um den Streß auf diesem Planeten zu reduzieren. Ich dachte darüber nach, daß ich zu spät käme und das Fahrgeld umsonst ausgegeben hätte. Keiner meiner Gedanken war dankbar.

Die Lichter flackerten; die Klimaanlage heulte und kehrte zu voller Kraft zurück. Es war ein Scherz; nach dreißig Sekunden erstarb wieder alles. Gleichzeitig ertönten Fluche, Seufzer und nervöses Gelächter durch den Waggon und erstarben schnell wieder zu einem Schweigen. Wir waren es zu sehr gewohnt, unter den Straßen von Manhattan liegenzubleiben, um uns lange zu beklagen. Man bewahrte seine Kraft besser für die nächste Schikane auf.

Die Durchsage des Zugführers war bis zur Unkenntlichkeit verstümmelt. Die leisen Proteste schwollen zu einem Pfeifkonzert an und verstummten wieder zu einem Schweigen. Wir standen oder saßen, wenn wir Glück hatten, in der Dunkelheit, schwitzten leise vor uns hin, waren wütend und schworen, nie wieder mit der U-Bahn zu fahren. Dieses Versprechen vergaßen die meisten von uns bald – bis wir das nächste Mal in einem Tunnel steckenblieben.

Nach zehn oder fünfzehn endlosen Minuten setzte sich der Zug in Bewegung. Wir schlichen ohne einen weiteren Aufenthalt zur Dreiundzwanzigsten Straße. Ich drängelte mich durch die ungeduldige Menge auf dem Bahnsteig und rannte auf die Straße hinauf, wobei ich auf meine Uhr sah, als ich zum WARM-Büro sprintete.

Diesmal funktionierte der Fahrstuhl, und ich fuhr allein in den sechsten Stock. Die äußere Tür zum WARM-Büro stand weit offen. Roz und Grant saßen an dem abgenutzten Konferenztisch; keiner von beiden bemerkte mich, als ich hineinschlüpfte.

»Du bist solch ein Idiot. Was zum Teufel hast du dir dabei gedacht?«

»Ich habe an die Gruppe gedacht. Sie hat Geld. Sie könnte ein Gewinn sein.«

»Quatsch!«

Grant lächelte und fragte: »Was ist los? Bist du eifersüchtig?«

Ich hätte ihm dafür eine gelangt, aber Roz zuckte mit keiner Miene. »Nein, ich bin nicht eifersüchtig. Du hast dich schon manchmal amüsiert, aber bis jetzt noch nie zum Schaden der Gruppe. Sie zu dieser Versammlung einzuladen, war dumm. Du hast dich von einem niedlichen Arsch blenden lassen. Das macht mir Angst.«

Aktivismus als eine Möglichkeit, um Weiber aufzugabeln? Ich lächelte und dachte, Danke für das Kompliment, aber ich war nicht beleidigt – Lauscherinnen dürfen sich nicht darüber beklagen, was sie mithören. Ich trat zurück, klopfte an die Tür und rief fröhlich: »Hallo! Ist da jemand? Bin ich zu früh da?«

Grant legte die Hand warnend auf Roz' Arm. »Blaine, komm rein. Du kommst rechtzeitig, alle anderen sind zu spät.« Er klopfte auf den Stuhl neben sich. »Setz dich. Die anderen werden bald kommen.«

Ich setzte mich. Grant sprang auf, hantierte an der Kaffeemaschine und tat so, als würde er Kaffee machen. Roz verzog das Gesicht. Es sollte wohl eine freundliche Begrüßung sein, darum lächelte ich.

»Es ist sehr ungewöhnlich, daß jemand nach der ersten Versammlung am Komitee teilnimmt. Grant war sehr beeindruckt von dir.«

Sie dachte: Er war beeindruckt von deinem Arsch. Ich setzte ein künstliches Lächeln auf und wartete.

»Erzähle mir von dir.« Roz verschränkte die Arme vor der Brust und forderte mich auf, sie zu beeindrucken.

Ich zuckte die Schultern. »Da gibt es nicht viel zu erzählen. Irgendwann hatte ich die Nase so voll, daß ich Position beziehen mußte. Wir können den Schmerz und das Leiden, das die Tiere wegen unseres unstillbaren Appetits auf Hamburger ertragen müssen, nicht länger herabtun. Ich bin es leid, passiv zu sein.« Als ich merkte, daß ich gefährlich nahe dran war, wie ein unehrlicher Idiot zu klingen, hielt ich inne und versuchte, mir eine passendere Art zu überlegen. Der Lärm von anderen Leuten, die in den Raum traten, rettete mich. Wir drehten uns zur Tür um. Grant stand dort mit drei Leuten, zwei Männern und einer Frau. Roz errötete, stellte sie aber ohne Murren vor.

Die Frau, Amy, schien aus den Sechzigern entführt und in das heutige Manhattan versetzt worden zu sein, denn sie trug immer noch ihren Jeansrock, eine Batikbluse und eine Brille mit Drahtgestell. Die langen, frisch dauergewellten Locken standen wild von ihrem Kopf ab. Sie tanzten, als sie zur Begrüßung nickte.

Die Männer, Collier Whitehead und Harold Hodgkins, sahen fast wie eineiige Zwillinge aus, die auch von einem anderen Ort und aus einer anderen Zeit stammten. Nicht aus den Sechzigern, sondern aus einem Versandhauskatalog für Sportkleidung. Sie waren groß, mit sportlich gesundem Teint und gutaussehend, und abgesehen davon, daß Hodgkins dort, wo Whitehead kaum noch ein Haar besaß, dunkles lockiges Haar hatte, war es schwer, die beiden auseinanderzuhalten. Collier war groß, Harold noch größer. Sie trugen die gleichen Hosen mit Bügelfalten und gestreifte Baumwollhemden, eine Kleidung, die eher zu einem Segelausflug am Nachmittag paßte als zu einem Treffen, bei dem die Zerstörung einer Lebensmittelkette geplant wurde.

Der Große und Dünnere – Harold – warf eine Aktentasche auf den Tisch und setzte sich neben mich. Abrupt sah er zur Seite und betrachtete prüfend mein Gesicht. »Kennen wir uns nicht schon? Du kommst mir bekannt vor.«

Ich lachte. »Jeder in Manhattan kommt einem bekannt vor. Wahrscheinlich haben wir uns gestern abend um ein Taxi gestritten.« Ich hielt eine Sekunde inne, dann sagte ich: »Du hast das Taxi erobert und mich im Regen stehengelassen.«

Es ist wirklich schade, daß man für Undercoverauftritte keine Preise gewinnt; ich wäre bestimmt mit einer kleinen goldenen Statue heimgekehrt. Alle lachten, und Hodgkins brummte und wandte sich ab.

Roz wartete, bis das Gelächter vorbei war, bevor sie nachhakte: »Du warst noch nicht fertig, mir von dir zu erzählen.«

»Roz«, unterbrach Grant sie, »wir haben heute abend eine Menge zu erledigen.«

»Sie ist neu. Es ist wichtig, ihr vertrauen zu können.«

Amy meldete sich mit unsicherer Stimme, bevor Grant antworten konnte. »Ich bin derselben Meinung wie Roz. Wir sollten Blaine besser kennenlernen, bevor wir zur Sache kommen. Ich vertraue natürlich auch Grants Urteil.«

Einer der Männer richtete eine Frage an mich und öffnete damit die Schleusen. Eine Frage nach der anderen wurde mir gestellt, bis mir der Kopf summte vor Anstrengung, mich in meinen Lügen nicht zu verstricken. Ich spuckte Schlüsselsätze aus ihren Broschüren aus und fügte ein paar eigene wohlklingende Passagen hinzu in der Hoffnung, sie von meiner Ernsthaftigkeit zu überzeugen.

Grant nahm nicht teil; er hörte nicht einmal zu. Er streckte sich auf seinem Stuhl am Kopf des Tisches aus und las einen Newsletter von Greenpeace. Als die Fragen allmählich aufhörten, ließ er den Newsletter auf den Fußboden fallen und sah betont aufmerksam auf seine Uhr. »Wir verschwenden unsere Zeit. Seid ihr jetzt alle zufrieden?«

Der pedantische Mr. Whitehead, der eigentlich Mr. Glatzkopf hätte heißen müssen, hob die Hand. »Warte eine Minute, Grant.« Er sah mich an und bemerkte: »Du hast dich gestern nicht auf der Besucherliste eingetragen.«

»War da eine? Die habe ich wohl übersehen.« Ich zuckte die Schultern und lächelte. »Entschuldige.«

»Also?« Roz trommelte ungeduldig mit den Fingernägeln auf dem Tisch. Als ich nicht antwortete, fragte sie barsch: »Wo wohnst du? Wie lautet deine Telefonnummer? Wo arbeitest du?«

»Ich wohne im Village.« Und ich nannte die Nummer von einem Telefondienst, die ich für solche speziellen Gelegenheiten habe. Meine Freunde vom Telefondienst treffen besondere Vorsichtsmaßnahmen, damit diese Nummer nicht zu mir zurückverfolgt werden kann.

Roz ignorierte das süße Lächeln, das ich ihr zuwarf. »Und die Nummer von deiner Arbeit?«

»Ich arbeite nicht.«

»Was soll das heißen, du arbeitest nicht? Hast du so viel Geld, daß du nicht arbeiten mußt?«

»Mein Mann starb vor ein paar Jahren. Wir waren nicht reich, aber er hielt viel von Lebensversicherungen. Es ist nicht viel Geld. Aber Jeff sagte immer, er wolle nicht, daß ich gezwungen sei zu arbeiten, wenn ihm etwas passiert.«

Ein paar Tränen wären jetzt rührend gewesen, aber ich besitze nicht die Fähigkeit, auf Bestellung zu weinen. Statt zu weinen, blickte ich auf meine Hände. Sie zitterten.

Das Geld, das ich habe, gehört mir, und ich habe es durch harte Arbeit und gute Geldanlagen verdient. Das einzige, was Jeff hinterlassen hatte, war eine sehr kleine Versicherungspolice und eine wertlose Pennysammlung gewesen. Aber das brauchte niemand zu wissen. Ich tat so, als versuchte ich, meine zitternden Hände zu verstecken, und sah mich am Tisch um.

Sie glaubten meinen Lügen. Ist es nicht erstaunlich, wie man mit einem gesunden Bankkonto den Respekt der Leute erobern kann, die das Konto gern anzapfen möchten? Ein »Das-hab-ich-doch-gleich-gesagt«-Blick spann sich zwischen Grant und Roz. Eine reiche Witwe, die für Grants besondere Aufmerksamkeit empfänglich war, wurde von allen dankbar aufgenommen, sogar von Roz. Alle lächelten und entspannten sich.

Glatzkopf begann mit einem langweiligen Bericht und klang eher wie das Vorstandsmitglied einer der fünfhundert erfolgreichsten Firmen in den USA als ein Revolutionär, der dafür kämpfte, einen unterdrückerischen Oberlehnsherren abzulösen. »Renkel's Pelzladen in der Fifth Avenue zeigt nächste Woche seine Winterkollektion. Wir können sie nicht daran hindern, aber wir können eine Menge öffentliche Aufmerksamkeit erregen.«

Whiteheads Bericht war endlos. Es ging um Aufgabenverteilung, Straßenverkehr und Öffentlichkeitsarbeit. Meine Augenlider wurden schwer. Alle, außer Grant, waren an jedem Wort lebhaft interessiert. Grant malte mit einem Buntstift müßig die Kratzer auf der Tischplatte aus und schmunzelte gelegentlich. Als Whitehead schließlich innehielt, um Luft zu holen, ließ Grant den

Stift fallen. In das Schweigen hinein sagte er: »Laßt uns die Arschlöcher in die Luft sprengen.«

»Die Versammlung endete in einem Tollhaus.«

»Hmm hmm …«

»Eileen, ich rufe an, weil ich Rat brauche und keine geistesabwesenden Grunzer.« Ich wartete auf eine Antwort, bekam aber nur ein Knistern in der Leitung zu hören. »Irgend etwas beschäftigt dich. Was ist los? Du klingst besorgt.«

»Nichts ist los.« Sie seufzte. »Es war ein langer Tag. Ich bin müde.«

»Es ist nach neun. Geh nach Hause. Wir reden morgen früh.«

Wir legten auf. Ich sortierte die Post in einen Stapel mit Müll und einen mit Rechnungen – das ist alles, was ich bekomme. Die Menschen schreiben keine Briefe mehr. Wer kann sich auch das Porto leisten? Ich gab es auf und warf die Umschläge auf den Küchentisch. Eileens Mangel an Aufmerksamkeit ärgerte mich immer noch. Nachdenklich schritt ich in der Küche auf und ab. Ich beschloß, ins View zu gehen; vielleicht hatten Bobby oder Ryan Interesse an meinen Problemen.

Es ist praktisch, eine Kneipe an der Ecke zu haben – damit erspart man sich viele Wege. Ich trat ein und lächelte. Der dicke Qualm der Zigaretten und Pfeifen hing bis kurz unter der Decke – im View gab es keine Nichtraucherecke. Deine Lungen mußt du besser vorher überprüfen; es interessiert niemanden, ob du auf den blauen Dunst allergisch reagierst. Bobby und Ryan sind allergisch gegen Leute, die sich über das Passivrauchen beschweren.

Ryans Hand hielt über dem Zapfhahn inne, ein Krug stand unter dem Zapfen. Ich schüttelte den Kopf. Ein Bier wäre wunderbar, aber ich wollte meine Abstinenz nicht aufgeben. Ryan schob mir ein Glas Selters zu. Ich sank auf einen Hocker und zündete mir eine Zigarette an.

»Blaine.« Das Wohlbefinden, das ich aufzubauen versuchte, löste sich wieder in Luft auf. Ich drehte mich um und sah in Dennis Halsteads braune Augen. »Du bist schwer zu erreichen.«

Mich überkam ein leichtes Schuldgefühl, weil ich seine Anrufe nicht erwidert hatte, und ich versuchte, es mit einem Lächeln zu vertuschen. »Entschuldige. Jona sagte mir, daß du angerufen hast, aber in meinem Büro ging es zu wie im Irrenhaus. Ich habe dich nicht vergessen, ich wollte dich morgen früh anrufen.«

»Ich kenne dich, du hast meine Nachrichten auf deinen Schreibtisch geworfen und sie vergessen. Es gab mal Zeiten, da hast du wenige Sekunden, nachdem ich aufgelegt hatte, zurückgerufen.«

»Das ist schon lange her, Dennis. Die Dinge haben sich geändert.«

»Du nicht.«

Zärtlich legte er die Hand auf meinen Rücken und ließ sie zu meinen Hüften hinuntergleiten. Ich erstarrte und glitt zur Seite.

»Danke, daß du die Falten nicht bemerkst. Aber schau genau hin; ich bin nicht dieselbe Person, mit der du einmal geschlafen hast. Ich war verheiratet. Bin verwitwet. Ich habe ein Kind verloren. Und ich habe genug getrunken, um eine Destille zu leeren.« Dennis runzelte die Stirn, aber ich war noch nicht fertig. »Reicht es dir? Willst du immer noch über die guten alten Zeiten reden?«

»Du bist eine dickköpfige Idiotin mit einem Hang zum Selbstmitleid.« Sein Lächeln nahm seinen Worten die Schärfe. »Das ist deine liebenswerteste Eigenschaft. Ich langweile mich nie, wenn ich mit dir zusammen bin.«

»Charmeur!«

Er zuckte die Schultern. »Das ist meine liebenswerteste Eigenschaft. Große rothaarige Frauen sind für meinen Charme besonders empfänglich. Du bist hier die größte rothaarige Frau. Was sagst du dazu?«

Dennis lächelte wieder. Ich runzelte die Stirn und sagte: »Nimm deinen Charme und probiere ihn an irgendeinem minderjährigen Mädchen aus, das sich davon beeindrucken läßt. Mir gefällst du besser, wenn du nicht versuchst, charmant zu sein.«

Sein Gesicht wurde rot vor Zorn. Ich wandte mich ab und nahm einen Schluck Selters. Dennis ging nicht weg. Ich stellte das Glas auf den Tresen und drehte mich wieder zu ihm um. »Das hier ist nicht deine Art von Kneipe. Was treibt dich in die Slums?«

»Deine Sekretärin sagte, du seist nach Hause gegangen. Als du auf mein Klingeln nicht an die Tür gekommen bist, habe ich beschlossen, hier nachzusehen.« Dennis blickte über meine Schulter auf das Glas auf dem Tresen. Ich bemerkte es, sagte aber nichts dazu. Als ich noch trank, war das View mein Lieblingsversteck gewesen; Dennis wollte mich nur überprüfen.

Ich lächelte und sagte: »Danke, daß du mir Faradeux geschickt hast – er ist wirklich ein Unikum.«

»Faradeux?« Dennis lachte. »Dieser alte Cowboy? Ich befürchte, er ist ein paranoider Narr. Er hörte nicht auf mich zu bedrängen, daß ich ihm jemanden nennen sollte, der ihm helfen kann. Ich dachte, ich tue dir einen Gefallen. Vermutlich hätte ich dich warnen sollen.«

»Trotzdem vielen Dank.« Ich begegnete Ryans Blick, deutete auf Dennis und gab ihm zu verstehen, daß er ein Bier zapfen sollte. »Laß mich dir einen ausgeben. Wir können einen zahlenden Kunden immer gebrauchen, selbst wenn er etwas merkwürdig ist. Glaubst du, daß Faradeux wegen der Feier in der Börse Grund zur Sorge hat?«

»Nein –«

Ryan unterbrach Dennis' Antwort. »Hier ist dein Bier und noch eine Selters für die Lady. Wer bezahlt?«

Im View hält man nichts davon, in den Abendstunden anzuschreiben: Ab sechs Uhr wird sofort bezahlt. Ich gab Ryan wortlos ein paar Scheine von dem kleinen Stapel, den ich auf dem Tresen liegen hatte, und reichte Dennis das Bier weiter.

Er nahm den Krug und sah sich um. »Es ist hier so laut, laß uns in eine Sitzecke gehen, bevor sie alle besetzt sind. Ich muß mit dir reden.«

Nachdem ich Ryan ein anständiges Trinkgeld hinterlassen hatte, steckte ich das Wechselgeld in die Tasche, nahm meine Zigaretten und das Glas und folgte Dennis unwillig in den hinteren Teil der Bar. Er wartete höflich, bis ich saß, und nahm mir gegenüber Platz.

Mit dem Zeigefinger wischte Dennis das Kondensationswasser von seinem Krug. »Woran arbeitest du zur Zeit?« fragte er, ohne aufzublicken.

»Edgar Hoover ist tot und begraben – solche Fragen muß ich nicht mehr beantworten.«

Dennis runzelte die Stirn. Er schob seinen Krug beiseite und sagte: »Ich hasse diesen Mist.« Ich war nicht sicher, ob er über das Bier oder meine Antwort redete. »Laß uns mit diesen Spielchen aufhören. Eine Menge Leute wissen, daß wir einmal ...«

Dennis suchte nach dem richtigen Satz. Ich wartete, neugierig auf seine Beschreibung dessen, was wir einmal waren. »Daß wir uns einmal nahe standen. Ich weiß nicht, woran du gerade arbeitest, aber ich denke, du solltest dich auf Faradeux konzentrieren. Vergiß alles andere.«

»Wovon redest du? Faradeux mit seinem Wunsch nach einer fröhlichen Feier ist der einzige Fall, an dem ich arbeite. Ich habe seit Monaten nicht mit dir geredet. Warum interessierst du dich plötzlich so für meine Karriere?« Der Wirbelsturm in meinem Kopf nahm an Geschwindigkeit zu. »Du redest von Hurley Blake, nicht wahr? Was interessiert dich an dem abgebrannten Laden in der Avenue B?«

Dennis sah verwirrt drein. »Wer ist Hurley Blake?« fragte er.

Ich starrte ihn ungläubig an. »Wenn du nicht Blake meinst, wovon redest du dann überhaupt?«

»Ich weiß nicht. Ich hörte, daß du mal wieder einige Leute verärgert hast – was mich nicht überrascht. Ich dachte, ich rede mit dir, bevor du richtig Ärger bekommst.« Er zuckte die Achseln. »Ich habe keine finsteren Absichten. Das hier ist nur ein weiterer mißratener Versuch, dir einen Gefallen zu tun.«

Zu viele Leute versuchten, mir einen Gefallen zu tun. Da ich mir aber sagte, daß ich für seinen Ausbruch guten Willens dankbar sein sollte, beschloß ich, freundlich zu sein. Ich hatte bei Dennis noch nie viel Erfolg mit Entschuldigungen gehabt, aber ich versuchte es. »Ich danke dir für dein Interesse, aber ich habe nichts getan, was das FBI verärgern könnte. Du solltest auf das Geschwätz am Getränkeautomaten nicht achten. Trotzdem vielen Dank.« Ich warf etwas Geld auf den Tisch und sagte: »Ich gehe nach Hause. Ich muß ein wenig Schlaf nachholen.«

Dennis bot nicht an, mich zu begleiten. Ich wanderte allein und verwirrt nach Hause und überlegte, warum Dennis versuchte, mir zu helfen, und warum es mich interessierte. Plötzlich war ich total erschöpft, schleppte ich mich die Treppe zu meinem Schlafzimmer hinauf, schaltete das Telefon neben meinem Bett ab und kroch in die Federn.

Der Straßenlärm unter meinem Schlafzimmerfenster weckte mich auf. Es war fast drei Uhr, und die letzten betrunkenen, randalierenden Gäste purzelten aus dem View auf die Straße.

Purzeln war keine Redewendung. Vier Leute, drei Männer und eine Frau, führten auf der Barrow Street Purzelbäume aus. Jeder Purzelbaum wurde von Rufen, von Applaus und einem lauten »Umpff« begleitet, wenn der jeweilige Turner auf dem harten Pflaster landete. Die Purzelbäume wurden bald durch das weniger schmerzhafte Froschhüpfen ersetzt.

Trotz Bobbys und Ryans Bemühungen, mit den Nachbarn in Frieden zu leben, hatte das View ein paar ungestüme Stammgäste, die literweise Bier tranken und sich nicht dafür interessierten, daß ihr Lärm die zunehmend feindselige Beziehung zu der ruhigen Nachbarschaft im Village nährte. Ich saß auf dem breiten Fensterbrett, beobachtete sie und überlegte, wie lange es dauern würde, bis das zuständige Polizeirevier auf die zornigen Anrufe reagieren würde, die zweifellos schon in ihrer Telefonzentrale aufblinkten.

Die Cops waren schnell. Ida, die sie gewöhnlich rief, mußte sich eine Schnellwählanlage angeschafft haben. Ich konnte mir vorstellen, wie sie hinter ihren schweren Schlafzimmergardinen hervorspähte und erfreut lächelte, als der Streifenwagen um die Ecke kam. Die rot, gelb und weiß blinkende Alarmsirene auf dem Wagendach beleuchtete das fröhliche Quartett. Sie hoppelten an den Straßenrand, lehnten sich an ein geparktes Auto, kicherten und warteten auf die Strafpredigt. Der Streifenwagen hielt vor meinem Haus. Der Beamte, der ausstieg, ignorierte sie und kam meine Treppe hinauf.

Ich sprang vom Fensterbrett und stürzte zum Schrank. Der Summer ertönte, als ich gerade meinen Samtmorgenmantel überzog. Besorgt rannte ich die Treppe hinunter. Die Polizei besucht einen nicht mitten in der Nacht, um zu erklären, daß man in der Lotterie gewonnen habe.

Es klingelte ein zweites Mal kurz auf, dann folgte ein dreißig Sekunden langer Dauerton. Dreißig Sekunden ist eine lange Zeit für ein nerviges Geklingel, insbesondere um drei Uhr morgens.

»Nun warten Sie doch, verdammt.« Mit der einen Hand fummelte ich am Gürtel des Morgenmantels, während ich mit der anderen versuchte, die Tür aufzuschließen. Schließlich schaffte ich es, den letzten Riegel beiseite zu schieben, und öffnete die Tür.

»Blaine, du solltest nicht so schnell die Tür aufmachen. Es könnte ein Verbrecher sein.«

»Jose.« Ich erkannte den Streifenpolizisten aus meiner Zeit bei der Polizei. Wir waren eine Woche lang gemeinsam auf Streife gewesen, als sein regulärer Partner krank war. »Die Verbrecher fahren meistens nicht mit Blaulicht im Streifenwagen vor. Was ist los? Langweilst du dich mit deinem Partner?«

Er lachte nicht. Der Knoten in meinem Magen, den ich zu ignorieren versuchte, zog sich noch mehr zusammen. »Kann ich reinkommen?« Wortlos trat ich beiseite und ließ ihn herein. »Polizeihauptmann Parker schickt uns. Er hat versucht, dich anzurufen.«

»Ich habe das Telefon abgestellt und bin gegen zehn ins Bett gekrochen.« Meine Hände zitterten. Ich schob sie in die Taschen und fragte: »Was ist los?«

»Es gab da einen ... einen Unfall.« Ich ballte meine Hände zu festen, nervösen Fäusten zusammen und lehnte mich an die Wand. Ich hatte nicht die Kraft, es schon wieder zu hören.

»Nein, es war kein Unfall.« Joses Stimme bekam einen offiziellen Polizeiton. »Heute abend, ungefähr um zehn Uhr fünfundvierzig, explodierte in eurem Büro eine Bombe.«

»Eine Bombe!« Ich stieß mich von der Wand ab. »Ist jemand verletzt worden?«

Joses dunkle Augen reflektierten mein besorgtes Gesicht. »Die Bombe explodierte im Arbeitszimmer deiner Schwester. Sie war noch da, als sie losging.«

»Wie ernst ...« Ich konnte nicht weitersprechen. Zu viele schreckliche Bilder jagten durch meinen Kopf.

»Ich weiß nicht. Sie befindet sich jetzt auf der Unfallstation im

St. Katherine's. Der Polizeihauptmann sagt, wir sollen dich dort hinbringen.«

Ich trat auf die Tür zu, doch Jose hielt mich am Arm fest und zeigte auf meine nackten Beine und bloßen Füße. »Zieh dir etwas an. Ich warte hier unten.«

5

Die Fahrt in die Stadt war ein Alptraum. Wir jagten im Streifenwagen durch die ausgefahrenen Straßen, wobei uns das rotierende Blaulicht eine Entschuldigung gab, um an den roten Ampeln nicht anzuhalten. Es war keine Sirene notwendig; die wenigen Autos auf der Straße wichen aus, ohne dazu genötigt zu werden.

Ich schloß die Augen, stützte den Kopf an die Lehne und versuchte, nicht zu denken. Wir fuhren am Eingang zur Notaufnahme vor. Ich sprang raus und war drinnen, bevor der Wagen anhielt. Die Sitzplätze waren voll mit Menschen, die es aufgegeben hatten und darauf warteten, zur Behandlung aufgerufen zu werden. Ein paar verwegene Leute wanderten auf der Suche nach einem sympathischen Gesicht umher; ich beteiligte mich daran. Eine Assistenzärztin eilte vorbei, und ich ergriff ihren Arm und begann, Fragen zu stellen. Sie schob meine Hand beiseite und fuhr mich an: »Erzählen Sie das einer Krankenschwester.«

Ein guter Rat. Ich fand eine Krankenschwester, die eine Patientenkartei durchblätterte und mir sagte: »Sie ist nicht mehr hier, sondern im OP. Gehen Sie ins Besucherzimmer im dritten Stock; dort können Sie warten. Ihr Mann ging vor kurzem hinauf.«

»Können Sie mir sagen –«

»Ich kann Ihnen nichts sagen. Die Fahrstühle sind dort drüben.« Sie zeigte den Flur hinunter und drehte sich um. Wichtigere Angelegenheiten verlangten ihre Aufmerksamkeit.

Ich war vor Angst zu aufgeregt, um auf den Fahrstuhl zu warten, und sprintete die Treppe hinauf. Das Besucherzimmer befand sich am hinteren Ende des menschenleeren Flures. Ich flog hinunter und in das Wartezimmer.

»Blaine –«

Ich rannte durch das Zimmer in die Arme von Eileens Mann. Wir umarmten uns, ohne zu sprechen. Dons Arme zitterten. Ich fühlte nicht nur, nein, ich roch sogar die Angst, die aus seinem tiefen Inneren kam.

»Don, wie geht es Eileen? Was ist passiert?«

»Ich ... ich weiß nicht. Sie wird operiert. Sie konnten mir noch nicht viel sagen.« Seine Stimme brach. »Es ist schlimm.«

Die drei Frauen, die in der Ecke des Zimmers saßen, stellten die Packung Taschentücher, die sie sich zuvor herumgereicht hatten, ab und betrachteten uns interessiert. Finster blickte ich sie an; sie zuckten mit keiner Wimper. Auf der Suche nach etwas Privatsphäre nahm ich Dons Arm und zog ihn nach draußen auf den Flur, weg von ihren neugierigen Blicken. Ich zeigte auf den Kaffeeautomaten am Ende des Flurs und schlug einen Kaffee vor. Don war einverstanden und folgte mir langsam.

Ich warf Münzen in das Gerät und beobachtete, wie die Flüssigkeit in den Pappbecher floß. Don nahm den Becher, während ich für die zweite Tasse vier weitere Münzen einwarf. Sobald ich den Becher herausgenommen hatte, wußte ich, daß ich einen Fehler begangen hatte. Bei dieser brackigen Flüssigkeit konnte es sich nicht um Kaffee handeln. Sie sah aus und roch wie das Wasser im East River. Ich hatte zwar noch nie das Wasser aus dem East River probiert, aber ich war überzeugt, daß der Dreck aus der Maschine noch schlimmer schmeckte.

Ich warf den Becher in den Mülleimer und drehte mich zu Don um. »Was ist passiert?«

»Eileen rief mich gegen zehn Uhr dreißig an. Wir stritten uns, weil sie so lange arbeitete ... sie hat in letzter Zeit zu oft bis spät in die Nacht gearbeitet. Niemand war mehr da, alle waren zur normalen Zeit nach Hause gegangen. Es klingelte.« Unser Büro wird um fünf abgeschlossen – alle, die nachher hinein wollen, müssen klingeln. »Eileen legte den Hörer beiseite –«

Kaffee schwappte aus Dons Becher und platschte zwischen uns auf den Boden. Don betrachtete seine zitternden Hände und war überrascht, als er sah, wie sie versuchten, den Becher festzuhalten.

Er warf ihn in den Mülleimer. »Wenige Minuten später kam sie zurück und sagte, jemand habe ein Päckchen abgegeben. Sie warf es auf den Tisch, und da hörte ich die Explosion ...«

Don murmelte etwas. Ich wollte eine Frage stellen, aber er drehte sich um und schlurfte den leeren Flur hinunter zum Wartezimmer, um ängstlich wieder seinen Warteposten einzunehmen. Ich folgte ihm mit einer Million bohrender Fragen im Kopf, die er nicht beantworten konnte.

Die Szene im Wartezimmer hatte sich nicht verändert. Ein paar weitere Leute hatten sich zu den anderen gesellt. Sie saßen in den Ecken, redeten leise und weinten. Die drei Frauen hatten sich nicht von ihren Plätzen wegbewegt, Elvis Presley tanzte immer noch über den rauschenden Fernsehschirm, und auch die Luft war noch immer vom Rauch der nervösen Kettenraucher erfüllt.

Wir setzten uns und wurden schnell von den strengen Regeln des Wartezimmergefängnisses vereinnahmt. Wenn jemand reden mußte, verdrängten die anderen dankbar ihre Ängste und hörten zu. Wenn jemand weinen mußte, reichten sie ihm schweigend Taschentücher. Wenn jemand sich vorbeugen und auf seine Füße starren wollte, ließen sie respektvoll einen Kreis von Stühlen um die Person frei und blickten jeden finster an, der es wagte, den Linoleumgraben zu durchbrechen.

Menschen kamen und gingen; niemand kam in unsere Nähe. Don saß vornübergebeugt auf seinem Platz und starrte, fasziniert von den ausgefaserten Schnürsenkeln, auf seine Turnschuhe. Ich rutschte auf dem unnachgiebigen Plastiksitz herum, rauchte Kette und machte mir Sorgen. Schleppend verging eine Stunde ohne ein Wort.

Ich rauchte noch eine Zigarette, warf die Kippe in den übervollen Standaschenbecher und sah auf die Uhr. Ich konnte nicht länger sitzenbleiben. Ich sprang auf. »Es ist über eine Stunde vergangen. Ich erkundige mich, was los ist.« Ich ging nach draußen und begab mich wieder auf das gemeine Such- und Versteckspiel.

Es war eine frustrierende und fruchtlose Suche. Die Flure waren leer, die Leute mit den Antworten hatten sich versteckt. Die Krankenschwester, die die Tür zur Intensivstation bewachte, lächelte und zuckte die Schultern, wenn ich Antworten verlangte.

Ich ging an einem einsamen Portier vorbei, der sorgfältig den Fußboden moppte, riß die Tür zum Wartezimmer auf und warf mich auf den Stuhl neben Don. Sekunden später stand ich wieder auf und lief auf und ab. Vierzehn Schritte vom Fenster zur Tür, vierzehn Schritte zurück.

Vom Fenster zur Tür. Von der Tür zum Fenster. Vom Fenster zur Tür. Von der Tür zum Fenster.

Ich blickte gerade auf die sehr leere First Avenue, als das leise Flüstern abrupt endete und einen Neuankömmling signalisierte. Dr. Mabe, deren schwarzes Haar vor Schweiß glänzte, winkte uns zu sich auf den Flur hinaus. Wir eilten durch den Raum, neugierig und ängstlich zugleich.

»Eileen ist aus dem OP raus. Sie bringen sie gleich nach oben. Sie können sie – für ein paar Minuten – sehen.«

»Wie geht es ihr?« fragten Don und ich gleichzeitig.

»Ihr Zustand ist stabil, muß aber beobachtet werden.«

»Was zum Teufel soll das heißen?«

Dr. Mabe funkelte mich an. »Daß sie lebt. Eileen war der Bombe sehr nahe, als sie explodierte. Sie hat eine Reihe tiefer Platzwunden und innere Blutungen. Splitter trafen ihre Augen.«

»Wie schlimm ist es?«

»Don, wir wissen es einfach nicht.«

Worte wie Zeit und *Abwarten-und-Sehen* rauschten an meinen Ohren vorbei. Ich bin nicht gut im Warten. Rennend verließ ich das Krankenhaus.

Das grelle Sonnenlicht überraschte mich. Ich hatte damit gerechnet, Dunkelheit vorzufinden, und daß alles erstarrt sei und wartete, bis unser Drama vorbei sei. Doch Menschenmassen eilten an mir vorbei zur Arbeit und erinnerten mich daran, daß ein neuer Tag begonnen hatte. Ich stand auf dem Fußweg, blinzelte ins Sonnenlicht und hörte Grants Stimme sagen: »Laßt uns die Arschlöcher in die Luft sprengen.« Eine eisige Wut von der schlimmsten Art ergriff mich. Wenn WARM etwas damit zu tun hatte, würde ich es rausfinden.

Es war merkwürdig still im Büro. Die Spurensicherung und die Polizei hatten ihre Aufgaben erledigt, waren verschwunden und hatten nichts als ein Klebeband, das sie vor Eileens Tür gespannt hatten, hinterlassen. Ich wollte gerade darunter hindurchtauchen, als mich eine Stimme vom Flur zurückhielt.

»Hey, Babe.« Die Stimme gehörte Brad Carlson. Der Anblick des kräftigen Ex-Footballers, der auf mich zueilte, war sehr beruhigend. Keiner meiner sonstigen Angestellten außer Brad würde es wagen, mich Babe zu nennen; ihm macht es Spaß zu sehen, wie ich bei der Erwähnung dieses Kosenamens mit den Zähnen knirsche. Wir kannten uns schon seit über dreißig Jahren – wir lernten uns in der Vorschule kennen. Am ersten Tag unserer Bekanntschaft versuchte Brad, eine Staffelei auf meinem Kopf zu zertrümmern, weil ich seinen Pinsel weggenommen hatte. Daraufhin stieß ich ihn zu Boden und trat gerade auf seine Brust, als die Lehrerin intervenierte. Brad und ich beschnüffelten uns dann vom entgegengesetzten Ende des Spielplatzes und sind seitdem Freunde. Als Brads Footballkarriere durch eine Verletzung beim Training beendet wurde, kam er in meine Firma.

Brad legte seine schweren Arme um meine Schultern und drückte mich an seine Brust. »Wie geht's Eileen?«

Ich schloß die Augen und murmelte in sein Hemd: »Sie ... ich weiß nicht ... Brad – ich vertraue den Sicherheitsleuten im Krankenhaus nicht. Sie meinen es gut, aber es sind Amateure. Könntest du auf sie aufpassen? Ich weiß, daß du nicht gern als Bodyguard arbeitest, aber ...«

»Hey, Babe, mach dir keine Sorgen. Ich wäre sauer, wenn du jemand anderen darum bitten würdest. Ich hoffe nur, daß ich eine Gelegenheit bekomme, diesen Bastard zu verprügeln.«

»Du sollst niemanden verprügeln, sondern nur auf Eileen aufpassen.«

»Okay, Babe, ich habe verstanden. Ich werde dich um Erlaubnis bitten, ehe ich jemanden verprügele. Und was wirst du tun?«

»Ich weiß nicht.« Ich gähnte und bemerkte, wie erschöpft ich war; es fiel mir schwer, einen Gedanken zu beenden. »Etwas herumschnüffeln. Ein paar neuen Sachen nachgehen.«

Brad schob mich zurück und starrte mich an. »Hast du eine Spur? Erzähl es mir!«

»Nein, ich habe keine Spur.« Ich war nicht bereit, irgend jemandem von meinem Verdacht in bezug auf WARM zu erzählen, schon gar nicht Brad. Wenn ich es erwähnte, würde er Wilder und Konsorten überfallen, ehe ich ihn aufhalten könnte. Ich schwieg aus einem eigennützigen Grund: Ich wollte als erste dort sein. »Nichts Konkretes.«

»Schon gut, Babe. Du bist der Boß, ich muß dir glauben. Denk aber daran, mich anzurufen, bevor der Spaß anfängt.«

»Brad –«

»Reg dich nicht auf, ich mache ja nur Spaß. Wo ist dein Sinn für Humor?«

»Den hat jemand gestern abend in die Luft gesprengt.«

Er gab mir einen Klaps auf den Rücken. Es sollte eine beruhigende Geste sein. »Paß auf dich auf.«

»Ja Sir, ich pass auf mich auf. Danke für deine Aufmerksamkeit. Paß du gut auf Eileen auf.« Ich ging zu ihrem Büro.

Brad hielt mich am Arm fest. »Warte mal. Warst du da schon drin?«

Ich war zu müde zum Streiten, zu müde zum Antworten. Ich schüttelte den Kopf.

»Geh nicht rein! Da herrscht ein totales Chaos. Der Kerl hat es ernst gemeint.«

»Brad, erzähl mir etwas, was ich nicht weiß. Vergiß nicht, daß ich die Nacht im Krankenhaus verbracht und auf die Ergebnisse gewartet habe. Ich glaube, ich kann es vertragen, ein Chaos zu sehen.«

»Hör zu, Babe. Du warst die ganze Nacht auf den Beinen. Du bist durcheinander und müde. Ich glaube nicht, daß du in Form bist, um die Trümmer zu durchsuchen. Laß es für eine Weile sein.«

Brad versuchte sein Bestes, aber ich weigerte mich, auf ihn zu hören. Kindisch verschränkte ich die Arme und sagte nochmals: »Nein.«

»Okay, sei ein Dickkopf. Ich komme mit.«

»Verschwende nicht deine Zeit. Geh ins Krankenhaus und paß auf Eileen auf. Ich kann allein auf mich aufpassen.«

»Natürlich kannst du allein auf dich aufpassen. Wo ist dein Revolver?«

Der Kopf tat mir weh, wenn ich versuchte nachzudenken. Ich rieb mir die Stirn, um den Nebel zu beseitigen und fragte: »Wovon redest du?«

Wenn eine Staffelei in der Nähe gewesen wäre, hätte Brad sie auf meinem Kopf zertrümmert. Er seufzte und erklärte mir geduldig: »Babe, jemand hat gerade versucht, deine Schwester umzubringen. Er könnte auch deinen Namen auf seiner Liste haben. Hast du darüber schon nachgedacht?«

»Ich habe nicht darüber nachgedacht –«

»Das kann ich mir vorstellen. Wo ist dein Revolver?«

»Zu Hause.« Meine brandneue 9-mm-Smith & Wesson-Automatik lag sicher verschlossen in ihrer Kiste zu Hause. Ich hatte sie nur zum Üben auf dem Schießplatz ausgepackt und war nicht erpicht darauf, sie aus anderen Gründen dort herauszuholen. Ich mag keine Revolver.

Brad ließ diese Diskussion klugerweise fallen. Er schlug mir nochmals auf den Rücken und sagte: »Nun, denk darüber nach, Babe. Du wirst auf dich selbst aufpassen müssen. Ich werde im Krankenhaus sein. Ruf mich an, wenn du Verstärkung brauchst.«

Ich tauchte unter dem Band hindurch, das die Türöffnung versperrte, und schaltete die Deckenbeleuchtung an. Nach etwa zwölf Jahren Berufstätigkeit, zuerst als Polizistin, dann als Detektivin, habe ich zuviele blutbefleckte Räume gesehen, um aus der Fassung zu geraten. Mit jeder Gewalttat drehte sich mein Magen, abgestumpft vom wiederholten Anblick des geronnenen Blutes, etwas weniger heftig um.

Es ist aber etwas anderes, wenn die Blutflecken von der eigenen Schwester stammen. Beim Anblick des zersplitterten Tisches und des blutbefleckten Teppichs wurde mir übel. Schwindel überkam mich, und ein schwarzer Schleier drohte sich über meine Augen zu legen. Ich war im Begriff, ohnmächtig zu werden. Es war schlimmer, viel schlimmer, als ich es mir vorgestellt hatte. Ich rang nach Atem und wünschte, Brad hätte eindringlicher versucht, mich von dem Zimmer fernzuhalten. Ich wünschte, ich hätte auf ihn gehört.

Ich richtete Eileens Stuhl auf und setzte mich, und während ich hilflos mit den Zehen in den Trümmern stocherte, bekam ich allmählich wieder Luft und betrachtete den Raum. Es war ein Chaos. Der Tisch war kaputt; Bücher, Papiere und Notizen lagen auf dem Fußboden verstreut. Obwohl ich wußte, daß die Polizei die Splitter in der Nacht sorgfältig durchsucht hatte, hockte ich mich auf die Knie und untersuchte den Trümmerhaufen. Ich mußte ihn berühren, ihn fühlen – um etwas zu finden, was ein eindeutiger Hinweis auf WARM war.

Meine Finger stießen auf einen Bilderrahmen, und ich zog ihn heraus. Die spinnenartigen Risse in dem Glas erschwerten es, die Szene zu erkennen, aber ich kannte das Bild. Ich war die Fotografin an diesem sonnigen Wochenende am Strand gewesen, als das Leben von uns allen noch glücklicher gewesen war. Eileen, Don und Jeff tobten in der Brandung.

»Blaine.« Jona beugte sich über die Polizeiabsperrung und versuchte verzweifelt, meine Aufmerksamkeit zu gewinnen. »Dennis Halstead ist hier, um Sie zu sprechen.«

»Schicken Sie ihn in mein Büro. Ich komme dorthin.« Ich klemmte das Foto unter meinen Arm und ging knirschend über die Glas- und Holzsplitter und überlegte, daß ich einen neuen Rahmen besorgen und es Eileen zur Aufmunterung ins Krankenhaus bringen würde. Der Gedanke, daß sie es vielleicht nicht sehen könnte, war zu bitter, um darüber nachzugrübeln; ich zwang mich, nicht ans Krankenhaus zu denken. Ich warf das Bild auf meinen Schreibtisch, wo es mit dem Gesicht nach unten landete. Ich runzelte die Stirn, machte mir aber nicht die Mühe, es umzudrehen. Meine Falten vertieften sich, als Dennis Halstead aufstand, um mich zu begrüßen. Wie immer sah er eher wie ein Modell aus einem Herrenmagazin aus als ein FBI-Agent. Beim Anblick seines doppelreihigen Anzuges, des Seidenschlipses und des frischen weißen Hemdes wurde ich mir meiner verblichenen Jeans und des zerknitterten Polohemdes unangenehm bewußt. Er lächelte, als könnte er meine Gedanken lesen, und ich errötete und schloß die Tür.

»Möchtest du eine Tasse Kaffee?« Ich gebe zu, daß das keine bemerkenswerte Gesprächseröffung war, aber ich war müde und nervös. Dennis an zwei Tagen hintereinander zu begegnen, machte mich noch nervöser.

»Klar – schwarz.«

Ich erinnerte mich.

Ich goß zwei Tassen aus der ständig gefüllten Kanne auf der Kommode ein und sank auf den Stuhl hinter meinem Schreibtisch. Dennis nahm einen Schluck Kaffee, um höflich zu sein, dann stellte er die Tasse ab, wobei er vorsichtshalber einen leeren Aschenbecher als Untertasse benutzte.

»Woran hat Eileen gearbeitet?«

Ich stöhnte. »Hatten wir gestern abend nicht ein ähnliches Gespräch? Gibst du denn nie auf?«

»Komm schon, Blaine, nun hör aber auf. Wir stehen in dieser Sache auf derselben Seite.«

»Ja wirklich? Das ist schwer zu sagen. Wer hat dich diesmal geschickt? Ich wünschte, du könntest deinen Bossen sagen, daß wir beide kein Thema mehr sind – vielleicht hören sie dann auf, dir zu befehlen, mir überallhin zu folgen.«

Dennis verlor nicht die Ruhe. Er hätte allen Grund gehabt, aber er tat es nicht. Statt zu schreien, sagte er ruhig: »Niemand hat mich geschickt. Das ist mein Fall. Es nützt Eileen nichts, wenn du Informationen zurückhältst.«

»Ganz der alte Dennis, immer suchst du Unterstützung, damit du dir die Hände nicht schmutzig zu machen brauchst. Tu doch mal etwas Konstruktives, geh und schüchtere jemanden ein, der sich von deiner Polizeimarke beeindrucken läßt.«

»Und du bist immer noch eine kaltherzige Hexe.« Er ging zur Tür und blieb für einen letzten Versuch stehen. »Ruf mich an, wenn du deine Meinung änderst – du kennst ja die Nummer.«

»Bist du nicht etwas anmaßend? Ich kenne deine Nummer nicht. Gib meiner Sekretärin eine Visitenkarte für den Fall, daß ich mich entscheide anzurufen.«

Er schlug die Tür hinter sich zu. Dennis schlug immer die Tür zu, wenn er einen Streit verlor. Ich lächelte, glücklich über meinen kleinen Erfolg. Jonas ernste Stimme unterbrach mein kurzes Fest. »Brad ist am Telefon.«

Panik ergriff mich. Brad rief an, um mir zu sagen, daß Eileen tot sei. Meine Hand wollte sich nicht bewegen – sie weigerte sich, den Telefonhörer aufzunehmen. Jonas besorgte Stimme kam erneut durch die Sprechanlage. »Wollen Sie den Anruf nicht entgegennehmen?«

Nein, ich wollte den Anruf nicht entgegennehmen. Warum sollte ich den Anruf entgegennehmen? Er wollte mir erzählen, daß Eileen tot sei. Ich ergriff den Hörer. Meine Hände zitterten, aber irgendwie gelang es mir, meine Stimme vom Beben abzuhalten. »Brad, was ist los?«

»Babe, du solltest besser herkommen.« Ich sammelte mich für die schlimme Nachricht. »Sie hat eine Blutung, die nicht aufhören will. Sie überlegen, ob sie sie nochmal operieren. Sie hat nach dir verlangt. Du solltest kommen, ehe sie operieren.«

Das Zimmer war dunkel. Schwere grüne Gardinen hielten das Sonnenlicht zurück und dämpften die Bauarbeitergeräusche unten auf der Straße. Am liebsten hätte ich aus dem Fenster geschaut oder wäre in dem sterilen Raum auf und ab gegangen. Ich hätte alles getan, um nicht zu dem Bett gehen zu müssen.

Statt dem Wunsch zu fliehen nachzugeben, trat ich etwas näher an das Bett heran und nahm Eileens reglose Hand zärtlich in meine. Sie schwebte hin und her zwischen dem Bewußtsein und der Bewußtlosigkeit. Nur einmal war sie so klar bei Verstand gewesen, um zu bemerken, daß ich bei ihr war. Dieser klare Augenblick änderte alles. Alle meine Pläne, den Leuten von WARM nachzusetzen, waren vorbei, als Eileen meine Hand drückte und flüsterte: »Rudy. MacIntyre.«

Ich kannte den Namen nicht, aber das machte nichts. Ich streichelte Eileens Hand und flüsterte: »Ich werde ihn finden.«

Ihre Hand wurde schlaff. Ich wiederholte: »Ich werde ihn finden«, und lehnte mich zurück, um auf sie aufzupassen und zu warten. Ich weinte erst, nachdem die Schwestern mich freundlich gebeten hatten zu gehen. Brad und Don standen draußen vor der Intensivstation. Sie streckten mir beide die Hände entgegen, aber ich stieß ihre ausgestreckten Hände beiseite und stolperte blind in das Wartezimmer. Sie verbarrikadierten die Türen und ließen mich allein.

Ich saß in dem leeren Raum und weinte.

6

Fußschritte blieben zögernd vor der Tür stehen; Parker kam rein, nachdem er es irgendwie geschafft hatte, die Männer, die die Tür blockierten, zu überreden. Er kniete sich vor den Stuhl und versuchte, mich zu umarmen. Ich wich ihm aus, stand auf und wandte mich von ihm ab, um aus dem Fenster zu blicken.

»Wie geht es Eileen?« Ich schüttelte den Kopf und sah weiterhin aus dem Fenster. Parker gesellte sich zu mir. »Hast du irgendeine Ahnung?«

»Nein.«

»Keine einzige?«

Ich schüttelte wieder den Kopf und flüsterte: »Keine einzige.«

Parker wickelte eine Zigarre aus und steckte sie sich in den Mund. »Es fällt mir schwer, das zu glauben. Ich hätte wetten können, daß du mittlerweile schon hinter einem Dutzend Leute her bist und sie beschuldigst, deiner Schwester die Bombe geschickt zu haben.«

»Das wäre eine einfältige Wette gewesen. Tony, kann das etwas warten? Mir ist nicht nach Reden zumute.«

Tony gehörte zu der Sorte von Menschen, denen eine Andeutung nicht reicht. Er berührte meinen Arm und sagte: »Komm schon, ich versuche, einen Mörder zu finden.«

»Verdammt, sie ist noch nicht tot!« Ich schüttelte seine Hand ab und schrie: »Was zum Teufel interessiert dich das überhaupt? Soviel ich weiß, warst du der letzte, der Eileen bedroht hat. Vielleicht sollte ich gegen dich ermitteln.«

»Also, nun hör mal –«

»Stimmt etwas nicht, Leute?« Brad streckte den Kopf ins Zimmer. »Es dringt eine Menge Lärm auf den Flur, und die Schwestern werden allmählich böse.« Er kam zu uns herüber und schaute mir in die Augen. »Ist alles in Ordnung mit dir?«

»Nichts ist in Ordnung mit ihr. Sie ist verrückt«, keuchte Parker und wedelte mit der Zigarre in der Luft.

»Verrückt! Willst du wissen, was verrückt ist?« Ich riß ihm die Zigarre aus der Hand, brach sie durch und warf ihm die Teile an die Brust. »Das ist verrückt.«

»Du Dummkopf – sieh doch zu, wie die Ermittlungen den Bach runtergehen.« Stotternd verstummte Parker, unterstützt durch die schwere Hand, die Brad auf seine Schulter legte. Er schnippte einen Krümel Tabak von seinem Schlips und stürmte aus dem Raum.

Brad sah ihm nach, dann drehte er sich zu mir um. »Gut gemacht, Babe. Du hast dem Mann die Zigarre ruiniert. Außerdem hast du ihm die Laune verdorben. Großartige Art, um sich die Cops zu Feinden zu machen. Geht es dir jetzt besser?« Ich nickte. Es ging mir besser. Brad grinste. »Gut, nichts eignet sich besser als ein Wutausbruch, um sich von Sorgen abzulenken. Verderbe jemand anderem die Laune, das ist mein Motto. Komm, setz dich und beruhige dich. Ich habe Don weggeschickt, um Kaffee zu holen. Er müßte bald zurück sein. Er braucht dich nicht in diesem Zustand zu sehen.«

Brad brachte mich zu den orangefarbenen Sitzen zurück, und wir saßen in dem stillen Raum, ohne zu reden. Die Stille dauerte ein paar Minuten an, aber sie endete, als mir bewußt wurde, daß wir wie bei einer Totenwache saßen. Ich befreite meine Hand, sprang auf und rannte nach draußen, ehe Brad mich aufhalten konnte. Wenn Eileen im Sterben lag, würde sie so oder so sterben – ob ich in dem Raum saß oder nicht, änderte nichts daran.

Ich erinnere mich nicht an die Rückkehr quer durch die Stadt. Hastig drängte ich mich durch die abendlichen Theaterbesucher, um den Namen zu überprüfen, den Eileen gemurmelt hatte. Vage Erinnerungen an einen alten Gerichtsprozeß gingen mir durch den Kopf; sie waren aber nicht greifbar.

Ein dünner Lichtspalt war unter der Tür zum Büro zu erkennen. Bitte, keine weiteren Überraschungen, dachte ich und steckte leise den Schlüssel ins Schloß.

»Wer ist da?« rief eine besorgte Stimme.

»Jona, sind Sie es? Warum sind Sie noch hier? Es ist nach sieben. Sie hätten schon vor Stunden nach Hause gehen sollen.«

Jona eilte mir entgegen. Die Mauer zwischen Arbeitgeberin und Arbeitnehmerin brach ein, und sie umarmte mich. »Ich habe mir Sorgen gemacht; ich wußte, daß Sie zurückkommen würden, darum habe ich gewartet. Wie geht es Eileen?«

Ich war es leid, diese Frage zu hören, und noch mehr war ich es leid, sie zu beantworten, aber Jona war von Anfang an bei uns gewesen; sie verdiente eine Antwort. Ich erzählte es ihr kurz und fragte dann: »Wo sind Eileens alte Prozeßakten?«

»Wie alt?«

»Neun, vielleicht zehn Jahre.«

Sie zog die Stirn kraus. »Zehn Jahre. Das wäre ja, bevor Sie und Eileen anfingen, zusammen zu arbeiten. Wenn sie in diesem Büro sind, dann ganz hinten im Archiv. Es dürfte nicht allzu schwer sein, sie zu finden.« Sie ging den Flur hinunter zum Archiv, und ich folgte ihr. »Wonach suchen Sie?«

»Eileen nannte einen Namen, der mir irgendwie bekannt vorkam. Ich glaube, es war einer ihrer alten Fälle. Rudy MacIntyre. Kennen Sie ihn?«

Jona blieb so abrupt stehen, daß ich sie anrempelte. Ihr Gesicht wurde aschgrau. »Er war hier. Letzte Woche. Er war hier.«

»Sind Sie sicher, daß es MacIntyre war? Wann war er hier?«

Jona nickte. »Ich bin sicher. Es war Donnerstag. Ich saß an dem Tag am Empfang, weil sonst niemand da war. Erinnern Sie sich?«

Ich erinnerte mich. Der letzte Donnerstag war nicht mein bester Tag gewesen. Ich war sauer gewesen, hatte Eileen angemeckert, daß sie meine Arbeit ignoriere, und hatte den Rest des Tages schmollend in meinem Büro verbracht. »Erzählen Sie mir, was vorgefallen ist.«

»Er hatte keinen Termin. Er kam rein und wollte Eileen sprechen. Er sah aus, als wollte er sich für einen James-Dean-Film vorstellen. Lederjacke, T-Shirt, Zigarette im Mundwinkel. Unhöflich war er auch. Eileen weigerte sich, ihn zu empfangen.«

»Und was sagte er?«

»Er sagte, er käme wieder, wenn Eileen nicht so beschäftigt sei. Dann ging er.«

»Sagte Eileen irgend etwas zu Ihnen?«

»Nicht sofort. Sie kam später raus, um sich ein paar Nachrichten zu holen, und sagte, sie wolle keine Gespräche von ihm entgegennehmen. Sie wirkte nicht sonderlich besorgt, so daß ich ihn vergaß. Glauben Sie, MacIntyre könnte ...«

Jona konnte den Satz nicht beenden. Ich zuckte die Schultern. »Ich weiß es nicht. Lassen Sie uns die Unterlagen suchen, vielleicht finden wir darin etwas?«

Das schmale, fensterlose Archiv war mit Metallregalen gesäumt, die vom Boden bis zur Decke reichten. Fast jeder Zentimeter der Regale war mit Pappkartons zugestellt. Ich hatte die Vorstellung, den ganzen Abend lang staubige Kartons durchsuchen zu müssen und stöhnte.

Jona lachte. »So schlimm ist es nicht. Sie sind chronologisch geordnet.« Sie lokalisierte problemlos die richtige Kiste; wir staubten sie ab und trugen sie zurück in mein Zimmer. Ich schickte Jona nach Hause und setzte mich mit einem Kaffee und Zigaretten zu einem Leseabend hin.

Ich starrte auf die blauen Linien meines Notizblocks. Sie waren immer noch leer und warteten auf die Vermerke, die ich voller Zuversicht geglaubt hatte machen zu können. Der alte Pappkarton stand auf dem Boden neben meinem Schreibtisch, sein Inhalt lag auf dem Teppich ausgebreitet.

Mein einziges Problem war, daß ich nicht wußte, welche Akte ich zuerst nehmen sollte, so blätterte ich sie alle durch und suchte MacIntyres Namen. Ich las alles mögliche – nur nicht Rudy MacIntyre. Meine Schwester war eine zwanghafte Notizenschreiberin. Es gab Notizen über Telefongespräche, Notizen über Dinge, die zu erledigen waren – und die jede einzeln nach Erledigung sorgfältig abgehakt worden waren – und Notizen über ihre Fälle. Notizen auf gelben Notizblöcken, Notizen auf Papierservietten, Notizen in blauer Tinte und Bleistiftnotizen, verwischte und verblichene Notizen.

Ich zündete mir eine Zigarette an und starrte den Stapel mit Notizen an. Als die Zigarette zu Ende war, tastete ich mich unwillig durch das dunkle Konferenzzimmer in Eileens Büro. Ich holte tief Luft, knipste das Licht an und eilte durch das Zimmer.

Ich umging die Flecken auf dem Teppich und versuchte, mir einzureden, daß sie nicht existierten, und durchsuchte behutsam die Trümmer. Das Telefon klingelte. Erstaunt, daß es noch funktionierte, nahm ich den Hörer ab.

Dons ruhige Stimme begrüßte mich. Ich hielt den Atem an in der Erwartung schlechter Nachrichten. »Es hat sich nichts geändert. Die Ärzte sagten, ich solle nach Hause gehen. Warum kommst du nicht zu uns? Sandy könnte einen Besuch von ihrer Lieblingstante gebrauchen; sie versteht nicht, was vor sich geht. Wir wollen zu Abend essen.«

Ich hatte keinen Hunger, aber ich erklärte mich einverstanden. Ich wäre mit allem einverstanden gewesen, was mir einen Anlaß gab zu gehen.

Don öffnete die Tür. Sandy, meine vierjährige Nichte, hockte auf seiner Schulter. »Tante B!« rief sie, warf sich hinunter in meine Arme und blickte nach ihrer Mutter suchend über meine Schulter. Bevor sie irgendwelche Fragen stellen konnte, drückte ich sie. »Hey, ich habe Hunger. Was gibt es zum Essen? Ich rieche nichts aus der Küche.«

Sandy lächelte und kicherte. »Daddy hat mir erlaubt, etwas zu bestellen. Es gibt Pfannkuchen. Magst du Pfannkuchen?«

Don schob uns in die Küche. »Alle mögen Pfannkuchen. Laßt uns den Tisch decken, das Essen muß gleich kommen.«

Sandy übernahm die Aufgabe; ich setzte mich in sicherer Entfernung hin und sah zu. Sie war eine begeisterte, aber ungenaue Tischdeckerin. Ich sammelte das heruntergefallene Silberbesteck vom Fußboden auf und rauchte eine Zigarette. Da ich das empfindliche Gleichgewicht unserer Phantasie nicht stören wollte, stellte ich keine Fragen über Eileen.

Unsere vorgetäuschte lockere Unterhaltung dauerte während des ganzen Essens bis zu den Schicksalskeksen an. Sandy, die die Kekse mit den winzigen Botschaften darin liebt, verteilte sie und wartete darauf, daß wir ihr die Zauberbotschaften vorlasen. Ich war als letzte dran, zerbrach den Keks, entfaltete den Zettel und las: »Auf dem Weg zum Glück werden Sie viel Leid erfahren.« Ich zündete eine Zigarette an und hielt das Streichholz unter das Schicksal.

Don schaute zu, wie ich die glühende Asche in den Aschenbecher fallenließ. Er seufzte. »Es war ein langer Tag.« Sandy, die spürte, daß jetzt gleich die langweilige Erwachsenenunterhaltung begann, flüchtete zu ihren Spielsachen, die auf dem Wohnzimmerfußboden verstreut lagen. »Dr. Mabe sagte, ich solle nach Hause gehen. Es gibt nichts, was wir im Krankenhaus tun können. Sie lassen mich nicht viel Zeit mit Eileen verbringen.«

»Was ist mit Eileens Augen? Haben sie dazu etwas gesagt?« Don zuckte die Achseln und begann, die geronnenen Reste von den Tellern auf dem Tisch zusammenzukratzen. Ich wechselte das Thema. »Hat Eileen sich in letzter Zeit über irgend etwas Sorgen gemacht?«

Don kratzte weiterhin die Teller ab und ließ Wasser ins Abwaschbecken laufen. »Sie war sehr beschäftigt. Typisch Eileen, du weißt ja, wie sie dann ist. Distanziert und schwer ansprechbar. Sie sagte, es sei hektisch bei der Arbeit und alles in Ordnung.«

»Stört es dich, wenn ich mich auf ihrem Schreibtisch umsehe?« Don, von Beruf Pilot, brachte selten Arbeit vom Cockpit mit. Der Tisch würde mit Eileens Papieren bedeckt sein, und ich hoffte, darunter MacIntyres Akte zu finden.

Don ließ einen Teller in den Abwasch fallen und drehte sich zu mir um. »Was glaubst du, dort zu finden?«

Zum Teil war ich erstaunt darüber, mit welch selbstverständlichem Ton wir miteinander reden konnten, zum Teil war ich darüber entsetzt. Mir ging dieser Kontrast nicht aus dem Kopf. »Eileen kam heute nachmittag für ein paar Augenblicke zu Bewußtsein. Sie erkannte mich und murmelte einen Namen. Ich glaube, Eileen hat die Unterlagen mit nach Hause gebracht.«

»Was sagte dein Polizeifreund dazu?«

»Nichts, ich habe es ihm nicht gesagt.« Don hob eine Augenbraue. Er und Eileen waren ein perfektes Paar, das noch an den Superman glaubte.

Don versuchte, mich zu unterbrechen, aber ich ließ ihn nicht. »Die Untersuchung wird heute sehr viel Aufmerksamkeit erregen. Morgen wird eine noch grauenhaftere Sache von ihr ablenken, und die Reporter werden dort hingehen. Nach ein paar Tagen wird auch die Polizei verschwinden. Sie wird neue Aufträge bekommen, bis am Ende nur noch zwei oder drei überarbeitete Inspektoren falsche Spuren verfolgen. Sonst macht sich keiner mehr genug Sorgen, um an der Sache dranzubleiben.«

Don drehte sich um und wandte sich dem fettigen Wasser im Abwasch zu. »Ich mache mir auch Sorgen. Tu, was du tun mußt. Du weißt, wo der Tisch steht. Laß dir Zeit. Ich werde Sandy baden und sie ins Bett bringen.«

Der abgenutzte Schreibtisch nahm eine ganze Ecke im Wohnzimmer ein. Ich setzte mich hinter den riesigen Schreibtisch und blinzelte ein paar Tränen fort, bevor ich die Schubläden aufzog. MacIntyres Akte befand sich in der mittleren Schublade ganz oben drauf. Leicht zugänglich für eine besorgte Person, die sich ihren Inhalt ansehen wollte. Ich nahm die Akte und ging damit in die Küche.

Eileens Handschrift hatte sich in den letzten zehn Jahren nicht sehr verändert. Sie war etwas weniger verkrampft, etwas weniger fahrig, aber eindeutig Eileens. Ich überflog die Notizen und schloß die Akte; meine Erinnerungen an Rudy MacIntyre kehrten zurück.

Dons ruhige Stimme unterbrach meine Gedanken. »Sandy möchte dir gute Nacht sagen.« Ich klemmte mir die Akte unter den Arm und ging ins Schlafzimmer meiner Nichte. Nach einem Märchen, einem Gutenachtkuß und einer Umarmung kehrte ich in die Küche zurück. Don saß am Tisch und wartete.

Ich warf die Akte auf den Tisch und kochte Kaffee. Don betrachtete das Etikett und fragte: »Wer ist MacIntyre?«

»Das war der letzte Fall, bei dem Eileen die Anklage vertreten hat, bevor sie die Staatsanwaltschaft verließ. Ich hätte mich an den Namen erinnern müssen. Es war ein häßlicher Fall; Eileen gewann ihn. MacIntyre warf ihr vor, sein Leben zu ruinieren, und drohte, sie umzubringen.«

»Ich glaube nicht, daß Eileen ihn jemals erwähnt hat. Was hat er getan?«

»MacIntyres Frau wollte sich scheiden lassen, er nicht. Er bastelte eine kleine Bombe und versteckte sie unter dem Armaturenbrett ihres Wagens. Ein großartiger Platz für eine Bombe; die Leute auf dem Vordersitz werden von der Explosion mit voller Wucht getroffen. Sie war sofort tot. MacIntyre behauptete, er sei verleumdet worden. Die Geschworenen glaubten ihm nicht.«

»Warum verdächtigst du ihn? Ist er nicht im Gefängnis?«

»Das Urteil lautete auf Totschlag – zehn bis fünfzehn Jahre. Er ist wieder draußen. MacIntyre kam letzte Woche ins Büro und wollte Eileen sprechen. Sie lehnte es ab. Ein paar Tage später explodierte in ihrem Büro eine Bombe. Ich würde sagen, das macht ihn zum Verdächtigen Nummer eins.«

»Sie hat nie etwas davon erwähnt.« Don hörte auf, mit der Kaffeetasse zu spielen, und sah mich an. »Was hast du vor?«

»Ihn zu finden.«

7

Ich war auf dem Weg zu WARM und nahm zwei Stufen gleichzeitig, als ich die Treppe hinauflief. Licht schimmerte durch die Milchglasscheibe der Tür und beleuchtete die schwarze Schrift auf dem Glas. Das M war aus dem Logo verschwunden und erklärte das Büro zum Sitz von WAR. War das ein Zufall oder Absicht?

Ich stieß die Tür auf, ohne anzuklopfen, und ging hinein, bereit zum Kampf. Roz und Collier Whitehead saßen am Tisch und beugten sich über die darauf ausgebreiteten Papiere. Mein unangemeldetes Erscheinen überraschte sie.

»Entschuldigung für die Störung.« Ich kam näher und versuchte, einen Blick auf ihre Papiere zu erhaschen.

Roz verbarg ihren Ärger nicht. »Grant ist nicht da«, fuhr sie mich an.

»Grant hat mir ein paar Nachrichten hinterlassen. Ich habe es nicht geschafft, ihn zu erreichen. Ich hoffte, er würde noch hier sein. Kommt er zurück? Ich kann warten.«

»Er ist nicht da. Mach dir keine Mühe zu warten. Ich weiß nicht, wann er zurückkommt. Ich sage ihm, daß du da warst.«

Ich war fast nahe genug dran, um die Schrift zu lesen. Glatzkopf bemerkte es. Er deckte die Seiten zu und fragte: »Willst du irgendwas? Wir haben ziemlich zu tun und keine Zeit, uns Sorgen zu machen, weil du deinen Freund nicht findest.«

»Was?« fragten Roz und ich gleichzeitig in demselben ungläubigen Ton. Ich hielt den Mund und überließ es Roz, ihm die Meinung zu sagen. »Sei nicht albern, Collier. Sie hat unsere Versammlung gestern abend verpaßt. Grant hat sie angerufen, um herauszufinden, ob sie morgen kommt. Wir brauchen Leute, auch wenn sie nicht sehr engagiert sind.«

Morgen? Die Demonstration im Pelzladen – ich hatte sie in dem Durcheinander mit Eileen ganz vergessen. Als Roz sich an mich wandte, hatte ich mich wieder gesammelt. »Hast du immer noch die Absicht, morgen mitzumachen? Oder ist dein Terminkalender zu voll mit anderen gesellschaftlichen Verpflichtungen?«

Ich setzte mich auf den Stuhl neben Whitehead. »Ich bin dieser Gruppe beigetreten, um mit euch daran zu arbeiten, daß die Ausbeutung von Tieren beendet wird. Ich bin nicht gekommen, um zu streiten. Warum seid ihr so feindselig?«

Roz errötete, entschuldigte sich aber nicht. »Wir sind nicht feindselig. Wir sind vorsichtig. Wir befinden uns in einem Krieg. Vorsicht bei der Auswahl neuer Mitglieder ist notwendig.«

Sie sahen so aus, als wollten sie mich gleich rauswerfen. Ich pokerte und fragte: »Was soll ich tun, um zu beweisen, daß ich es ernst meine? Etwas in die Luft jagen?«

Schweigen.

»Ich werde morgen zur Demonstration kommen. Aber ich werde auch eure Entscheidung erwarten, wie ich mich beweisen kann.«

Es ist leicht, linkisch zu wirken, wenn man einsachtzig groß ist. Die Leute sind nie über einen plötzlichen Mangel an Koordination erstaunt. Ich stand auf und machte eine ungeschickte Bewegung mit den Ellenbogen, so daß es mir gelang, Whiteheads Papier vom Tisch zu fegen.

Wir bückten uns und stießen bei dem Rennen, zuerst da zu sein, beinahe mit den Köpfen zusammen. Ich gewann das Rennen. Whitehead streckte schweigend die Hand aus. Ich entschuldigte mich für meine Ungeschicktheit, reichte ihm die Papiere – es waren Grundstückspläne – und ging.

Wäre es ein normaler Abend gewesen, wäre ich nach Hause und ins Bett gegangen, aber es war kein normaler Abend. Ich ging ins Krankenhaus.

Eine Krankenschwester hielt mich an der Tür zur Intensivstation zurück. »Sie können jetzt nicht hineingehen, die Ärzte sind bei ihr.« Ich protestierte, aber sie gab meinem Einwand nicht nach. »Sie müssen im Wartezimmer warten. Ich rufe Sie, wenn Sie sie sehen können.«

Ich folgte ihren Anweisungen ohne jedes Aufheben und ging ins Wartezimmer, wo ich damit rechnete, wieder den drei Frauen in der Ecke zu begegnen. Zu meiner Erleichterung war das Zimmer leer. Ich blätterte eine sechs Monate alte Zeitschrift durch und rauchte ein halbes Dutzend Zigaretten.

Quietschend öffnete sich die Tür. Ich blickte auf in der Hoffnung, es sei die Krankenschwester. Brad kam herein und lächelte. »Hi, Babe, die Krankenschwester sagte mir, daß du da bist. Was machst du hier? Schläfst du denn nie?«

Brads Augen waren rot unterlaufen, seine Kleidung zerknittert und zerknautscht. »Du siehst aus, als könntest du selbst etwas Schlaf gebrauchen.«

Er lockerte seinen Schlips und setzte sich. »Ich bin gekommen, um noch einmal bei Eileen hineinzuschauen, bevor ich gehe. Die Nachtwache ist organisiert und im Einsatz. Ich rief –«

»Schon gut. Du würdest nicht gehen, ohne gute Leute zu organisieren. Ist hier heute irgend etwas Aufregendes passiert?«

Er gähnte. »Kein bißchen. Wie war's bei dir?«

Brad fuhr fort zu gähnen, während ich ihm von meinem Besuch

bei WARM erzählte. »Als ich reinkam«, sagte ich, »studierten Roz und Whitehead die Grundstückspläne eines Gebäudes in der New Street. Whitehead achtete darauf, sie zuzudecken.« Ich grinste. »Aber es gelang mir, sie vom Tisch zu stoßen. Weißt du, wo die New Street ist?«

»Nee.« Er gähnte wieder. »Hör zu, Babe, ich würde mich mit dir gern über Geographie unterhalten, aber ich werde gleich ohnmächtig. Ich brauche zwei oder drei Wochen Schlaf. Was ist mit dir, gehst du nach Hause?«

»Noch nicht, ich bleibe noch etwas. Die Krankenschwester sagte, ich könnte Eileen sehen.« Ich stand auf und zog Brad hoch. »Geh nach Hause: Das ist ein Befehl. Mach dir keine Sorgen um mich, ich bleibe nicht mehr lange. Ich gehe, sobald mich die Krankenschwestern rauswerfen.«

Brad war nicht überzeugt, aber er hatte sich schon zu viele Stunden gestritten. Ich schob ihn zur Tür und schaute ihm nach, als er den Flur hinunterschlurfte, bevor ich in das leere Wartezimmer zurückkehrte. Was würde ich ohne Brad tun? Wenige Minuten, nachdem er gegangen war, erschien eine Krankenschwester an der Tür und bedeutete mir, ihr zu folgen. Ich verbrachte die Nacht auf dem Stuhl neben Eileens Bett, hielt ihre Hand und dachte über die Jahre nach, die wir zusammen gearbeitet hatten. Eine leichte Berührung auf meiner Schulter weckte mich ruckartig auf.

Dr. Mabes frisches, lächelndes Gesicht begrüßte mich. »Guten Morgen. Sie müssen außergewöhnlich charmant zu den Krankenschwestern gewesen sein, daß sie Sie nicht wecken wollten.«

»Brad war es, der charmant gewesen ist. Ich bin nur eine Mitläuferin.« Ich streckte mich und sah auf die Uhr. Viertel nach sechs. Hunderte steifer Muskel beklagten sich, daß ich die Nacht auf dem Stuhl verbracht hatte. Ich streckte mich nochmal und sah zum Bett. Eileen hatte auf unsere Stimmen nicht reagiert. Ich schaute fort und fragte: »Wie geht es ihr?«

»Besser.« Dr. Mabe betrachtete mich prüfend. »Wann haben Sie das letzte Mal gegessen? Lassen Sie uns in die Cafeteria gehen. Ich verspreche, Ihre Fragen zu beantworten, wenn Sie versprechen zu essen – ich möchte Sie nicht beide gleichzeitig als Patientinnen haben.«

Ohne zu widersprechen, folgte ich ihr in die Cafeteria. Mein Magen war mit ihrem Rezept einverstanden; selbst das Krankenhausessen roch appetitanregend. Dr. Mabe trank zwei Tassen Tee und rauchte drei Zigaretten, während ich ein komplettes Frühstück genoß. Als mein Teller leer war, lehnte ich mich zurück und nahm mir eine Zigarette von der Ärztin. »Okay, Doc, lösen Sie Ihr Versprechen ein. Berichten Sie mir über Eileen. Die Ärzte, die ich gestern abend traf, konnten meine Fragen nicht beantworten.«

»Es ist zu früh für Antworten. Offensichtlich explodierte die Bombe –«

»Das haben Sie mir bereits erzählt. Was wissen Sie noch?«

»Nichts.« Dr. Mabe drückte ihre Zigarette in dem Blechaschenbecher aus. »Eileen lebt. Das ist alles. Jetzt hören Sie auf meinen guten Rat. Sie sehen wie eine Leiche aus. Gehen Sie nach Hause. Gehen Sie schlafen.«

Wir wußten beide, daß ihr Ratschlag nutzlos war. Ich würde ihn nicht befolgen.

Es war ein wunderschöner Tag für eine Demonstration. Die heiße Luft kündigte den bevorstehenden feuchten Sommer an. Trotz Brads Warnung ließ ich meinen Revolver und das Halfter im Büro. Ich rollte die Ärmel meiner Bluse hoch und zuckte zusammen, als ich gedankenabwesend über die Brandstelle an meinem Unterarm rieb. Der juckende Schorf war abgefallen und legte einen Streifen empfindsamer Haut bloß. Sanft rieb ich die Stelle und hoffte, die unebenen Ränder würden mit meinem Arm verschmelzen, ohne eine Narbe zu hinterlassen.

Dunkelblaue Polizeisperren, perfekt passend zu dem strahlenden Himmel, waren an der Bordsteinkante aufgestellt worden, um die Menschenmenge auf der anderen Straßenseite des Pelzladens zurückzuhalten. Es waren nicht besonders viele Leute; die Zahl der Polizisten überbot die der Demonstranten im Verhältnis zwei zu eins.

Die Polizisten standen in kleinen Gruppen zusammen, plauderten, lachten und beachteten die sich versammelnden Demonstranten nicht. Innerhalb der Absperrung waren Roz und verschiedene andere Helfer damit beschäftigt, Berge von Informationsmaterial auf immer tiefer durchhängende Klapptische zu stapeln. Ich kroch unter den Tischböcken hindurch zu ihnen. Eine Frau, die eine Ladung Poster im Arm hielt, begrüßte mich. Sie gehörte zu der Horde von Frauen, die an der Veranstaltung bei WARM teilgenommen hatten. Sie lächelte und bot mir ein Poster an.

PELZE TÖTEN – WÄRMEN SIE SICH MIT STOFFEN ODER SAGEN SIE NEIN ZU PELZEN – BEKLEIDEN SIE SICH MIT HERZ, NICHT MIT HÄUTEN.

Zögernd sann ich nach einem akzeptablen Grund, um das Angebot abzulehnen. Da sagte eine verächtliche Stimme hinter mir: »Du hast dich also doch entschlossen zu kommen. Das war ja ein recht interessanter Auftritt gestern abend.«

»Rosalynn.« Ich drehte mich um und lächelte. Der Gedanke an Eileen in ihrem Krankenhausbett hielt mich davon ab, der Frau ins Gesicht zu schlagen. »Arbeiten wir nun zusammen oder möchtest du das hier mitten auf der Fifth Avenue erst einmal auskämpfen?«

Grant erschien gerade rechtzeitig, um den Wortwechsel mitzubekommen. Er ergriff meinen nackten Ellenbogen und drückte ihn leicht. Ich versuchte, mich zu entziehen, aber die Hand folgte mir. »Könnt ihr beiden fünfzehn oder zwanzig Minuten warten, bevor ihr euch schlagt?« lachte Grant. »Die Fernsehteams sind noch nicht da. Sie würden es sehr bedauern, wenn sie es verpassen, zwei sexy Ladies in Action aufzunehmen, wenn sie sich mitten auf der Fifth Avenue raufen.« Er hörte auf zu lächeln. »Was ist los mit euch?«

Roz stand zu sehr unter Druck, um sich durch Scherze aufmuntern zu lassen. »Wo bist du gewesen?« schrie sie. »Die Cops wollen uns nicht über die Straße lassen. Wie wollen wir die Pelzvorführung aufhalten, wenn wir die Leute nicht aus dem Laden fernhalten können? Du mußt etwas unternehmen.«

Roz zog Grant mit sich fort. Er blinzelte mir über die Schulter zu, um mir zu zeigen, daß er alles im Griff hatte. Sie waren schon bald in eine Diskussion mit einem Einsatzleiter der Polizei im weißen Hemd verwickelt. Ich sah ihnen ein paar Minuten zu, verlor aber bald das Interesse.

Die Übermacht der Polizei im Verhältnis zu den Demonstranten sank allmählich, bis die Menschenmasse fünf Minuten vor Beginn schließlich größer als die Einsatztruppe der Polizei war. Als die Polizisten die Veränderung der Menge und des Tempos spürten, stellten sie sich in Position: Schulter an Schulter, die Beine gespreizt, mit dem Rücken zur Straße. Teilnahmslose Polizeigesichter beobachteten uns. Wir beobachteten sie. Ein Dutzend Polizisten kam bei Renkel's herausmarschiert und stellte sich vor dem Laden auf. Sie verschränkten die Arme vor der Brust und starrten geradeaus. Eiskalte, mißbilligende Blicke schossen von einer Straßenseite zur anderen.

Zwölf Uhr. Fast einhundert Leute hatten sich hinter den hölzernen Barrikaden versammelt. Einige hielten Schilder hoch, andere warteten geduldig, manche versuchten, den vorbeieilenden Passanten Flugblätter in die Hand zu drücken. Die meisten wiesen die Flugblätter zurück, ein paar fluchten über den versperrten Fußweg und warfen die Blätter auf den Boden.

»Pelze töten! Pelze töten!« Der leise Sprechgesang begann in der Mitte der Gruppe und schwoll zu einem wütenden Gebrüll an. Fernsehkameras fuhren herum.

Die Menge schob sich vorwärts. Die Polizisten hielten ihre Stellung. Mein Magen zog sich langsam zu einem nervösen Klumpen zusammen. Ich war inmitten der Demonstranten fest eingeklemmt. Ich versuchte, an den Rand zu gelangen, aber ich konnte mich nicht bewegen – die Körper standen dicht zusammengedrängt, fester als im Expresszug zur Hauptverkehrszeit. Auch der nächste Ansturm gegen die Absperrung wurde abgewehrt. Die Rufe »Pelze töten!« wurden durch ein leises Murmeln von hinten abgelöst. »Über die Straße. Über die Straße. Über die Straße.«

Auf der anderen Straßenseite fuhren Limousinen vor und hielten, um ihre Passagiere herauszulassen. Spöttische Rufe und Pfiffe begrüßten jeden, der ausstieg. Die Menge durchdrang die Polizeikette und strömte über die Absperrungen in die Mitte der Fifth Avenue. Der Verkehr hielt an. Hupen und Flüche erfüllten die Luft.

Das Handgemenge begann ohne jede Vorwarnung. Aus dem Augenwinkel sah ich einen Arm, der mit einer unbeholfenen Schleuderbewegung vorwärts schnellte. Ich drehte mich um – links von mir stand Amy in ihrer leuchtenden Batikbluse. Sie bemerkte meinen Blick und grinste. Sie tauchte die Hand in den Fransenbeutel über ihrer Schulter und zog einen Pflasterstein heraus. Nach einem weiteren engelsgleichen Lächeln zielte sie mit dem Stein auf einen Polizisten. Ihre Wurftechnik war linkisch, aber sie traf perfekt.

Der kantige Stein traf den Polizisten im Gesicht und fiel zu Boden. Der erzürnte Cop rückte die Mütze auf seinem Kopf zurecht und wischte über seine Wange. Da erblickte er die roten Blutspuren auf seiner Hand und brüllte: »Haltet sie fest! Verhaftet sie!« Er stürmte vorwärts, wobei er den Schlagstock über seinem Kopf schwang. Seine uniformierten Kollegen folgten ihm und schlugen wahllos auf jeden ein, der ihre Jagd behinderte.

Eine lebenswichtige Hirnzelle hörte auf zu funktionieren. Ich brauchte einige Sekunden, bis ich verstand, daß der Cop auf mich zeigte. Derweil jagte er über den Fußweg und stieß die Leute aus seinem Weg. Noch zwei Schritte und er stand vor mir, den Stock zum Schlagen erhoben. Ich hob den Arm, um mein Gesicht zu schützen, und versuchte, rückwärts auszuweichen. Aber es gab keinen Raum für Bewegung. Der Schlag landete genau auf der verbrannten Stelle an meinem Unterarm, und ein Schmerz schoß durch meinen Körper. Meine Knie wurden weich. Ich stürzte zu Boden.

8

Eine Hand, an der der kleine Finger und der Ringfinger fehlten, zog mich hoch. Ich hielt mich daran fest, beugte den Kopf und rannte blindlings hinter Grant her. Wir drängelten uns durch das Menschengewirr hindurch zu dem freien Fußweg hinter den Absperrungen. Der Cop folgte uns und rief: »Haltet sie! Haltet sie fest!« Mehrere Blauhemden schlossen sich der Jagd an und versuchten verzweifelt, mir mit ihren Knüppeln eins rüberzuziehen. Meine Mitdemonstranten umzingelten sie und versperrten ihnen den Weg. Als Antwort schlugen die Cops mit ihren Knüppeln auf jeden ein, der ihnen im Weg stand.

Wir kamen frei und stolperten um die Ecke der Zweiundfünfzigsten Straße. Grant schob mich in eine Nische neben einem Buchladen und stieß mich in den Schatten. Er umarmte mich und berührte mein Ohr mit seinen Lippen. Ich verstand die Worte kaum, die er in mein Ohr hauchte: »Ein Cop.«

Ich vergrub mein Gesicht an Grants Brust und lauschte den Schritten des Cops auf dem Fußweg. Die Schritte stoppten. Der Cop zögerte, dann trat er in die dunkle Nische, um uns besser sehen zu können. Während ich die Arme um Grants Schulter schlang, murmelte ich: »Sei überzeugend«, und küßte ihn. Alarmsirenen ertönten und sagten mir, welchen Fehler ich gerade machte. Ich ignorierte sie. Der Cop verlor das Interesse und ging weiter. Wir bemerkten es nicht.

»Wow.« Grant trat einen halben Schritt zurück, und ich blickte auf meine Füße, damit ich nicht in seine Augen sehen mußte. Grant hob meinen Kopf sanft hoch. »Ich glaube, der Cop kommt zurück.«

Wir durften kein Risiko eingehen – ich war flüchtig. Wir küßten uns erneut.

Diesmal waren die Warnungen zu stark, um sie zu ignorieren. Widerstrebend schob ich ihn zurück und hielt den Atem an. »Hey, ich glaube, jetzt sind wir sicher.«

»Wirklich?« Ich zwang meine Lippen, sich von seinem Gesicht abzuwenden. Ich würde nicht lange widerstehen können, wenn ich weiterhin in diese blauen Augen starrte. »Wir sollten unser gemütliches Versteck nicht zu hastig verlassen. Die Cops könnten hinter der Ecke darauf lauern, sich auf dich zu stürzen.«

Grant kam näher. Ich wich zurück. »Du bist der einzige, der sich auf mich stürzen will. Laß uns hier abhauen.«

»Zu dir oder zu mir?«

Der Zauber war vorbei; ich wollte aus der Straße rauskommen. Ich überging Grants lüsterne Einladung ohne Kommentar. »Sollen wir die Scherben einsammeln gehen und nachschauen, wer Geld für eine Kaution braucht?«

Grant schüttelte den Kopf. »Wir können das Risiko nicht eingehen. Die Cops könnten dich wiedererkennen – selbst in einer Menschenmenge gehst du nicht gerade unauffällig unter. Was hast du getan, daß dieser Cop so wütend auf dich war?«

»Nichts –«

»Nichts? Dieses Schwein zielte direkt auf deinen Kopf. Wenn du nicht den Arm gehoben hättest, würdest du jetzt in der Notaufnahme sitzen und darauf warten, daß dein Schädel genäht wird. Laß mich mal gucken.« Er griff nach meinem Arm. »Da wirst du einen hervorragenden blauen Fleck bekommen.«

Ich zuckte zusammen und schob seine Hand vorsichtig weg. »Mein einziger Fehler war, in der Nähe von Amy zu stehen. Sie bewarf diesen Cop mit einem Pflasterstein. Da ich fast fünfzehn Zentimeter größer bin als sie und – wie du so schön sagtest – selbst aus einer Menschenmenge herausrage, entschied er natürlich, daß ich die Unruhestifterin sei.« Ich verschränkte die Arme vor der Brust, um meine Verletzung vor Grant zu schützen. »Hat Amy improvisiert, oder gehörte es zum Plan, einen Tumult auszulösen? Es wäre nett gewesen, wenn mich jemand gewarnt hätte.«

»Wir wußten nicht, wieviel wir dir sagen konnten. Außerdem warst du auch nicht zur Versammlung gekommen –«

»Wenn ich das nächste Mal eine Versammlung versäume, laß ich mir von meiner Mutter eine Entschuldigung schreiben. Roz hat mich schon angemacht, weil ich nicht jede freie Minute meines Lebens bei WARM verbringe. Was hat sie für Probleme?«

»Roz hat immer Angst, daß jeder Neuling ein Regierungsspion

sei. Mach dir keine Sorgen, sie wird lockerer werden – außer du bist eine Spionin.«

»Ihr seid ja alle wahnsinnig. Ein Polizist hat gerade versucht, mir den Kopf einzuschlagen, und du fragst mich, ob ich ein Cop sei! Ich weiß nicht, ob ich zu WARM passe, ich bin nicht verrückt genug. Ich habe auch keine Lust mehr, dich und Roz zu überzeugen, daß ich Talente habe, die euch nützen könnten.« Ich versuchte, mich an ihm vorbeizudrängen.

»Warte.« Wieder ergriff er meinen Arm – mein armer Arm würde von dieser ständigen Mißhandlung blau und grün werden – und flüsterte: »Ich glaube nicht, daß du ein Cop bist. Cops können nicht so küssen ...«

Ich kehrte in mein Büro zurück und setzte mich an meinen Schreibtisch, um nachzudenken und einen Eisbeutel auf meinen verletzten Arm zu legen. Der Aktenstapel auf meinem Tisch erreichte neue Höhen; ich konnte die Arbeit nicht länger aufschieben. Es gab zu viel zu tun. Meine Arbeit, Eileens Arbeit, Rudy MacIntyre, Faradeux ... Wieder einmal hatte ich unterschätzt, wieviel Zeit ein Fall in Anspruch nahm. Es wurde Zeit, daß ich etwas aufgab, bevor alles zusammenbrach. Hurley Blake. Ich schrieb seinen Namen auf einen Block, starrte ihn ein paar Minuten an und strich ihn dann langsam mit einem dicken schwarzen Strich durch. Jemand anderes würde Winas Kampf übernehmen müssen.

Als hätten übersinnliche Kräfte sie geleitet, stürzte Wina Blake in mein Zimmer. Jona folgte ihr entschuldigend. »Blaine, es tut mir leid. Ich habe versucht, sie aufzuhalten.«

»Sag ihr, daß sie mich loslassen soll. Ich muß mit dir reden.« Das Mädchen keuchte; Schweiß strömte über ihr Gesicht. Sie warf sich auf einen Stuhl und wischte sich die Stirn mit einem zerrissenen Tuch ab.

Büros zu stürmen, war eine Taktik, die ich mehr als einmal angewandt hatte, darum fiel es mir schwer, sie zu tadeln. Ich versuchte es. »In der Regel erwarten wir von unseren Mandanten, daß sie einen Termin machen und nicht einfach ohne Warnung hereingerannt kommen. Was ist los?«

»Sieh zu, daß dieser Cop meine Oma in Ruhe läßt. Wenn er sie nochmal belästigt, besorge ich mir den nächsten Revolver und halte ihn auf.«

»Beruhige dich. Wer belästigt deine Großmutter?«

»Dieser Cop, der hinter meinem Daddy her war, kam zu uns nach Hause. Ich lasse es nicht zu, daß er meiner Oma was antut. Sie ist alt und krank seit ... seit dem Feuer. Wenn er es nochmal macht, bringe ich ihn um.«

»Ich kann dir nicht helfen, wenn du nicht aufhörst, damit zu drohen, daß du Leute umbringst. Erzähl mir lieber, was passiert ist. Wer ist dieser Cop? Was wollte er?«

»Ich weiß den Namen nicht. Er sagte, er suche Beweismittel.« Sie spuckte die Worte aus wie einen Fluch. »Meine Oma ließ ihn nicht rein, sagte, er habe keine Papiere gehabt. Sie meinte einen Durchsuchungsbefehl. Dieser Motherfucker soll sich besser fernhalten.«

Es war mein alter Freund gewesen. Schuldgefühle erwachten. Dann folgte Mißtrauen. Bei dem anonymen Cop mußte es sich um Tony Parker handeln, und wenn Parker bei Hurley Blake Unterlagen suchte, mußte ich sie zuerst sehen. »Ich möchte, daß du nach Hause gehst. Falls irgendein Cop auftaucht, ruf mich sofort an. Laß niemanden rein, außer wenn sie einen Durchsuchungsbefehl haben. Ich komme heute abend bei euch vorbei und rede mit deiner Großmutter.«

Wina überraschte mich. Sie erklärte sich einverstanden und ging ohne Widerrede. Ich schüttelte den Kopf – so viel zu der Absicht, Hurley Blake aufzugeben – und konzentrierte mich ohne großen Erfolg auf die Arbeit auf meinem Tisch. Ich beschloß, es für heute gut sein zu lassen, ehe irgendwelche anderen Überraschungsgäste mein Büro stürmten.

Ich eilte die Seventh Avenue hinunter, bog in die Barrow Street ein und verlangsamte meinen Schritt. Auf der Treppe vor meinem Haus saß ein Mann. Brads Warnung kam mir sofort in den Kopf, aber es war zu spät, um seinem Rat zu folgen, einen Revolver bei mir zu tragen. Der Mann entdeckte mich und stand auf.

Es war Dennis Halstead. Ein Lächeln der Erleichterung huschte über mein Gesicht. Wenn ich die Wahl hätte, würde ich immer einen FBI-Mann auf meiner Treppe vorziehen, statt eines verrückten Bombenlegers. Halstead mißverstand mein Lächeln; er dachte, ich würde mich über sein Kommen freuen.

»Blaine, sag nichts. Ich bin gekommen, um mich zu entschuldigen, daß ich mich gestern wie ein Schwein benommen habe. Ich habe in deinem Büro angerufen; Jona sagte, daß du schon gegangen seist. Darum beschloß ich, hier zu warten.« Dennis war nervös und sagte hastig: »Können wir reingehen? Deine Nachbarin von der anderen Straßenseite guckt schon ständig durch die Gardinen. Sie wird bestimmt gleich die Polizei rufen.«

Ich blickte über die Straße. Die Gardine am Wohnzimmerfenster bewegte sich leicht. Ich stöhnte. »Ida meint es gut, aber sie kann eine richtige Nervensäge sein. Es überrascht mich, daß sie die Polizei nicht bereits gerufen hat. Komm rein, damit wir aus ihrer Sichtweite kommen.« Das Telefon klingelte, wenige Sekunden nachdem wir eingetreten waren. Bevor die Tür richtig zu war, warf ich meine Aktentasche auf den Boden und rannte über den Flur zum Telefon. Dennis schlenderte ins Wohnzimmer.

Natürlich war es Ida. »Ich hoffe, ich störe Sie nicht bei etwas Wichtigem. Ich wollte mich bedanken, daß Sie sich die Zeit genommen haben, Mikeys Vogelsamen zu besorgen. Mikey ist einfach verrückt danach.« Sie plapperte in einem fort, während ich aus den Stöckelschuhen stieg, meine schmerzenden Füße rieb und höflich auf meinen Einsatz wartete. Als Ida die zweite Dankesrunde begann, beendete ich höflich das Gespräch. Dennis war zu sehr von dem Bild in seinen Händen absorbiert, um zu bemerken, daß ich ins Wohnzimmer kam. Es war ein Bild vom Kaminsims, ein Bild von meinem Mann, das an unserem Hochzeitstag aufgenommen worden war. Eine Diele knarrte unter meinen Füßen. Dennis stellte das Bild vorsichtig an seinen Platz zurück. Er betrachtete es und sagte: »Weißt du, ich vermisse ihn immer noch.«

»Ich auch.« Meine Augen füllten sich mit Tränen. Ich blinzelte und räusperte mich. »Möchtest du Kaffee oder etwas Kaltes zu trinken?«

»Nein, vielleicht später.« Dennis lockerte seine Seidenkrawatte und zog einen Umschlag aus der Tasche. Er drehte ihn in seinen

Händen, unsicher, ob er sich davon trennen sollte. »Ich habe ein paar Leute angerufen, die mir einen Gefallen schulden. Das ist die Kopie des Laborberichts über die Bombe.«

Er schob mir den Umschlag zu, als wollte er ihn loswerden, bevor er seine Meinung änderte. Dann schob er die Hände in die Hosentaschen und schritt durchs Zimmer. Ich riß den Umschlag auf und überflog den Bericht.

Nachdem ich ihn kurz gelesen hatte, legte ich den Bericht beiseite und fragte: »Was bedeutet C-4? Ich kann mich aus dem Chemieunterricht nicht daran erinnern.«

»So etwas lernt man nicht im Chemieunterricht«, belehrte Dennis mich, während er weiterhin durchs Zimmer schritt. »Das ist der meist benutzte Plastiksprengstoff heutzutage. C-4 ist handlich, weich und kann überall angebracht werden.«

»Offensichtlich kennst du dich damit aus.« Ich faltete die Papiere und schob sie zurück in den Umschlag. »Warum erzählst du mir nicht davon? Ich kann den Bericht später lesen.«

Dennis nahm die Brille ab, die er seit kurzem trug, und polierte die Gläser. Ich zündete eine Zigarette an und schaute zu. Bedauerte er den impulsiven Entschluß, der ihn an meine Haustür geführt hatte?

Dennis blickte aus dem Fenster und sprach so schnell, daß ich keine Gelegenheit hatte, Fragen zu stellen. »Die Bombe befand sich in einem kleinen Paket von der Größe eines Taschenbuchs. Das C-4 wurde als Sprengsatz benutzt. Als Zeitzünder diente eine Armbanduhr. Der Karton war vollgepackt mit Metallstücken, Nägeln, Bolzen. So etwas nennt man Menschenschrapnell – Ziel ist es, so viele Verletzungen wie nur möglich zu verursachen. Wir sicherten Teile der Uhr, des Kartons und des Papiers, in das er eingewickelt war.« Er zuckte mit den Schultern. »Wenn wir Glück haben, können wir manches bis in das Geschäft zurückverfolgen, wo es gekauft wurde. Oder wir entdecken einen Verdächtigen und finden vergleichbares Material in seiner Wohnung.«

»Oder vielleicht gewinnen wir in der Lotterie und lassen uns pensionieren.«

»Die Rekonstruktion der Bombe ist sogar sehr hilfreich für die Ermittlungen. Die meisten Leute glauben, bei einer Explosion verbrenne alles. Das stimmt nicht. Wir haben eine Menge über euren Bombenleger erfahren. Er ist entweder ein Veteran, der etwas außer Übung ist, oder ein Neuling mit alten Gebrauchsanweisungen. Bei der Bombe handelte es sich um ein sehr einfaches Modell aus einem Terroristenhandbuch aus den Sechziger Jahren. Eine sehr unzuverlässige Bombe. Eileen warf das Paket auf ihren Schreibtisch, und dabei löste sich wahrscheinlich etwas.« Er holte tief Luft und sagte: »Das ist ungefähr alles, was ich sagen kann.«

»Woher bekommen die Leute dieses C-4?«

Halstead lachte. »Wir befinden uns in New York City. Wenn du genug Geld hast, kannst du alles bekommen, auch Plastiksprengstoff.«

»Das weiß ich. Woher kommt dieser Sprengstoff, aus dem Ausland?«

»Von der Armee.« Er wartete auf meine Reaktion, obwohl er wußte, wie sie sein würde.

»Du machst wohl Spaß! Das C-4 kam von der Armee? Von unserer Armee?«

»Ich behaupte nicht, daß der Sprengstoff in der Bombe deiner Schwester definitiv von der Armee stamme. Aber es besteht die Wahrscheinlichkeit, daß das C-4 von Fort Dix oder einem anderen Stützpunkt an der Ostküste kam. Jedes Jahr verschwinden Waffen und Sprengstoff im Wert von mehreren Millionen Dollar aus den Militäranlagen. Es taucht hier, in Philadelphia oder irgendeiner großen Stadt wieder auf. Die Armee spricht nicht gern über dieses kleine Problem. Das ist alles, was ich dir sagen kann. Wollen wir essen gehen?«

Sein schneller Themenwechsel kam überraschend. Ich sammelte mich wieder und schüttelte den Kopf. »Tut mir leid, ich kann nicht.«

»Du hättest wenigstens so tun können, als würdest du es dir überlegen, bevor du mir eine Abfuhr erteilst.« Er deutete mit dem Kopf auf Jeffs Bild. »Du kannst nicht für immer trauern. Es wird Zeit, daß du dein Leben wieder fortsetzt.«

»Mach dir darüber keine Sorgen. Ich sitze nicht im Dunkeln herum und pflege die Erinnerung an Jeff. Auf jeden Fall sieche ich nicht dahin.« Dennis' niedergeschlagener Blick veranlaßte mich, mir die bösen Worte, die ich ihm an den Kopf werfen wollte, nochmal zu überlegen. »Verdammt, Dennis, warum schreien wir uns immer an?« Dennis deutete leise an, daß ich es war, die immer schrie. Ich hörte nicht auf ihn. »Eigentlich wollte ich auch nur sagen, daß ich heute abend arbeiten muß und einen anderen Abend vorschlage. Was machst du morgen?«

Dennis versuchte, den Coolen zu mimen, aber ich wußte, daß er sich freute. Ich brachte ihn zur Tür und sah ihm nach, als er gemächlich die Straße hinunterging. Mein Magen krampfte sich zusammen. Ich war nicht sicher, ob das ein Gefühl der Freude oder der Furcht war.

9

Wina und Oma Blake wohnten in der Avenue B, fünf Straßenzüge südlich der Überreste von Hurley Blakes Laden. Das Wohnhaus war eine für Alphabet City typische Mietskaserne: Ein heruntergekommenes fünfstöckiges Steinhaus ohne Fahrstuhl mitten in einer langen Straße, in der rundherum ähnlich verfallene Gebäude standen.

Aufgebrochene Schlösser hingen nutzlos an der Haustür, die bei meiner leichten Berührung aufschwang. Ich stieg über die chinesischen Fertigmenüschachteln, die auf der Türschwelle verstreut lagen, und trat ein. Uringestank stieg mir im Flur in die Nase. Ich würgte und sprintete die Treppe hinauf, wobei ich an den dunklen Ecken auf den Treppenabsätzen vorbeieilte.

Winas Wohnung zu finden, war einfach – meine Ohren folgten der Musik, die den Flur hinunterdröhnte. Oma mußte taub sein.

Ich donnerte an die Tür zu 5-G und wartete. Das Gitarrensolo endete abrupt, Riegelschlösser fielen und die mitgenommene Metalltür öffnete sich. Winas schmollendes Gesicht begrüßte mich. Sie ließ mich in die dunkle Wohnung und legte die Schlösser wieder vor.

»Oma ist bei einer Kirchenversammlung. Sie können im Wohnzimmer warten, bis sie zurück ist.«

Wina führte mich den Flur entlang, aber ich hielt sie auf. »Welches Zimmer gehörte deinem Vater? Ich würde gern nachsehen, ob ich etwas finde, was die Cops interessieren könnte.«

Winas Daumen deutete auf eine verschlossene Tür. »Das da. Brauchen Sie Hilfe?« Sie ließ mich nur ungern allein, aber sie hatte zu sehr Angst, das Zimmer zu betreten. Ihr Augenlid zuckte vor Anstrengung, cool zu wirken.

»Nein, wir würden uns nur gegenseitig auf die Füße treten.« Hilfe war das letzte, was ich wollte. Ich wartete, die Hand auf dem Türgriff, während Wina überlegte, ob sie das Zimmer betreten sollte.

»Gut, okay. Ich muß noch lernen.« Sie eilte in ihr Zimmer und schlug die Tür hinter sich zu.

Hurley Blakes Zimmer war in eine Totengedenkstätte verwandelt worden. Ich erkannte die Zeichen – ich war eine Expertin im Einrichten von Gedenkstätten für geliebte Tote. Jede Spur von Hurleys Persönlichkeit war entfernt worden. Seine Mutter hatte das Zimmer regelrecht sterilisiert in dem Versuch, ihn aus ihren Gedanken wegzupolieren.

Ich durchstöberte das Zimmer, zog wahllos Schubläden auf und durchsuchte den Inhalt. Omas Reinigung war gründlich gewesen; die Schubläden und Aktenschränke waren leer. Keine Notizbücher, keine Abrechnungen, keine Papiere. Ich ging auf die Knie, um unter dem Bett nachzusehen. Nichts, nicht einmal eine Staubflocke war zu sehen.

»Was machen Sie da?« ertönte eine ernste Frauenstimme hinter mir. »Kommen Sie da raus und antworten Sie.«

Ich krabbelte unter dem Bett hervor, stand auf und sah mich einer zornigen älteren Frau gegenüber. Sie betrachtete meine enge Jeans und die noch engere Bluse mit Mißachtung. »Wer hat Sie hier reingelassen? Wenn Sie Papiere vom Gericht haben, in denen steht, daß Sie ohne meine Erlaubnis in meine Wohnung kommen können, geben Sie sie mir.«

Wina eilte herbei. »Oma, sie ist kein Cop. Sie ist die Detektivin, von der ich dir erzählt habe.«

Der Zorn der Großmutter richtete sich auf den Teenager. »Edwina, warum hörst du nicht auf mich? Ich sagte dir, du sollst es sein lassen. Dein Daddy ist tot. Wir können nur noch für seine unsterbliche Seele beten. Jetzt geh wieder lernen. Das ist eine Angelegenheit für Erwachsene.«

Wina verschwand ohne Kommentar. Oma Blake wandte sich mit unvermindertem Zorn wieder mir zu. »Die Leute haben heutzutage vor nichts Respekt. Sie kommen in mein Haus, bekleidet wie eine Hure und durchsuchen ohne mein Wissen oder meine Erlaubnis die Habe meines Sohnes.«

»Mrs. Blake, bitte vergeben Sie mir.« Ich überging die Bemerkung über meine Kleidung. Ich hatte viel Zeit gebraucht, um mich zu entscheiden, was ich für den Zug um die Häuser heute abend anziehen sollte. »Ich nahm an, Wina hätte Ihre Erlaubnis, mich hierher einzuladen. Sie sollten auch wissen, daß Wina mich bat herzukommen, weil sie sich Sorgen um Ihr Wohl macht. Es tut mir leid, wenn ich Ihnen zu nahe getreten bin.«

»Verlassen Sie mein Haus. Bitte kommen Sie nicht zurück oder versuchen Sie nicht, meine Tochter zu treffen. Wir sind arme Leute. Sie können mit uns nichts gewinnen.«

Ich versuchte nicht, zu diskutieren oder etwas zu erklären, die Frau war zu wütend, um zuzuhören. Ich verließ die Wohnung, ging die Treppe hinunter und ignorierte das leichte Schuldgefühl, das ich im Magen verspürte. Als ich draußen war, blieb ich im Schatten des Gebäudes stehen, um eine Zigarette zu rauchen und mich auf den Rest des Abends seelisch vorzubereiten.

Wina stürmte durch die Tür, entdeckte mich und blieb stehen. »Oma sagt, ich solle Sie aufhalten«, keuchte sie. Das Mädchen versäumte zu viele Stunden im Sportunterricht. »Sie müssen zurückkommen. Sie will mit Ihnen über Daddy reden.«

»Will deine Großmutter wirklich reden, oder will sie mich belehren?«

»Nee, Oma ist in Ordnung. Sie macht sich nur Sorgen. Sie müssen zurückkommen.«

Ich seufzte und schnippte die Zigarette auf die Straße. Sie prallte an einem geparkten Wagen ab und fiel in den Abfluß. Wina rannte die Treppe hinauf, und die Dreadlocks wippten auf ihren Schultern, während ich mich mühsam hinterherschleppte. Nur die Neugier über Parkers Interesse an Hurley Blake brachte mich in die luftleere Wohnung zurück. Wina führte mich den vertrauten Flur entlang zum Wohnzimmer, dann verschwand sie. Ich zögerte an der Tür und sah mich um. Das Zimmer war mit Möbeln gefüllt, die typisch für alle Großmütter im Land waren. Die mit einem Blümchenstoff bezogenen Armsessel und das Sofa nahmen den meisten Platz ein. Die Einrichtung wurde durch ein Fernsehgerät, auf dem in ordentlichen Reihen gold eingerahmte Bilder von Kindern und Enkelkindern standen, und einen frisch polierten Couchtisch mit religiösen Zeitschriften darauf vervollständigt.

Oma saß in einer königlichen Pose auf dem Sofa. Sie klopfte auf das geblümte Polster und winkte mir über das glänzende Teeservice auf dem Tisch zu. »Kommen Sie, setzen Sie sich zu mir. Ich habe Tee gekocht.«

Dr. Jekyll und Oma Hyde. Ich setzte mich, lehnte den Tee aber ab. Oma goß sich eine Tasse ein, fügte Zucker und Milch hinzu und probierte das Gebräu. Ich sah ihr zu und sehnte mich nach einer Zigarette.

»Miss Stewart, bitte nehmen Sie meine Entschuldigung an. Der gütige Herr hielt es für richtig, mich mit einem schrecklichen Temperament zu segnen. Ich war unhöflich und hätte Ihnen eine Gelegenheit geben sollen, sich zu erklären. Vergeben Sie mir. Edwina erzählte mir, daß Sie die Frau sind, die versucht hat, meinem Sohn das Leben zu retten. Ich habe für Sie gebetet. Das war eine mutige Tat von Ihnen.«

Ich überging ihre Dankesworte und kam sofort wieder zur Sache. »Ich versprach Wina, die Ursache des Feuers zu untersuchen. Sie schien meine Unterstützung zu wollen.«

»Ich danke Ihnen, daß Sie sich Sorgen um meine Enkelin machen. Doch da gibt es nichts zu untersuchen. Ich bin absolut zufrieden mit dem Polizeibericht. Das Feuer war ein Unfall. Alles, was Sie tun können, ist, für Hurleys Seele zu beten.«

Es war Zeit für eine Teepause. Ich goß mir eine Tasse ein und nippte an dem lauwarmen Getränk. »Wina sagte, heute nachmittag sei ein Polizist gekommen. Was können Sie mir über die Papiere sagen, die er suchte?«

»Hurley war kein Heiliger.« Sie balancierte die Tasse und Untertasse in der einen Hand, während sie sich mit der anderen mit einem Taschentuch über die Augen wischte. »Er versuchte, ein guter Mensch zu sein, aber er war schwach. Er hat der Versuchung nachgegeben. Mein Sohn hatte nicht den Mut, sich zu bessern. Es fiel ihm leichter, von unschuldigen Menschen Geld zu nehmen und es an den Teufel weiterzugeben, als den allmächtigen Gott um die Kraft zu bitten, der Versuchung zu widerstehen. Miss Stewart, es gibt keine Papiere. Ich habe alles verbrannt, jeden Fetzen Papier, und als die Flammen das Übel verschlangen, habe ich für die unsterbliche Seele meines Sohnes gebetet. Ich betete, daß seine Seele aus dem ewigen Feuer der Hölle erlöst werden würde.«

Ich stellte die Tasse heftiger ab als beabsichtigt. Das Scheppern unterbrach Omas Sermon. Ich nutzte die Pause und fragte sanft: »Auf welchen Teufel hat sich Ihr Sohn eingelassen?«

Die alte Frau antwortete mit Bibelsprüchen über das Feuer und den heißen Teer, der auf Sodom und Gomorrah niederregnete, bis ich sie unterbrach. »Der Polizist, der heute morgen an Ihre Tür geklopft hat, wollte mehr als Bibelzitate. Er wird wiederkommen. Er wird so oft wiederkommen, bis er die Papiere findet, und er wird nicht glauben, daß Sie sie verbrannt haben. Ich könnte ihn eventuell überreden, Ihnen fernzubleiben, aber dafür muß ich wissen, wonach er sucht.«

Oma starrte über meinen Kopf hinweg auf das Kreuz an der Wand und murmelte: »Der Herr ist mein Hirte …«

Das Interview war zu Ende. Oma bemerkte nicht, daß ich ging, weil sie am Beten war. Ich ging leise an der Tür zu Winas Zimmer vorbei und verließ die Wohnung.

Am besten sucht man jemanden, den man vermißt, in seinen alten Kneipen. Alte Gewohnheiten, insbesondere schlechte, ändern sich nicht. Die Leute kehren immer zu ihren Lieblingsplätzen zurück. Eileens Notizen enthielten, obwohl sie alt waren, bändeweise

Informationen über Rudy MacIntyre und seine Gewohnheiten. MacIntyre hatte eine Schwäche für die schmuddeligen Bars in den verwinkelten Straßen im unteren Manhattan gehabt. Diese Bars gab es noch, und ich war überzeugt, daß ich ihn in einer davon finden würde.

Die Bars, in denen MacIntyre verkehrte, waren alle gleich: Laut, verraucht und voll. Ich machte die Runde in sämtlichen Kaschemmen im unteren Manhattan, bestellte flaschenweise Bier, das ich unberührt stehenließ, wehrte die Anmache von schmierigen Barbesuchern ab und stellte Fragen. Niemand gab zu, Rudy MacIntyre zu kennen. Jonas vage Beschreibung nützte nichts – alle, ob Mann oder Frau, waren wie James Dean gekleidet. Schwarzes Leder war absolut in.

Billy's Brewhouse war mein letzter Stop. Müde, erschöpft und reif fürs Bett versprach ich mir, daß dies ganz bestimmt meine letzte Kneipe an diesem Abend sein würde, und öffnete die Tür. Billy's war nicht wie die anderen Bars. Sie war nicht verraucht, nicht laut und nicht voll.

Zwei Gäste, kräftige Männer in schwarzen Lederjacken, saßen nur wenige Schritte von der Tür entfernt an der Bar. Keiner von beiden blickte von seinem Bierglas auf, als ich vorbeiging – so viel zu meiner sorgfältig ausgesuchten Aufmachung. Ein halbes Dutzend Leute befand sich auf einer kleinen Bühne hinter der Bar, packte Instrumente aus, prüfte Mikrophone und stolperte übereinander.

Ich setzte mich auf einen leeren Hocker auf halber Höhe der Bar und wartete. Der Barkeeper warf mir einen Blick zu und beendete das Gespräch mit der Serviererin, bevor er zu mir geschlendert kam. Ich bestellte ein Bier – an einem Ort wie diesem bestellte man keine Selters. Er nickte und ging weg, ohne zu antworten. Billy's würde keine Preise für hervorragenden Service gewinnen.

Der Barkeeper zog eine Flasche aus dem Kühlfach, kam zurück und stellte sie vor mich hin. »Das teure Zeug, das du haben wolltest, ist alle. Reicht das hier?«

»Bier is' Bier. Solange es dröhnt, ist es mir egal, was du mir hinstellst.«

Mit einem Knall öffnete er die Flasche und versuchte, interessiert auszusehen, womit er instinktiv den ungeschriebenen Regeln der Barkeeper folgte, daß Mitgefühl das Trinkgeld erhöht. »Schlechten Tag gehabt?«

»Wie immer – nervig. Und du?«

»Jeder Tag ist nervig. Diese Stadt ist nervig. Dieser Job ist nervig. Warte erstmal ab, bis die Band anfängt, das nervt wirklich.« Er zog noch ein Bier unter dem Tresen vor und kam zurück. Nach einem großen Schluck sagte er: »Dieses Bier nervt auch. Wenigstens muß ich dafür nicht bezahlen.«

Ich versuchte, ein Gespräch anzufangen, bevor die Band mit dem Stimmen fertig war. Nachdem wir uns ein paar Minuten über das harte Leben in der Stadt beklagt hatten, fragte ich: »Hey, kennst du einen Typen namens Rudy? Er hat einen irischen Nachnamen. MacIrgendwas. Ja – MacIntyre heißt er. Rudy MacIntyre. Kennst du den?«

»Nee.« Die Anstrengung, freundlich zu sein, hatte den Barkeeper erschöpft. Er warf die Flasche in den Mülleimer und gesellte sich zu den Männern am Ende des Tresens. Ich spielte mit der Bierflasche, beobachtete die Band beim Aufbauen und fragte mich, ob ich für so etwas noch geeignet war. Ich schaffte es nicht, eine Großmutter einzuschüchtern, damit sie mir Informationen gab, und ich schaffte es nicht, mich mit gelangweilten Barkeepern anzufreunden.

Die Band stürzte sich auf ihre Instrumente, und ein ohrenbetäubender Lärm ließ mich zusammenzucken. Als der Barkeeper zurückkam, mußte er schreien, um über den Lärm der Band hinweg verstanden zu werden.

»Was sagtest du, wie der Typ hieß? Kennst du den Kerl, den du suchst?«

»MacIntyre. Früher war er oft hier. Ein Freund von mir sagte, ich solle ihn aufsuchen, wenn ich hier mal vorbeikäme.«

Der Barkeeper nickte und kehrte zu seinen Kumpeln zurück. Ein prickelnder Schauer lief über meinen Nacken. Er erstattete Bericht über unser Gespräch. Ich zündete mir eine Zigarette an und tat so, als würde mich die Band faszinieren.

Die Konferenz war zu Ende. Mein Vermittler, der Barkeeper, kam wieder und schrie erneut über den Tresen: »Welcher Freund hat dir erzählt, daß Rudy hier herkommt?«

Die Band hörte auf, auf ihre Gitarren einzuschlagen, und sprang von der Bühne, um eine Pause zu machen. Darum mußte ich meine beleidigende Antwort nicht so schreien. Ich blies ihm den Rauch ins Gesicht und sagte: »Ich habe keine Lust mehr auf dieses Spiel. Ich spiele nicht mehr mit dir. Sag deinen Kumpeln, sie sollen ihre traurigen Ärsche hierherbewegen und für sich selbst sprechen. Ich rede nicht mehr mit dir, außer wenn ich noch ein Bier will.«

»Blöde Zicke.«

Seinen Kumpeln gefiel meine Antwort nicht. Sie erhoben sich von ihren Hockern und kamen um den Tresen herum. Zwei Footballer, die mit ihren Lederjacken, dem kurzgeschnittenen Haar, den engen Jeans und weißen T-Shirts unter den Jacken wie Zwillinge aussahen. Mein Magen zog sich zusammen. Ruhig griff ich nach der Flasche, bereit, sie, wenn nötig, als Waffe zu benutzen.

Der größere Mann stellte sich links von mir auf, der andere rechts. Der Typ rechts war zum Sprecher ernannt worden. Er beugte sich vor und hauchte mir Biergeruch ins Gesicht. »Amüsierst du dich, Schätzchen?«

Ich studierte mein Spiegelbild in seiner verspiegelten Sonnenbrille; ich sah nicht nervös aus. »Es geht. Und ihr, Jungs? Amüsiert ihr euch? Hey, seid ihr beiden Brüder? Ihr seht euch ähnlich, weißt du. Wenn dein Kumpel sich den Bart abrasierte, würdet ihr wie Zwillinge aussehen.« Ich lachte. »Aber das erzählen euch die Leute wahrscheinlich ständig, oder?«

Er antwortete nicht. Ich warf ihm ein schiefes, halbtrunkenes Lächeln zu. Die Band trat plötzlich wieder lärmend in Aktion, mehrere Dezibel lauter als zuvor. Ein unsichtbares Zeichen wurde zwischen den beiden Männern ausgetauscht, und der Redselige schrie: »Wir wollen mit dir reden.«

»Dann rede doch. Ich bin ganz Ohr.«

»Nicht hier. Laß uns nach hinten gehen, wo es ruhiger ist.«

Und einsam. »Nein danke. Es gefällt mir hier. Warum setzt ihr beiden euch nicht hin?«

Der Stumme ergriff mich an den Schultern und hob mich vom Hocker. Diese mühelose Bewegung erweckte in mir eine Menge Respekt vor seiner Kraft. Ich umklammerte meine Bierflasche und wurde über die Tanzfläche in einen schmalen Flur am hinteresten Ende des Raums gedrängt. Sie stießen mich in einen schmalen Raum und knipsten das Licht an. Der kräftige, schweigende Typ lehnte sich an die Tür.

Schweiß lief mir über den Rücken. Ich sah mich um – und lachte. »Das Klo! Mensch, ihr beiden seid wirklich cool. Stellt ihr euch so eine heiße Nummer vor?«

»Halt den Mund. Warum suchst du Rudy?«

»Erst sagst du, ich soll den Mund halten, dann stellst du mir eine Frage«, erwiderte ich mit schleppender Stimme. »Entscheide dich.« Ich lachte und wedelte mit der Flasche in der Luft; Bier lief an meinem Arm hinunter. Ich rülpste und hielt die Hand vor meinen Mund. »Ent-entschuldige mich.«

Der Wächter an der Tür sagte: »Mann, ist die breit. Komm, Mac. Laß uns abhauen, bevor sie dir auf die Stiefel kotzt.«

Ich kicherte und wankte. »Hey, bist du Rudy MacIntyre? Mann, ich habe dich gesucht.«

Eine Faust donnerte an die Tür. »Mach auf – ich muß mal.«

MacIntyre zeigte mir drohend die Faust. »Hör zu, Miststück, ich kenne dich nicht, und ich mag es nicht, wenn Fremde Fragen nach mir stellen. Bleib mir vom Hals oder ich lasse dir von Duke die Fresse einschlagen.«

Die Tür zitterte, als die Faust erneut dagegen donnerte. »Komm schon, Mann. Mach auf – ich muß wirklich.« MacIntyre und sein Freund stürmten hinaus. Ein anderer lederbekleideter Mann kam herein und kehrte verwirrt um, als er eine Frau auf seiner Toilette vorfand. Ich spülte mein Gesicht mit kaltem Wasser, und als ich hinaus und an dem Mann vorbeiging, blickte er auf seine Schuhspitzen. Er sah verstört aus. Ich blieb nicht stehen, um es zu erklären.

Rudy und Duke waren weg. Ich setzte mich an den Tresen, rauchte eine Zigarette und versuchte, den Drang zu ignorieren, hinter ihnen herzulaufen. Der Barkeeper lächelte mich an; mit den Lippen formte ich ein Schimpfwort für ihn und ging raus, um mir ein Taxi zu suchen. Ich fand nur eine leere Straße. Um zwei Uhr morgens fahren nicht viele Taxis durchs untere Manhattan. In der Hoffnung, auf einer verkehrsreicheren Straße ein Taxi zu finden, ging ich in Richtung Broadway.

Eine Grundregel zum Überleben in großen Städten lautet: Geh nie zu dicht an den Häusern entlang, insbesondere nachts. Jemand könnte in einem Türeingang oder Tor darauf lauern, dich in den Schatten zu ziehen. Aber ich war müde und unbedacht. Ich ging an den Schaufenstern entlang, dachte an mein Bett und wartete darauf, daß ein Taxi an mir vorbeikäme. Eine riesige Hand schoß zwischen zwei Häusern hervor und zerrte mich in die Dunkelheit.

10

Muskulöse Arme wickelten sich um meinen Brustkorb und hielten meine Arme an den Seiten eingeklemmt. Ich zappelte und stieß mit den Füßen. Die Arme packten noch fester zu und drückten die Luft aus meinen Lungen. Ich hörte auf zu kämpfen aus Angst, mein Angreifer würde mir ein paar Rippen brechen.

Der kräftige Strahl einer Taschenlampe leuchtete mir in die Augen. »Wo ist ihre Brieftasche? Such ihren Ausweis.«

Das war kein gewöhnlicher Überfall; ich erkannte die Stimme. Ich versuchte, den Kopf zu wenden, um dem Licht auszuweichen, aber es folgte meiner Bewegung. »MacIntyre – was zum Teufel hast du vor? Sag deinem Gorilla, er soll mich loslassen. Ich verspreche, daß ich nicht weglaufe.« Duke verstärkte seinen Klammergriff, und ich beschloß, ihn nicht mehr zu beleidigen.

»Okay, du Miststück, du wolltest reden. Dann rede. Wer bist du, ein Cop?«

»Ich bin kein Cop.« Aber MacIntyre würde mir nie glauben. Da hielt ein Wagen am Straßenrand; die rot blinkende Lampe auf seinem Dach färbte unsere Gesichter blutrot.

»Scheiße. Sie ist ein Cop!« MacIntyre ließ die Taschenlampe fallen und rannte los. Duke versetzte mir noch einen letzten Schlag, bevor er ihm folgte. Er schleuderte mich herum und schmetterte mich mit dem Gesicht an die Betonwand. Das Trampeln seiner Stiefel auf dem Fußweg echote in der Straßenschlucht.

Blut strömte aus meiner Nase. Ich ließ mich auf den Boden sinken und versuchte, mich zu erinnern, ob ich den Kopf nach vorn oder nach hinten beugen sollte.

Eine Autotür schlug zu, und mit schnellen Schritten kam mein Retter zu mir. Er kniete sich neben mich und legte eine Hand auf meine Schulter. »Blaine, was geht hier vor? Bist du in Ordnung?«

»Tony?« Ich hob den Kopf. Er leuchtete mir mit der Taschenlampe ins Gesicht, zog ein Taschentuch hervor und reichte es mir. Ich drückte das Tuch an meine ramponierte Nase, bedankte mich und fragte: »Was machst du hier?«

Statt zu antworten, half mir Parker auf die Füße und führte mich zu seinem Wagen, wo er mir besorgt die Tür aufhielt und sich versicherte, daß ich richtig drinnen saß, bevor er sie zuschlug und zur Fahrerseite herumlief. Als er die Tür öffnete, ging die Alarmlampe an. »Laß mich mal dein Gesicht sehen. Scheiße, du blutest wirklich stark. Ich bringe dich ins St. Kit's und sorge dafür, daß dich jemand untersucht und nachsieht, ob alles in Ordnung ist.«

Ich berührte vorsichtig meine Nase und zuckte zusammen. Der Knorpel war empfindlich, aber ganz. »Es ist nichts gebrochen. Die Blutung hat fast aufgehört. Ich brauche kein Krankenhaus. Bring mich einfach nach Hause.«

»Okay.« Er schlug die Tür zu und jagte los. Jedesmal, wenn ich Tony um eine Erklärung für sein günstiges Erscheinen bat, antwortete er: »Laß uns erst nach Hause fahren. Wir können reden, wenn wir dich zusammengeflickt haben.« Als ich es wieder versuchte, antwortete er: »Du stinkst, als wärest du in Bier geschwommen. Hast du getrunken?« Erbost fuhr ich ihn an, daß ich nicht getrunken hätte, woraufhin er mit Betonung seine Scheibe herunterkurbelte. Danach versuchten wir nicht mehr, uns zu unterhalten.

Als der Wagen in die Barrow Street einbog, fiel mir Ida ein. »Könntest du das Alarmlicht ausschalten?« brach ich das Schweigen. »Meine neugierigen Nachbarn werden sonst aus dem Fenster fallen, wenn sie versuchen zu sehen, wen die Cops nach Hause bringen.«

Parker grunzte und drückte auf einen Schalter, womit das Blinklicht aufhörte. Ich entspannte mich. Er ignorierte den Hydranten für die Feuerwehr, parkte direkt vor meinem Haus und folgte mir die Treppe hinauf. Ich war plötzlich so erschöpft, daß ich nicht einmal richtig das Schloß sehen konnte und es nicht schaffte, die Tür zu öffnen. Tony sah mir ohne Kommentar zu.

Die Müdigkeit war größer als die Neugier. Ich wollte, daß Parker ging, damit ich ins Bett gehen konnte. Meine Fragen hatten bis morgen Zeit. Ich schaffte es schließlich, die Tür aufzuschließen, und versuchte, die richtigen Worte zu sagen. »Danke, daß du mich gerettet hast. Ich komme jetzt allein zurecht. Ich werde ein paar Aspirin nehmen und ins Bett gehen.«

»Von wegen, du kannst mich nicht einfach wegschieben. Ich komme mit hinein. Ich möchte dich bei richtigem Licht betrachten. Ich möchte sichergehen, daß du nicht genäht werden mußt.«

Mein alter Sergeant konnte dickköpfig sein. Entweder blieben wir vor meiner Haustür stehen und stritten uns, bis ich verlor, oder ich ließ ihn herein. Nachzugeben ginge schneller. Ich öffnete die Tür und ging in die Küche. Parker folgte mir.

Er drückte mich auf einen Stuhl und diagnostizierte meine Verletzungen als geringfügig. Dann hantierte er in der Küche herum, reichte mir, in ein Handtuch eingewickelt, eine Packung Eiswürfel und kochte Tee – aus irgendeinem Grund entschied er, daß Kaffee das falsche Getränk sei. Ich wollte, daß er ging, aber ein Schluck Tee weckte wieder meine Neugier. Als Parker sich schließlich setzte, fand ich die Energie, ihn zu fragen. »Ich bin nicht undankbar. Du hast mich aus einer unangenehmen Situation gerettet, aber ich glaube nicht an den Zufall. Wie kommt es, daß du ausgerechnet durch diese Straße gekommen bist?«

Er wich meinem Blick aus. »Kannst du nicht einfach sagen: ›Vielen Dank, Tony‹, und es dabei belassen?«

»Nein. Du warst ein guter Lehrer, und ich war eine gute Schülerin. Ich lernte, Fragen zu stellen, bis ich Antworten bekomme. Was hast du dort heute abend gemacht?«

»Ich bin dir gefolgt.«

Meine Antwort war sehr reif für einen Menschen, dem man oft vorwirft, jähzornig zu sein. Ich schrie oder brüllte nicht, sondern legte die Eispackung sanft auf den Tisch und blickte ihn an. Tonys Gesicht sah grau und eingefallen aus; der Streß, ein Kommando zu führen, ließ ihn vorzeitig altern. »Warum bist du mir gefolgt?« fragte ich ruhig.

»Ich habe dich vor Blakes Haus entdeckt. Du solltest besser aufpassen, junge Frau. Du hast deine Zigarette gegen mein Auto geschnippt und mich nicht bemerkt. Da es ruhig war, beschloß ich, dir zu folgen.«

Tonys nonchalantes Geständnis brachte mich aus dem Gleichgewicht. Ich überging die offensichtliche Frage, warum er mir wirklich gefolgt sei, und kam zu der viel wichtigeren: »Warum hast du Hurley Blakes Wohnung überwacht? Hast du gehofft, ein Gespenst zu entdecken? Oder gehört es zu deinen üblichen Maßnahmen, Waisenkinder und alte Damen zu schikanieren?«

»Tony Parker macht nichts Unrechtes. Ich bin mit Ermittlungen zu einer Straftat beschäftigt und kann die Einzelheiten nicht mit dir besprechen.«

Ich trank etwas Tee und lächelte. Der heiße Tee brannte in meiner Kehle, und mein Gesicht schmerzte beim Lächeln. Ich drückte den Eisbeutel wieder an mein Gesicht und ging zur Spüle, um mir ein Glas Wasser zu holen. »Ich habe bei der Polizei gekündigt, weil ich die Spielchen der Polizei haßte. Hör auf, die alte Dame zu belästigen. Sie ist eine fromme Jesusanhängerin, die dir außer Bibelzitaten nichts erzählen kann. Laß das Mädchen in Ruhe. Sie weiß nur, daß ihr Vater tot ist und daß die Cops ihn trotzdem nicht in Ruhe lassen.«

»Warum interessierst du dich denn so für ihre Probleme? Du wirst an ihnen kein Geld verdienen.«

Seine flippige Bemerkung ärgerte mich. Ich warf den selbstgebastelten Eisbeutel in die Spüle und fuhr herum. »Du begreifst nichts. Ich versuche, dem Kind zu helfen. Hau jetzt endlich ab. Ich will ins Bett gehen.«

Tony funkelte mich an. Ich ballte die Fäuste. Er brach den Blickkontakt ab und eilte hinaus; die Tür schlug laut zu. Ich öffnete meine Fäuste, nahm das Handtuch aus der Spüle und hielt es an mein Gesicht, um das Blut zu stillen, das aus meiner Nase tropfte.

Helles Sonnenlicht auf meinem Gesicht weckte mich auf. Ich brauchte nicht auf die Uhr zu schauen, um zu wissen, daß ich wieder einmal verschlafen hatte. Ich rollte mich aus dem Bett und beeilte mich mit dem Duschen und Anziehen. Die geschwollene Nase und eine Schürfwunde vom Mauerstein auf meiner linken Wange waren die einzigen Erinnerungen an die letzte Nacht. Durch meine Versuche, die Wunde mit Make-up zu überdecken, wurde sie umso auffälliger. Darum wusch ich alles wieder ab, bereitete mich auf einen Tag mit endlosen Fragen vor und ging mir das Frühstück machen.

Ich stand vor dem Toaster, trank einen Kaffee und sah zu, wie das Brötchen langsam braun wurde, als das Telefon klingelte. Mit der Kaffeetasse in der Hand ging ich durch die Küche, um abzuheben.

»Hallo, Blaine.« Dons ruhige Stimme erschreckte mich. Als er hörte, wie ich scharf Luft holte, sagte er schnell: »Eileen geht es gut. Sie ist wach. Kannst du vorbeikommen?«

»Ich denke, ich kann einen kleinen Besuch in meinem vollen Terminkalender unterbringen. Ich bin schon auf dem Weg.« Selbst der Rauch, der aus dem Toaster quoll, konnte den Tag nicht verderben. Ich zog den Stecker raus, ließ den verkohlten Rest stehen und ging aus dem Haus, wobei ich überlegte, daß es Zeit wurde, mir eine Putzfrau zu suchen.

Eileen war aus der Intensivstation in ein Zimmer auf der Privatstation im fünften Stock gebracht worden. Der fünfte Stock war ein sehr exklusives Territorium, das nur für Berühmtheiten und solche Menschen zugänglich war, die bereit waren, für ihre Privatsphäre inflationäre Preise zu bezahlen. Zusätzliche Sicherheit ist ein Nebeneffekt dieser erhöhten Privatsphäre: Ich begrüßte die Verlegung mit ganzem Herzen.

Die Sicherheit war gut, aber nicht gut genug für einen entschlossenen Killer. Während ich auf den speziellen Fahrstuhl wartete, zählte ich etwa ein halbes Dutzend Möglichkeiten, um

Zugang zu dem VIP-Flügel zu bekommen. Männer und Frauen in weißen Kitteln kamen an den Wachen ohne eine Erklärung vorbei. Boten mit blumenbeladenen Wagen schoben sich nickend an den Wachposten vorbei. Die Treppen waren unbewacht und standen jedermann offen. Die Ausweise – die leicht zu vervielfältigen waren oder gestohlen sein konnten – gewährten allen, die sie dem Wachmann zeigten, unbeschränkten Zugang. Bei jedem, der eine Krankenakte unter dem Arm hielt, ging man davon aus, daß er das Recht hatte, einzutreten. Ein Priester eilte an der Kontrollstelle ohne Einwand vorbei. Ich hörte auf, die Möglichkeiten, an der Sicherheitskontrolle vorbeizukommen, zu zählen und stieg in den Fahrstuhl.

Finstere Gedanken an Rudy MacIntyre begleiteten mich in den fünften Stock und machten mich mit jedem Stockwerk nervöser. Die Türen öffneten sich zu einer verlassenen Empfangshalle, die zu einem ebenso verlassenen Flur führte. Meine Nerven waren zum Zerreißen gespannt; in Krankenhäusern ging es normalerweise vierundzwanzig Stunden am Tag emsig zu. Wo waren die Leute, die herumrannten, um irgendein Leben zu retten?

Ich ging schneller. Meine leichtbesohlten Turnschuhe machten kein Geräusch. Ich schlich den leeren Korridor entlang und fragte mich, warum ich Brads großen Körper nicht auf dem Flur herumlungern sah. Die Tür zu Eileens Zimmer war geschlossen. Ich schob sie langsam auf, drückte mein Ohr an den Schlitz und horchte. Eileens schwache Stimme sagte gerade: »Nicht –«

Glücklich, daß ich an diesem Morgen beschlossen hatte, Brads Rat zu folgen und mich zu schützen, zog ich die Pistole aus dem Halfter und sprang tatbereit ins Zimmer. Brad, der auf dem breiten Fensterbrett neben dem Bett saß, hörte auf zu reden und lachte. »Da ist sie endlich und mit einem großartigen Auftritt.« Er schaute auf die Waffe in meiner Hand und hob die Augenbrauen. »Guten Morgen, Babe. Eileen sagte gerade, ich solle hier nicht länger rumhängen.«

»Es wird Zeit, daß er zurück an die Arbeit geht und wieder etwas für sein Geld tut. Ich brauche keinen Babysitter.« Eileens Stimme klang schwach, aber entschlossen.

»Ihr beiden wollt euch bestimmt unterhalten. Ich werde mich derweil mit den Krankenschwestern anfreunden; die Frühschicht kenne ich noch nicht.« Brad sprang vom Fensterbrett und wollte an mir vorbeigehen, blieb aber stehen, als er mein Gesicht sah. Er strich vorsichtig mit dem Zeigefinger über meine verletzte Wange und fragte: »Hey, Babe, was ist mit dir passiert? Dein Gesicht sieht aus, als wäre es durch den Fleischwolf gedreht worden.«

Ich schob die Automatik in die Tasche und zeigte auf die Tür. »Geh die Krankenschwestern belästigen. Ich will mit meiner Schwester reden.« Brad nickte und verschwand.

»Was ist los? Wovon redet Brad?« Die Steifheit in Eileens Stimme raubte mir den Wunsch, zu ihr zu eilen und sie zu umarmen.

»Nichts ist los. Ich habe nur einen kleinen Kratzer im Gesicht. Brad übertreibt.« Ich nahm Brads Platz auf dem Fensterbrett ein und erklärte mit beiläufiger Stimme: »Ich habe Rudy MacIntyre gestern abend gefunden. Warum hast du mir nicht erzählt, daß er im Büro war?«

»Er tauchte eines Nachmittags auf. Da ich mich weigerte, ihn zu empfangen, ging er wieder. Es gab nichts zu erzählen.«

Eileens monotone Stimme machte mir Angst. »Sieh doch, was er getan hat. Du mußt mir von ihm erzählen. Ich möchte diesen Kerl festnageln, bevor er es nochmal versucht.«

»Das reicht.« Wütend unterbrach Dr. Mabe uns von der Tür aus. »Ich habe der Polizei nicht erlaubt, Eileen zu belästigen, und ich werde es auch Ihnen nicht erlauben. Wenn Sie es noch einmal versuchen, werde ich Sie aus diesem Zimmer verbannen lassen. Eileen muß erst wieder Kräfte sammeln, bevor Sie sie mit Fragen bombardieren können. Gehen Sie nach draußen, ich möchte mit meiner Patientin ein paar Minuten allein sein.«

Brad lungerte draußen vor dem Zimmer herum. Er deutete auf einen Stuhl und befahl mir, mich zu setzen. »Du siehst erledigt aus, Babe. Ich hole dir eine Tasse von dem Zeug, das die Krankenschwestern Kaffee zu nennen wagen, wenn du versprichst, mir die Wahrheit zu sagen, wie du zu dieser geschwollenen Nase und der Schramme auf deiner Wange gekommen bist. Außerdem möchte ich wissen, warum du wieder zu einer revolverschwingenden

Mama geworden bist. Nicht, daß ich mich über den Revolver beklagen will, Babe. Ich bin froh, daß du endlich auf meinen Rat gehört hast –«

»Ich gebe auf!« Ich hob die Hände hoch. »Geh den Kaffee holen. Ich werde dir alles erzählen, hol du nur den Kaffee!«

Brad kam innerhalb weniger Minuten mit einer schwarzen Tasse, auf der das goldene Wappen von St. Kit's eingraviert war, zurück. Ich nahm sie ihm ab, nippte an dem bitteren Gebräu und fragte: »Wo ist Don?«

»Er ging vor ungefähr einer halben Stunde, um das Kind zum Babysitter zu bringen. Dann wollte er in sein Büro oder zum Kontrollturm gehen oder wo immer Piloten hinmüssen, wenn sie sich beurlauben lassen wollen. Er wird für Eileen Zeit brauchen. Sie wird hier bald rausgeworfen – in einer Woche oder so.«

»Weißt du denn alles, was in diesem Krankenhaus vor sich geht?«

Er zuckte mit den Schultern. »Die Leute reden gern mit einem großen Kerl mit einem freundlichen Lächeln. Alle außer dir, Babe. Wie immer versuchst du, das Thema zu wechseln. Ich habe den Kaffee geholt, jetzt will ich die Geschichte wissen. Was ist passiert?«

Meine kurze Zusammenfassung des vorherigen Abends wurde durch Dr. Mabe unterbrochen. Nachdem sie mich noch einmal ernsthaft belehrt hatte, gestattete sie mir, den Besuch bei Eileen fortzusetzen. Eingedenk der Warnung der Ärztin erlaubte ich es Eileen, so zu tun, als erhole sie sich von einer kleineren Operation, während ich so tat, als würde ich den Verband über ihren Augen nicht sehen. Wir unterhielten uns höflich über ihre Tochter, das Büro und sogar das heiße Wetter. Ich wartete geduldig darauf, daß sie auf ernstere Dinge zu sprechen käme, aber meine Geduld wurde nicht belohnt. Eileen schlief wieder ein, ohne MacIntyre, die Bombe oder ihre Verletzungen zu erwähnen. Ich küßte sie sanft auf die Stirn und ging, ohne Brad die Gelegenheit zu geben, seine vielen Fragen zu stellen.

Da mein Tag ruiniert war, beschloß ich, den Rest davon im Büro zu verbringen, Aktennotizen zu machen und Schreibarbeiten nachzuholen. Nach einem Zwischenstop im Delikatessengeschäft im Erdgeschoß bestieg ich den Fahrstuhl zum Büro und hoffte, mein zweiter Anlauf zu frühstücken würde Erfolg haben.

Es war ruhig auf der Etage. Ein paar Leute wanderten umher und organisierten sich nach dieser schrecklichen Woche. Ich winkte zur Begrüßung und verschwand in meinem Arbeitszimmer, bevor irgendwer ein Gespräch anfangen konnte, das mit Fragen über mein zerschrammtes Gesicht und die geschwollene Nase endete.

Ich schloß die Tür, nahm den Deckel vom Kaffeebecher, wickelte das Brötchen aus und ließ mich zu einem friedlichen Brunch nieder. Nach zwei Schlucken Kaffee und einem Biß vom Brötchen klingelte das Telefon. Da ich dachte, es handele sich vielleicht um einen Anruf vom Krankenhaus, nahm ich den Hörer ab. Jacob Faradeux's tiefe Stimme begrüßte mich.

»Red, sind Sie dran? Was für ein Kerl! Sie arbeiten also doch am Samstag! Nanci wollte, daß ich bis Montag warte. Sie sagte, in Manhattan arbeite niemand am Samstag. Wie zum Teufel geht es Ihnen? Nanci sitzt neben mir und starrt mich an, so daß ich mich benehmen muß. Die Uhr tickt, Red. Wir haben nur noch eine Woche bis zur Party in der Wall Street. Ich möchte wissen, wie Sie vorankommen.« Im Hintergrund war ein Geräusch zu hören; Faradeux hielt inne und kam wieder an die Leitung. »Warten Sie, Red. Ich muß den Lautsprecher einstellen. Nanci stößt mir ständig in die Rippen, weil sie wissen will, was Sie sagen.«

Ich zündete mir eine Zigarette an und wartete. Das Telefon quiekte, und Faradeux war wieder dran. »Red, sind Sie noch da?«

»Ich bin noch da. Hi, Nanci. Ist jemand bei Ihnen?«

»Daddy und ich sind allein. Wir sind Ihrem Rat gefolgt. Wir halten unsere Verbindung mit Ihrer Firma absolut geheim. Wir wollen Ihnen nicht noch mehr Ärger bereiten, und wir sind schrecklich betroffen wegen Ihrer Schwester. Wie geht es ihr?«

»Besser.« Ich wollte keine langen Erklärungen abgeben. Jacob gab mir auch keine Gelegenheit dazu – er konnte sich nicht länger aus der Unterhaltung raushalten.

»Es freut mich, das zu hören. Ihre Schwester ist eine ganz prächtige Frau. Okay, Red, erzählen Sie, was Sie für mich getan haben.«

»Ich mache Fortschritte –«

»Ich sehe keine Fortschritte. Ich sehe noch einen Brief von diesen Körnerfressern in der Post, der mich warnt, mein Geschäft fortzusetzen. Was zum Teufel tun Sie, um sie mir vom Hals zu schaffen?«

»Daddy –«, unterbrach ihn Nanci.

Ich unterbrach sie. »Jacob, ich will jetzt kein Fernduell im Schreien mit Ihnen austragen. Ich habe WARMs inneren Zirkel infiltriert und werde bald Zugang zu den Planungstreffen haben. Haben Sie Geduld. Lassen Sie mich meine Arbeit machen.«

»Wann werden diese Planungstreffen stattfinden?« fragte Nanci ruhig.

Ich zögerte. Obwohl ein Treffen für den nächsten Abend geplant war, log ich: »Irgendwann nächste Woche. Der Termin steht noch nicht endgültig fest.«

Meine lasche Antwort beruhigte den Faradeux-Clan. »Nanci und ich kommen nächste Woche nach New York«, sagte Jacob. »Wir werden dann in Ihr Büro düsen, um mehr über Ihre Fortschritte zu erfahren. Bis nächste Woche, Red.« Abrupt unterbrach er die Verbindung, ohne mir Zeit für eine Antwort zu geben.

So viel zum Frühstück. Angewidert sah ich den kalten Kaffee und das Brötchen an. Ich warf den gesamten Mist in den Mülleimer und fragte mich, warum ich es für nötig hielt, meine Mandanten anzulügen. War es Intuition, Eigensinn oder die Angst davor, daß ihr Leck noch nicht gestopft worden war?

11

Jona kam in mein Zimmer und hielt eine Tasse vor sich wie ein Schild. Da sie überzeugt war, daß ich zu viel Kaffee trank, hatte sie in letzter Zeit die Gewohnheit entwickelt, mir am Nachmittag entkoffeinierten Tee zu bringen. Ich nahm die leblose Brühe jedesmal an, bedankte mich und wartete, bis sie das Zimmer verlassen hatte, ehe ich damit die Pflanzen auf dem Bord hinter meinem

Schreibtisch goß. Die Pflanzen liebten den Papayaminztee und gediehten prächtig unter der entkoffeinierten Diät, so daß ich nie Schuldgefühle bekam.

»Wie lange bleiben Sie? Sie sollten nach Hause gehen und sich ausruhen.« Der Vorwurf in der Stimme meiner Sekretärin war unüberhörbar.

»Ich gehe bald. Wissen Sie, daß heute Samstag ist? Warum sind Sie hier?«

Sie stellte die Tasse auf meinen Schreibtisch und ignorierte die Frage, da sie beschlossen hatte, mir beim Servieren des Tees eine Lektion zu erteilen. »Sie haben zu viel gearbeitet und nicht genug geschlafen. Sie rauchen zu viele Zigaretten und trinken zu viel Kaffee. Wenn Sie so weitermachen, enden Sie bei Eileen im Krankenhaus.«

Der Tee roch noch schlimmer als sonst. Ich sah ihn an und faßte einen Entschluß. Ich drehte mich um, goß das grüne Zeug auf die Pflanzen und sagte: »Jona, Sie haben recht. Ich gehe nach Hause. Ich verspreche, daß ich im Delikatessenladen haltmache, mir ein nahrhaftes Abendessen kaufe, ein langes heißes Bad nehme und den Abend mit Lesen verbringen werde. Ich verspreche auch, früh ins Bett zu gehen.« Und vielleicht verbringe ich den ganzen Abend darin, fügte ich stumm hinzu. Jonas Gesicht strahlte zustimmend. Ich schloß die Akte, die ich gelesen hatte, und folgte ihr aus dem Büro.

Ich ging schnell beim Delikatessengeschäft vorbei und dann nach Hause, um das Versprechen einzuhalten, das ich Jona gemacht hatte. Das ärgerliche Klingeln des Telefons begrüßte mich, als ich die Haustür öffnete. Ich überlegte, ob ich den Anruf dem Anrufbeantworter überlassen sollte, änderte aber meine Meinung und machte einen Satz nach dem Hörer, bevor der Apparat ansprang. Meine Versuche, mit der Aktentasche, den Schlüsseln, der Post und den Einkäufen zu jonglieren, scheiterten. Ich ließ alles fallen. Die Naht des dünnen Plastikbeutels platzte auf, und die Orangen, die Zigaretten und mein Abendessen von der Salatbar fielen auf den Boden. Die Früchte rollten unter den Tisch, und unter dem zerbrochenen Salatbehälter bildete sich eine kleine Pfütze aus Salatdressing.

Meine Begrüßung fiel nicht herzlich aus. Ich griff nach dem Hörer und schnauzte: »Hallo. Ich hoffe, es ist wichtig.«

»Hallo, mein Liebes. Ich hoffe, ich störe Sie nicht. Hier ist Ida.«

»Nicht der Rede wert, ich bin gerade reingekommen.« Ich lächelte, weil ich wußte, daß sie eine innere Uhr hatte, die mein Kommen und Gehen registrierte. Ida wußte alles, was in unserer Straße vor sich ging. »Was gibt's? Brauchen Sie etwas aus dem Laden?«

»Sie sind so süß. Nein, Liebes, ich brauche nichts. Mein Kühlschrank ist noch gut gefüllt vom letzten Mal, als Sie einkaufen gingen. Ich rufe an, weil heute ein Päckchen für Sie angekommen ist. Ich habe es von Ihrer Treppe genommen, damit diese Schurken, die an der Ecke rumlungern, es nicht klauen. Es liegt hier auf meinem Küchentisch. Soll ich es rüberbringen?«

Ein warnender Schauer lief durch meinen Körper; ich erwartete kein Päckchen. Ich versuchte, ganz ruhig zu sprechen. »Ida, fassen Sie es nicht an. Verlassen Sie das Haus, es könnte gefährlich sein.« Ida versuchte, mich zu unterbrechen, und ich rief: »Fassen Sie es nicht an! Rennen Sie weg, rennen Sie weg!«

Ein tiefes Poltern erschütterte das Haus. Ich ließ den Hörer fallen und rannte, so schnell ich konnte, über die Straße, obwohl ich wußte, daß es zu spät war.

Idas Haustür war meiner verzweifelten Kraft nicht gewachsen. Ich trat sie mit einem Stoß ein. Mikeys gräßliche Schreie begrüßten mich. Nach zwei Schritten blieb ich in der Küche stehen, entsetzt von dem Anblick. Der Boden war bedeckt mit Trümmern aus Putz, Glas, Porzellan und Hautfetzen. Es war zu spät, viel zu spät, um Ida zu helfen.

Ich zwang mich, zu dem zerfetzten Körper zu gehen, getrieben von der unlogischen Hoffnung, daß sie es nicht wäre. Mein Füße rutschten auf dem Boden, und ich blickte hinunter. Ich stand in einer karmesinroten Blutlache, die mit Putz und Gehirnmasse bedeckt war. Ich rannte blind nach draußen und erbrach mich über Idas sauberen Blumentöpfen.

Ein Polizist fand mich am Straßenrand sitzend vor, zitternd und auf das Blut an meinen Turnschuhen starrend. Er wedelte mit seiner goldenen Marke vor meinen Augen. »Haben Sie sie gefunden?«

Ich schaffte es nicht, das Zittern aufzuhalten, um antworten zu können. Der Polizist brach eine Kapsel auf und wedelte mit ihr unter meiner Nase; der Ammoniakdampf trieb Tränen in meine Augen. Hustend schob ich seine Hand beiseite. Die Übelkeit überkam mich wieder, und ich beugte mich vor und würgte, bis der Anfall vorbei war. Der namenlose Polizist legte den Arm um meine Schulter und wartete geduldig, bis ich wieder Luft bekam.

»Die Nachbarn sagten, daß Sie kurz nach der Explosion in das Haus gerannt seien. Was ist passiert?«

Ich würgte wieder und rang nach Atem. Wir saßen am Straßenrand, und ich erzählte meine Geschichte, unbeachtet von den Schaulustigen, die aufmerksam beobachteten, wie die Spurensicherung in Idas Haus ein- und ausging. Wir gingen zu mir über die Straße, wo ich mich an den Küchentisch setzte und benommen Fragen beantwortete.

Männer in schlecht sitzenden Anzügen kamen herein, bis ein halbes Dutzend in meiner Küche versammelt war. Methodisch schrieben sie alles, was ich sagte, in winzigen Notizbüchern auf und stellten wieder und wieder dieselben Fragen. Parker kam herein und blieb an der Tür stehen. Er hörte zu und beobachtete aufmerksam mein Gesicht, während ich sprach. Ich hörte auf und sah Parker an. Die Furchen in seinem Gesicht waren seit unserem letzten Treffen noch tiefer und vielfältiger geworden.

»Ist das alles?« Ich nickte. Parker war nicht zufrieden. »Hat sie irgend etwas über das Päckchen gesagt? Wie sah es aus? Wer hat es gebracht?«

Ich schüttelte hilflos den Kopf. Verärgert über meine Stummheit fuhr Parker mich an: »Was hat die alte Dame dir erzählt? Denk nach.«

»Sie sagte ...« Meine Stimme brach. Ich räusperte mich und versuchte es nochmal. »Sie sagte, sie habe das Päckchen von meiner Treppe weggenommen, damit es niemand stiehlt.«

»Um wieviel Uhr wurde es gebracht?«

»Ich weiß es nicht.«

»Hat sie die Person gesehen, die es brachte?«

»Ich weiß es nicht.«

»Wie groß war es?«

»Ich weiß es nicht.«

Tony schritt wütend durch den Raum und beugte sich über den Tisch, bis seine blutunterlaufenen Augen nur wenige Zentimeter von meinem Gesicht entfernt waren. »Denk nach, verdammt! Die alte Dame muß dir doch irgend etwas Nützliches gesagt haben.«

»Ida sagte, sie habe das Päckchen genommen. Sie sagte nicht, wann es ankam oder wer es brachte. Ich hörte die Bombe explodieren und rannte über die Straße ... ich weiß nicht mehr. Hast du dir die Küche angesehen, ehe du herkamst?« Meine Stimme hob sich. »Hast du gesehen, was von ihrem Körper übriggeblieben ist, bevor man ihn vom Boden gekratzt hat? Sag mir nicht, ich soll nachdenken – ich kann nicht aufhören nachzudenken!«

»Hysterie hilft auch nicht weiter.« Parker richtete sich auf. »Beruhige dich. Was hast du in letzter Zeit gemacht? Wer hat ein Interesse daran, dir eine Bombe zu schicken?«

»Das haben wir schon ein dutzendmal besprochen. Finde den Kerl, der Eileen die Bombe geschickt hat, dann hast du den Kerl, der diese hier geschickt hat.«

Zu meiner Überraschung befriedigte ihn die Antwort. Parker nickte, sah sich im Raum um und zeigte sich den um ihn versammelten Männern erkenntlich. »Packt ein, Jungs. Machen wir Feierabend.« Er zögerte, als wollte er noch eine letzte Frage stellen, änderte aber seine Meinung und wandte sich zum Gehen.

»Tony?« Meine fragende Stimme stoppte ihn. »Kann ich Mikey haben – Idas Sittich? Er ist in ihrem Wohnzimmer. Es gibt sonst niemanden, der sich um ihn kümmert.«

Parker befahl einem der Männer, den Vogel zu holen, dann ging er hinaus, ohne ein weiteres Wort zu mir zu sagen. Die Gruppe der Ermittler verschwand so schnell und leise, wie sie sich gebildet hatte. Ich saß am Tisch, starrte auf meine Hände und fand einfach nicht die Kraft, sie zu bewegen. Ein Polizist stellte den Vogelkäfig auf den Tisch, sagte leise gute Nacht und ließ mich allein mit Mikey – und meinem Schuldgefühl. Ich schloß die Augen und sah Idas Körper.

Ich öffnete die Augen und rannte hinauf in mein Schlafzimmer, um meine Jeans anzuziehen. Ich lud auch meinen Revolver und steckte ein Extramagazin mit Patronen in die Tasche. Dann nahm ich meine Autoschlüssel und rannte aus dem Haus. Ich wollte MacIntyre suchen. Wenn ich ihn fand, wollte ich ihn töten.

Die meisten Leute, die in Manhattan wohnen, haben keine Autos. Diejenigen von uns, die eins haben, werden oft als wahnsinnig betrachtet, als Sklaven der Vorschriften, beim Parken ständig die Straßenseite zu wechseln, abgehärtet vom Anblick eingeschlagener Seitenscheiben und gestohlener Radios. Aber ein Auto bedeutet Freiheit, die Möglichkeit, von der Halbinsel zu flüchten, ohne auf Züge, Busse oder Mietwagen zu warten – darum schleppen wir uns an kalten Wintermorgen aus dem Bett, um einen Parkplatz auf der anderen Straßenseite zu suchen.

Mein Auto verbringt seine Freizeit sicher verschlossen in einer Garage ein paar Straßen von meinem Haus entfernt, weil ich zu faul bin, aus dem Bett aufzustehen, um einen erlaubten Parkplatz zu suchen. Ich holte den Wagen und fuhr zu Billy's Brewhouse, dem einzigen Ort, den ich kannte, um MacIntyre zu finden.

Ein Porsche, insbesondere ein knallroter, ist nicht gerade das unauffälligste Fahrzeug, um jemanden zu verfolgen, aber ich hatte keine Zeit, um andere Vorkehrungen zu treffen. Ich wollte Rudy MacIntyre. Ich parkte ein paar Häuser von Billy's entfernt, lehnte mich zurück und wartete.

Zwei Uhr siebzehn. Ich begann, meine Zigaretten zu rationieren und überlegte, ob ich es aufgeben sollte, als MacIntyre aus der Bar stolperte. Er war allein. Ich lächelte, drückte die halb heruntergebrannte Zigarette in den Aschenbecher und schlüpfte aus dem Auto. Ich folgte MacIntyre die leere Straße entlang, die rechte Hand zuversichtlich auf dem Schaft des Revolvers in meiner Tasche und begierig auf die Gelegenheit, ihn zu benutzen.

MacIntyre schwankte vor mir her, als ich ihm folgte und keine Anstrengung machte, mein Interesse an ihm zu verbergen. Er stolperte, und ich sprintete vor, um ihn zu erreichen, bevor er sein Gleichgewicht wiedergefunden hatte.

Es ist leicht, einen schwankenden Betrunkenen zu überwältigen – die Schwerkraft tut bereits das ihre, um ihn herunterzuziehen. Ein heftiger Stoß in den Rücken reichte, um MacIntyre niederzustrecken. Er landete mit dem Gesicht nach unten auf dem Fußweg und krabbelte in einen Hauseingang. Ich stieß ihn zu Boden und drückte mein Knie in seinen Rücken. MacIntyre hörte nicht auf zu zappeln. Ich rammte ihm den Revolver in den Nacken, und er erstarrte.

»Meine Brieftasche ist in meiner hinteren Hosentasche. Nimm sie. Nimm, was du willst. Bleib aber cool.«

Wenn ich ihm antwortete, ihn wie ein menschliches Wesen behandelte, würde ich nicht mehr in der Lage sein, ihn zu töten. Ich drückte den Revolver noch tiefer in sein Fleisch.

MacIntyre stammelte: »Komm, bleib cool. Nimm mein Geld. Bleib aber cool. Bleib cool.«

Ich drückte den Revolverlauf in die Kuhle, wo das Rückgrat mit dem Schädel verbunden ist. Der harte Stahl einer Pistole im Nacken ernüchtert einen Betrunkenen schneller als literweise Kaffee. MacIntyre hörte auf, sich zu bewegen, hörte auf zu atmen.

»Erzähl mir von den Bomben.«

»Ich weiß nicht, wovon du redest.«

»Erzähl mir nicht, daß du nichts weißt. Ich bin fast so weit, dir ein Loch in deinen verdammten Schädel zu blasen.«

»Ach Scheiße, Lady, bleib cool. Ich versuche, ehrlich zu sein. Aber ich weiß nicht, wovon du sprichst.«

»Von Bomben, MacIntyre. Ich rede von Bomben. Die du an meine Schwester geschickt hast. Die du an Hurley Blake geschickt hast. Die du mir nach Hause geschickt hast.«

»Du mußt mir glauben, ich weiß nicht, wovon du sprichst. Ich kenne dich nicht. Ich kenne deine Schwester nicht.«

»Du kennst sie. Eileen Aldridge, erinnerst du dich? Du wolltest sie vor ein paar Tagen besuchen. Dann hast du versucht, sie umzubringen. Ich glaube, du bist zu deinen alten Tricks zurückgekehrt, und ich werde dich aufhalten.«

»Ich wollte ihr Angst machen. Aber Duke sagte, ich solle es lassen. Sagte, sie würde mir Schwierigkeiten machen. Dafür sorgen, daß meine Bewährung aufgehoben wird. Darum ließ ich es sein. Du mußt es mir glauben. Ich weiß nichts von irgendwelchen Bomben. Ich sage dir die Wahrheit«, schluchzte MacIntyre. »Ich wollte ihr nur Angst machen. Du mußt mir glauben.«

Ich glaubte ihm nicht, aber ich konnte nicht auf den Abzug drücken. Ich hätte im Auto bleiben und ihn von hinten erschießen sollen, als er die Straße entlangging. Ich bin eine gute Schützin, ich hätte es schaffen können. Ihn ohne Vorwarnung zu erschießen. Genauso wie er Ida getötet hatte. Genauso wie er versucht hatte, Eileen zu töten.

Ich hob mein Knie hoch. MacIntyre rollte sich herum und wollte sich aufrichten. Ich drückte ihn mit dem Revolver hinunter. »Laß das. Ich überlege immer noch, ob ich dich töte.«

12

Statt MacIntyre zu töten, ging ich nach Hause. Ich schlief ein oder zwei Stunden, dann verbrachte ich den Rest der Nacht auf meinem Schaukelstuhl und starrte auf Idas Haus. In der Morgendämmerung ging ich zu dem Zeitungsladen an der Ecke, um ein paar Schachteln Zigaretten und alle Zeitungen auf dem Stand zu kaufen. Erschöpft von der Anstrengung schleppte ich mich nach Hause und brach mit den Zeitungen auf dem Schoß auf dem Sofa zusammen.

Die fette Schlagzeile auf dem Stapel fiel mir ins Auge. BOMBENEXPLOSION ERSCHÜTTERT VILLAGE. Ein körniges Foto von Notarztwagen, Polizeiautos und Feuerwehrwagen, die durcheinander vor Idas Reihenhaus parkten, füllte die Seite. Obwohl ich mir sagte, daß es ein Fehler wäre, die Artikel zu lesen, zündete ich mir eine Zigarette an und schlug die Zeitung auf.

Eine gewaltige Bombe erschütterte gestern am frühen Abend eine ruhige Wohngegend von Greenwich Village und tötete auf der Stelle die 77jährige Frau, die das Paket von der Vordertreppe des Nachbarhauses genommen hatte, um darauf aufzupassen. Ida Yankovitch, die ihr ganzes Leben in der Gegend gewohnt hat, löste versehentlich den Zünder aus, als sie das Paket zurückgeben wollte. Die polizeilichen Ermittler weigerten sich, den Namen des Nachbarn zu nennen, für den die Bombe bestimmt war. Sie weigerten sich auch, diese Bombe mit den jüngsten terroristischen Angriffen in Verbindung zu bringen. Die Anwohner brachten ihr Entsetzen und ihre Fassungslosigkeit zum Ausdruck ...

Ich ließ die Zeitung fallen. Ein plötzlicher Ausbruch von Tränen ließ alles verschwimmen und machte es unmöglich, die Kommentare meiner Nachbarn über Ida und ihr Entsetzen, daß solch ein Vorfall sich in unserer friedlichen Nachbarschaft ereignen konnte, zu lesen.

Es klingelte an der Tür. Als ich aufstand, rutschte die Daily News zu Boden. Ich starrte sie an. Wie lange hatte ich schon auf dem Sofa gesessen, hypnotisiert von dem Bild auf der Titelseite?

Es klingelte erneut. Ich schritt über die Zeitung hinweg und riß die Tür auf. Es war Dennis.

»Ich habe versucht, dich anzurufen.«

»Das Telefon ist abgestellt. Mir ist nicht nach Reden zumute.« Als er auf diesen Wink nicht reagierte, fragte ich: »Was willst du?«

»Ich habe von der Bombe gestern abend gehört. Ich möchte mit dir darüber reden.« Als ich nicht antwortete, kam er herein. »Hast du Kaffee gekocht?« fragte er.

»Nein, ich habe keinen. Wenn du unbedingt einen brauchst, da ist vielleicht ein Glas mit Instantkaffee im Schrank über dem Herd. Bediene dich.«

Dennis ging in die Küche, ich kehrte zum Sofa zurück. Er war lange genug weg, um eine Zigarette zu rauchen. Als Dennis ins Wohnzimmer zurückkam, hielt er zwei Becher in der Hand. Er reichte mir eine der Tassen, setzte sich neben mich und probierte sein Getränk.

Ich hasse Instantkaffee. Ich stellte den Becher am Ende des Tisches hin und zündete mir die nächste Zigarette an.

Dennis' Blick fiel auf die Zeitungen, die auf dem Boden verstreut lagen. »Leckst du deine Wunden?«

»Das ist nicht witzig. Ida war ...« Tränen füllten meine Augen. Ich wandte mich von ihm ab und stieß mit dem Zeh gegen die Zeitungen. »Es ist meine Schuld. Nach dem Angriff auf Eileen hätte ich damit rechnen müssen.«

»Was willst du also unternehmen, hier sitzen und dich selbst bemitleiden? Du hast dich nicht so sehr geändert, wie du glaubst. Warum trinkst du nicht einfach etwas und vergißt alles?«

Mein Gesicht glühte, als hätte er mich geschlagen. »Du Schwein. Mach, daß du hier rauskommst. Verschwinde aus meinem Leben.« Tränen rollten über meine Wangen. Ich wischte sie weg, wütend auf Dennis, wütend auf mich selbst, weil ich vor ihm weinte.

Dennis rührte sich nicht. Ich funkelte ihn an. »Was willst du von mir?«

»Ich kam her, weil ich mir Sorgen um dich mache. Es ist eine verdammte Schande, daß deine Nachbarin getötet wurde, aber reiß dich endlich aus dieser Totenstarre heraus, bevor du auch noch getötet wirst. Du kannst später um Ida trauern, wenn wir diesen Bastard gefaßt haben.« Er hielt ein paar Sekunden inne, um sich zu vergewissern, ob ich ihm zuhörte, und fragte dann: »Wer will dich umbringen?«

»Finde die Person, die versucht hat, Eileen zu töten, dann findest du die Person, die Ida getötet hat«, wiederholte ich meinen beliebten Refrain.

»Du irrst dich. Die Bomben wurden von zwei völlig verschiedenen Personen gebaut.«

»Bist du sicher?«

»Ganz sicher. Ich sah den Laborbericht, bevor ich herkam. Sie konnten mir bereits einen vorläufigen Bericht geben. Die Zusammensetzung deiner Bombe war anders als die von Eileen. Deine enthielt genug Dynamit, um jeden im Umkreis von sechs Metern in winzige Stücke zu zerreißen. Dein Kerl hatte die Absicht, dich vom Erdboden auszuradieren.« Er wartete, bis die Information sich gesetzt hatte, dann wiederholte er seine Frage: »Wer will dich umbringen?«

Dennis zerstörte die saubere Theorie, die ich in dieser endlosen Nacht entwickelt hatte. Mein ganzer Verdacht richtete sich wieder auf WARM, und ich seufzte. »Ich weiß es nicht. Ich führe keine Liste mit den Namen von bösen Männern, die mich hassen. Niemand hat mich in letzter Zeit bedroht.«

Dennis überging meine Antwort mit einer Handbewegung. Er bedrängte mich mit einer Frage nach der anderen und grub längst vergessene Fälle von vor vielen Jahren aus. Schließlich protestierte ich: »Verdammt, Dennis, du bist sehr gut informiert über das, was ich in den letzten paar Jahren getan habe. Hat das FBI mein Telefon angezapft? Oder hast du mich verfolgt und Buch darüber geführt?«

»Ich habe mich einfach dafür interessiert.«

Wir starrten uns kurz an. Dann wandte ich mich ab und stand auf, um aus dem Fenster zu schauen, verwirrt über die Antwort, die ich bekommen hatte. »Was willst du von mir?«

»Mit dir kooperieren.«

»Persönlich oder beruflich?«

»Ich möchte die Fälle prüfen, an denen du arbeitest und an denen du in den letzten drei oder vier Jahren gearbeitet hast. Ich hoffe, dabei irgendeine Verbindung feststellen zu können.«

Ich schüttelte den Kopf und starrte auf die Leute, die die Straße entlanggingen, und fragte mich, ob mein wahnsinniger Bombenleger mich beobachtete. »Ich kann dich nicht in meinen Akten schnüffeln lassen. Das sind sehr vertrauliche Informationen. Was glaubst du, was passiert, wenn es sich rumspricht, daß das FBI in meinen Akten herumstöbert? Innerhalb weniger Minuten bin ich aus dem Geschäft. Vielen Dank für dein Interesse, Dennis, aber ich komme schon zurecht – ich kann auf mich selbst aufpassen.«

»Dies ist eine offizielle Untersuchung. Ich werde mir einen Durchsuchungsbefehl besorgen.«

»Mach nur. Versuche es. Du wirst nie einen bekommen. Es gibt keinen Grund dafür. In meinen Akten gibt es nichts, was kriminellen Zwecken diente. Wenn du versuchen willst, meine Akten zu durchsuchen, werde ich eine einstweilige Verfügung auf Unterlassung beantragen. Dann werde ich eine Zivilklage gegen dich und das FBI einreichen, weil ihr mein Recht auf Privatsphäre verletzt habt. Es wird dir leid tun, daß du jemals versucht hast, deine neugierigen Hände auf meine Akten zu legen.«

»Du machst einen Fehler. Wer immer dir die Bombe geschickt hat, will dich töten. Er wird es wieder versuchen.« Ich antwortete nicht. Dennis ging zur Tür und erklärte bissig: »Denk darüber nach. Ich hoffe, du wirst deine Meinung ändern und kooperieren.« Als er nach draußen ging, schloß er die Tür mit übertriebener Sorgfalt hinter sich. Ich starrte sie an und fragte mich, wer diese Runde gewonnen hatte.

Ungeachtet von Brads erregtem Rat, den Faradeux-Fall abzugeben, ging ich an dem Abend zu der Versammlung bei WARM, wobei ich mir des Risikos, daß mein wütender Bombenleger dort sein und auf mich warten könnte, voll bewußt war. Zumindest würde sich die Spannung damit legen.

Die Vereinsmitglieder saßen um den schäbigen Konferenztisch versammelt und warteten darauf, daß Roz die Sitzung eröffnete. Ich blieb stehen, um ihre Gesichter zu überfliegen und eine schuldbewußte Reaktion zu entdecken. Niemand außer Grant schien sich zu freuen, mich zu sehen.

Ich schlüpfte auf einen freien Platz zwischen Hodgkins und Grant. Hodgkins betrachtete prüfend mein Gesicht und versuchte immer noch, mich in sein vergeßliches Gedächtnis einzuordnen. Ich drehte mich zu Grant um, der mich zur Begrüßung sexy angrinste und sein warmes Bein an meines drückte. Ich ignorierte es.

Roz eröffnete die Sitzung. »Da nun alle da sind, können wir anfangen. Wie ihr wißt, ist Faradeux Industries unsere nächste Zielscheibe. Mit einem genau durchgeführten Plan können wir ihre Feierlichkeit unterbrechen und die Aufmerksamkeit des Landes auf unsere Sache lenken.«

»Roz, ich möchte ein paar Worte dazu sagen«, unterbrach sie Grant. »Diesmal wird nicht zugelassen, daß irgend etwas durchsickert. Weder die Polizei noch die Leute von Faradeux Industries oder die Börse werden von unseren Plänen erfahren. Auf jeden Vertrauensbruch wird sofort und streng reagiert.«

Starrten sie mich alle an? Ein verstohlener Blick in die Runde zeigte ernste Gesichter, die Grant anschauten. Er wartete einen Herzschlag lang, damit sich die Mitteilung setzen konnte, dann bedeutete er Roz fortzufahren. Sie zog eine Staffelei ans Kopfende des Tisches und breitete einen großen Plan des Finanzdistrikts aus. Mit dem Zeigestock in der Hand deutete sie auf das Gebäude an der Ecke der Wall Street und der Broad Street und begann ihren Vortrag.

»Die New Yorker Börse, die Anfang 1900 gebaut wurde, ist das symbolische Zentrum der Finanzwelt. Viele Demonstranten haben ohne großen Erfolg versucht, den Handel aufzuhalten. Wir haben ihre Versuche analysiert und aus ihren Fehlern gelernt. Durch unsere Aktionen wird der Handel abrupt zum Stillstand kommen. Die ganze Welt wird die unmoralischen Praktiken von Faradeux Industries verurteilen und die ungerechtfertigte Unterdrückung, Ausbeutung und Tötung von Tieren, damit andere sich an ihrem toten Fleisch weiden können. Die einzelnen Aufgaben sind verteilt worden – ihr werdet sie von eurem Gruppenführer erfahren und beginnt sofort mit der Arbeit.

Es gibt fünf Schlüsselkomitees. Die technische Unterstützung wird sich um die Flugblätter, Poster, Literatur, Telefone, Kopien, Sprechfunkgeräte, Faxgeräte und verschiedene andere Geräte kümmern. Diese Aktion wird sehr viele Kosten verursachen. Wir brauchen Geld für die Kautionen, Rechtsanwaltsgebühren, Material und spezielle Geräte.«

»Was für spezielle Geräte?«

Roz runzelte bei Hodgkins leiser Unterbrechung verärgert die Stirn. »Wir sprechen später darüber.« Mit dem typischen Gehabe eines Militärkommandeurs, der seine Truppen informiert, fuhr Roz mit ihrem Vortrag fort. »Die erste Kostenschätzung beläuft sich auf acht- bis zehntausend Dollar. Das meiste haben wir zusammen, aber wir brauchen noch ein paar tausend Dollar. Wir haben überlegt, wie das Geld beschafft werden soll.«

Ich mußte mich bei meinen Tischgenossen nicht umsehen, um

zu wissen, daß sie mich anstarrten. Mein Auftrag war offensichtlich: Schreib einen Scheck aus.

»Grant wird euch über die Logistik berichten.«

Grant verbeugte sich spöttisch. »Meine Damen und Herren, wir werden die größte Show abziehen, die die Hausse- und Baissespekulanten je erlebt haben. In nur wenigen Tagen werden wir Hunderte von Menschen vor der Börse versammeln. Die Angestellten, die versuchen, sich Eintritt zu verschaffen, werden mit roter Farbe übergossen, die das Blut der unschuldigen Tiere symbolisiert, die von der gierigen Faradeux-Maschine geschlachtet werden.«

Sein spöttisches Lächeln ließ mich frösteln. »Falls der Handel eröffnet wird, werden wir ihn aufhalten.«

Roz stand schnell auf, um einzupacken. »Wir haben sehr viel zu tun. Die Komitees fangen sofort an zu arbeiten.« Sie faltete die Hände und starrte uns an. Wir waren entlassen.

Roz, Collier und Grant steckten die Köpfe zu einer privaten Unterhaltung zusammen, während Amy und Hodgkins ihre Bücher und Taschen einpackten. Amy ging und Hodgkins wollte ihr folgen, dann zögerte er und kam zu mir. »Hast du Lust, mit mir einen Kaffee zu trinken?«

Grant bekam die Einladung mit. Er lächelte mir über Roz's Kopf hinweg zu und sagte mit den Lippen: Warte auf mich.

Hodgkins sonnengebräuntes Gesicht verzog sich, als ich seine Einladung höflich ablehnte. Mein enttäuschter Freier drehte sich heftig um und eilte in der Hoffnung auf mehr Glück hinter Amy her. Ich lehnte mich auf meinem Stuhl zurück und versuchte zu lauschen, bis Roz sich umdrehte und die Stirn runzelte. Ich verstand die Botschaft und verließ den Raum.

Zwanzig Minuten später trat Grant aus dem Fahrstuhl und sah sich um. Ich saß auf dem Tisch der unbesetzten Portiersloge in der Ecke der Eingangshalle und rauchte eine Zigarette. Grants finsterer Gesichtsausdruck erhellte sich. »Ich bin froh, daß du wartest. Laß uns hier weggehen, ich brauche einen Drink.«

Wir gingen bis zum Ende der Straße und blieben an der Ampel stehen. Der Verkehr rauschte die Seventh Avenue hinunter. Grant nahm mich impulsiv fest in die Arme und flüsterte: »Ich konnte es nicht abwarten, dich wiederzusehen.«

Seine Hände strichen auf meinem Rücken auf und ab. Meine paranoiden Gedanken waren in Alarmbereitschaft – tastete er nach einem Revolver? Die Ampel schaltete um. Grant legte den Arm auf meine Schulter und sagte: »Komm, laß uns was trinken gehen.«

13

Der Laden, den Grant für einen ruhigen Drink aussuchte, hieß A Big Country (IRGEND JEMAND MUSS DARIN TRINKEN! stand auf dem Schild über dem Eingang) und war die neueste Szenekneipe der Stadt. Sie befand sich in der Fifth Avenue und bestand aus einem einzigen riesigen Raum. Den Mittelpunkt bildete eine Bar aus Mahagoni und Messing, die sich auf einem Podest durch den ganzen Raum erstreckte. Fünf Marmorstufen führten dorthin, wo die Action war.

Die Bar war gepackt voll mit jungen Absolventen der Betriebswirtschaft und des Jurastudiums, die dank ihres Spesenkontos das New Yorker Nachtleben genossen.

Die Hostess schaute uns von Kopf bis Fuß an und zeigte unverhohlen ihren Mißmut über unsere Jeans. Wir gehörten nicht zu ihren typischen Kunden. Sie übergab uns an einen Kellner, der uns zu einem winzigen Tisch in einer dunklen Ecke führte, wo das Jungvolk die beiden ärmlich gekleideten Oldtimer nicht sehen mußte. Grant bat um die Weinkarte, blätterte sie schnell durch und bestellte eine Flasche Bordeaux. Er sah mich an und erregte sich wegen meiner erhobenen Augenbrauen. »Was ist los, habe ich eine schlechte Wahl getroffen?«

Ich schüttelte den Kopf. »Ich weiß es nicht – ich trinke nicht. Ich habe das hier nicht erwartet.«

»Denkst du, ich treibe mich nur in Spelunken herum und trinke Budweiser aus der Flasche? Unterschätze mich nicht. Ich mag hübsche Frauen, und ich mag sie nicht in schmutzige, stinkende Bars ausführen.«

Die Kellnerin kam zurück, und das Ritual beim Öffnen der Weinflasche beendete Grants Ausbruch. Sie bearbeitete den Korken und schaffte es schließlich, ihn in einem Stück aus der Flasche zu ziehen. Ungeduldig wartete Grant ab, bis sie mit meiner Selters kam, dann hob er sein Glas und stieß es sanft gegen meines. »Auf den Erfolg am Faradeux-Tag. Und auf uns.«

Manchmal ist das Schweigen die beste Verteidigung einer Frau. Ich lächelte wie Mona Lisa.

Grant beugte sich vor und sah mich mit seinen strahlenden Augen eindringlich an. »Wie fandest du die Versammlung? Ich möchte gern deine Meinung wissen.«

»Sie war interessant. Roz hat mich nahezu angelächelt.«

»Sie fängt an, dich zu akzeptieren. Ich habe dir ja gesagt, daß sie lockerer wird.«

»Mit ein paar tausend Dollar kann man sich eine Menge Akzeptanz kaufen.«

Grant war klug genug, um nicht dumm zu reagieren. »Du bist böse.«

»Natürlich bin ich böse. Was erwartest du denn? Es ist offensichtlich, daß ich toleriert werde, weil euer innerer Zirkel von der irrigen Annahme ausgeht, ich sei eine reiche Witwe, die überredet werden kann, eure Operation mit einer Rolle Banknoten zu unterstützen.«

»Jeder muß das beitragen, was er kann. Manche werden gebeten, ihre Zeit und ihre Talente einzubringen. Andere –«

»Quatsch. Wäre ich zu euren Versammlungen eingeladen worden, wenn ihr nicht geglaubt hättet, daß ich Geld habe?«

»Ich wollte dich haben, bevor die Frage nach dem Geld aufkam. Die anderen zögerten, ob sie dich aufnehmen sollten, und die Möglichkeit deines Beitrags brachte ihre Zweifel zum Schweigen.«

»Ich habe das Geld nicht«, sagte ich entschieden.

Grants Mund zuckte. Er bekam ihn aber unter Kontrolle und murmelte: »Du sagtest doch ...«

»Ich sagte, daß ich nicht arbeiten müßte. Ich sagte, daß ich nicht reich sei. Du hast nicht zugehört.«

Ein Funken Zorn blitzte in Grants schönen Augen auf; er verschwand schnell hinter einem undurchdringlichen Schild. »Ich höre jetzt zu.«

»Es ist schwer zu erklären. Es hört sich so dumm an.« Ich fummelte mit einer Zigarette herum, und Grant hielt mir galant ein Streichholz hin. »Mein Mann hat immer unser Geld verwaltet. Ich wußte nie, wie es um unsere Finanzen bestellt war. Ich kümmerte mich nicht darum, denn ich war mit meiner Fotografie beschäftigt – das ist es, was ich mache, ich bin Fotografin. Jeff gab mir Geld, wenn ich welches brauchte, und ich gab ihm die Rechnungen. Es hört sich blöd an, aber dieses Arrangement funktionierte.« Ich zog tief an meiner Zigarette. »Jeff richtete mit seinem Testament einen Treuhandfonds ein, damit ich mir keine Sorgen zu machen brauchte, wenn ihm etwas geschähe. Mein Anwalt verwaltet ihn ...«

»Kannst du ihn nicht bitten, dir einen Scheck zu geben?«

Ich sah ihn verlegen an. »Ich bekomme ein festes Gehalt. Mein vierteljährliches Limit habe ich bereits überzogen. Die nächste Zahlung ist in drei Wochen fällig. Wenn ich vorher versuche, mehr Geld zu bekommen, wird mein Anwalt tausend Fragen stellen. Fragen, die ich eurer Meinung nach bestimmt nicht beantworten soll.« Ich beschloß, noch etwas Hoffnung zu lassen. »Ich habe etwas Bargeld, aber nicht annähernd so viel wie ihr braucht.«

Grant konnte seine Enttäuschung nicht verbergen. Er leerte sein Glas und füllte es nach, bevor er antwortete. »Roz wird freundlicher sein, wenn du wenigstens etwas bringst. Wieviel kannst du organisieren?«

Hastige Kalkulationen wirbelten durch meinen Kopf. Welche Summe würde gut klingen?

»Ein paar Hundert.« Grants Gesicht spiegelte sein Mißfallen wider. Ich seufzte. »Ich könnte wahrscheinlich bis zu fünf- oder sechshundert zusammenkratzen. Vielleicht tausend.« Meine Spesenkasse würde das Heulen kriegen. »Es ist nur ... Ach, egal.« Grants Blick ausweichend, zog ich erneut an meiner Zigarette.

»Was?« Grant rieb den Rücken meiner Hand. »Was ist los?«

»Ich werde ausgenutzt. Nicht von dir. Du bist auf meiner Seite. Aber von den anderen. Sobald sie wissen, daß ich ihnen nicht viel Geld geben kann, werden sie mich rausschmeißen.« Ich legte meine Hand auf seine. »Grant, das bedeutet mir sehr viel. Ich möchte bei WARM dazugehören. Laß mich bei der Planung des großen Ereignisses mitmachen.«

Grant drückte meine Hand. »Hier sind zu viele Leute. Laß uns woanders hingehen, wo wir allein sind.«

Es war verlockend, aber die alte Regel, das Geschäftliche nicht mit dem Privaten zu verbinden – erst recht nicht tödliche Geschäfte -, hielt mich zurück. Ich gab ihm einen Korb; er war nicht zerknirscht über meine Absage. Wir verabredeten, daß wir uns in ein paar Tagen in einer anderen Bar treffen würden. Der Grund für diese Verabredung war deutlich. Dann sollte ich besser Geld bei mir haben.

Wir hatten wieder Montagmorgen, und er fing katastrophal an. Nanci Faradeux saß am Empfang, wrang die Hände in ihrem Schoß, und ihre abgerissenen Fingernagelränder verrieten, daß sie nervös daran gekaut hatte. Als sie mich erblickte, sprang sie auf und stieß die Aktentasche zu ihren Füßen um.

Ich hatte beschlossen, die Woche mit einem frühen Besuch bei Eileen zu beginnen. Nancis dringender Wunsch, mich zu treffen, erreichte mich im Krankenhaus. Ich hastete durch die Stadt, dankbar für die Entschuldigung, von Eileen wegzukommen, deren Genesung von unablässigem Sarkasmus, anfallartiger Verbitterung und unendlichen Fragen über die kleinsten Büroangelegenheiten geprägt war. Meine Unfähigkeit, zufriedenstellende Antworten zu geben, beflügelte Eileens Zorn.

»Reizbarkeit und Zorn – damit müssen Sie im Augenblick bei Eileen rechnen. Lächeln Sie und ertragen Sie es, bis sie sich mit ihrer Angst auseinandersetzen und sie bewältigen kann.« Dr. Mabes Erklärung für Eileens Verhalten klang vernünftig, aber es wurde jeden Tag schwieriger, ihrem Rat zu folgen. Als ich das Krankenhaus verließ, um mich mit Nanci zu treffen, war ich erleichtert und hatte gleichzeitig Schuldgefühle, weil ich erleichtert war.

Nanci begann mit ihren Entschuldigungen, als wir uns die Hände schüttelten, und hörte während des kurzen Weges in mein Arbeitszimmer nicht damit auf. Ich ließ sie Platz nehmen, goß zwei Tassen Kaffee ein und reichte ihr eine. »Bitte hören Sie auf. Ich war froh, aus dem Krankenhaus wegzukommen. Was führt Sie in die Stadt? Ist Jacob auch da?«

»Daddy ist in Texas. Er weiß nicht, daß ich hier bin.« Sie stellte die Kaffeetasse ab, weil sie ihren zitternden Händen nicht traute. »Ich habe es nicht gewagt, ihm zu sagen, daß ich zu Ihnen fahre.«

»Sie sind nur hergeflogen, um mich zu besuchen?« Nanci nickte. Ich schüttelte den Kopf und sagte: »Niemand fliegt quer durchs Land, um mit mir Kaffee zu trinken. Was ist los?«

»Es geht um meinen Bruder Benji. Benji hat Daddy verraten, die Firma verraten. Ich weiß nicht, was ich tun soll. Daddy wird ihn umbringen.«

»Was hat Benji getan?« Nanci brauchte keine weitere Ermunterung, um ihre Geschichte auszuschütten. Ich zündete mir eine Zigarette an, lehnte mich zurück und konzentrierte mich darauf, ihren texanischen Akzent zu verstehen. »Da er der Ältere ist, ging Benji immer davon aus, daß Daddy ihm die Zügel für die Firma übergeben würde. Aber Daddy war nicht der Meinung und sagte, Benji würde die Firma ruinieren. Darum schwor Benji, daß er die Firma zerstören würde, so daß niemand etwas davon hätte. Benji kann trotzig und voller Haß sein, aber ich hätte nie gedacht, daß er tatsächlich versuchen würde, die Firma zu zerstören. Nicht bis gestern abend ...«

Nanci hatte Schwierigkeiten, über die Taten ihres Bruders zu berichten. Ich drückte meine Zigarette aus und fragte ruhig: »Was hat Benji getan?«

Sie zog einen Stapel Papiere aus der Aktentasche und warf ihn auf den Tisch. »Ich habe das da gefunden. Ich wußte nicht, was ich tun sollte, darum habe ich beschlossen herzukommen.«

Die Papiere bestätigten meine Theorie über einen Informanten bei Faradeux Industries. Das erste, ein Fax, das an eine 212-Vorwahlnummer geschickt worden war, die wahrscheinlich mit der Faxnummer bei WARM identisch war, enthielt die Nachricht, daß

Faradeux meine Firma beauftragt habe, »... um zu untersuchen, wie die Demonstration auf legalem Weg aufgehalten werden kann.«

An dem Morgen nach dem Bombenattentat hatte ich aus einem Impuls heraus Jacob und Nanci angerufen und einen kleinen Plan vorgeschlagen, damit der Druck nachließ. Das zweite Fax zeigte, daß mein Vorschlag funktioniert hatte. Die Nachricht gratulierte WARM »... für die entschlossene Aktion. Die Firma hat sich zurückgezogen. Es ist nicht beabsichtigt, eine andere zu engagieren.«

Die dritte Mitteilung war kurz und bündig. »Habe eure Pläne gelesen. Ich empfehle euch weiterzumachen. Durch unsere Aktionen werden wir die Unterdrückung der Lebewesen beenden, die nicht in der Lage sind, sich vor unseren Tötungsmaschinen zu schützen.« Ich legte das Papier sorgfältig auf die anderen und sah Nanci an. Sie wich meinem Blick aus, weil sie sich schämte, den Verrat ihres Bruders weitergetragen zu haben.

»Wo haben Sie das her?«

»Benji hat mehr getrunken als eine ausgetrocknete Kuh im Juli. Gestern sagte er, er habe noch einige Korrespondenz zu erledigen. Als er zum Essen nicht nach Hause kam, ging ich in sein Büro und fand ihn dort stinkbesoffen und besinnungslos auf dem Schreibtisch vor. Die Akte lag auf dem Boden, und die Papiere waren überall verstreut. Ich sammelte sie auf, und nachdem ich das erste gelesen hatte, kopierte ich sie schnell. Ich hatte solche Angst, daß er aufwachen und es merken würde. Als ich mit dem Kopieren fertig war, warf ich die Akte auf den Boden und ging. Benji hatte sich nicht bewegt, er hatte nichts bemerkt. Was sollte ich tun?«

Ich schnippte mit den Fingern gegen die Kopien und sagte: »Tun Sie so, als hätten Sie das nie gesehen. Kehren Sie nach Texas zurück.«

»Was werden Sie machen?«

»Nichts.« Nanci sah mich mit einem leeren Gesichtsausdruck an. Ich tippte erneut auf die Papiere. »Sie beweisen nichts. Ihr Bruder sagt nichts, was ihn belasten könnte. Sie sind nicht einmal unterschrieben. Hören Sie, das war ein verdammtes Risiko, sie aus dem Büro Ihres Bruders zu entwenden, aber ich brauche handfeste Beweise. Kehren Sie nach Hause zurück, halten Sie die Augen offen. Machen Sie aber nichts Unüberlegtes. Was immer Sie tun, erzählen Sie niemandem davon oder von Ihrer Reise hierher.«

Ich bekam von Nanci keine Antwort mehr. Der unangenehme Summer der Sprechanlage ertönte, bevor sie etwas sagen konnte. In Jonas Stimme war deutliche Angst zu erkennen. »Blaine, da ist ein Mann am Telefon. Er will seinen Namen nicht nennen, aber er besteht darauf, Sie zu sprechen. Es klingt wichtig. Er sagt, Sie hätten sich vorgestern abend gesehen.«

»Stellen Sie ihn durch.« Nanci nickte mir verständnisvoll zu. Ich ergriff den Hörer und drehte mich mit meinem Stuhl um, so daß ich auf das Fenster sah.

»Weißt du, wer hier dran ist?«

»Ja, ich weiß es. Was willst du?«

»Ich habe mich mal bei meinen Leuten umgehört. Ich bin ein aufrichtiger Typ, darum reden die Leute. Ich habe etwas, was dich interessieren könnte.«

»Rede. Ich höre.«

Er lachte obszön. »Lady, ich hatte Kosten. Das Reden ist nicht umsonst.«

»Wieviel?«

»Fünf Scheine.«

Jetzt war ich an der Reihe zu lachen. »Du hast eine sehr hohe Meinung von dir. Erzähl mir deine Geschichte, dann entscheide ich, wieviel sie wert ist.«

MacIntyre dachte ungefähr fünfzehn Sekunden lang nach. »Kennst du den kleinen See im Central Park? Dort, wo die Kinder ihre kleinen Boote segeln lassen? Komm in einer halben Stunde. Bring etwas Bargeld mit, denn meine Geschichte wird dir gefallen.«

MacIntyres Anruf ließ mir keine Zeit zum Planen. Mittags zur Hauptverkehrszeit ist es schwierig, in einer knappen halben Stunde von der Vierundfünfzigsten Straße bis zum Central Park zu gelangen, egal welchen Transportweg man wählt. Ich ließ Nanci in meinem Büro sitzen und eilte aus dem Haus, beunruhigt, weil ich den Platz vorher nicht überprüfen konnte.

Zu Fuß würde ich genauso schnell sein wie die U-Bahn oder ein Taxi. Ich überquerte die Straße südlich vom Central Park, indem ich zwischen Taxis und Kutschen hindurchschlüpfte, betrat den Park und ging zu dem kleinen See in Höhe der Zweiundsiebzigsten Straße, der in den meisten Stadtführern der Treibhaussee genannt wird. Einige prähistorische Finanzierungskrisen beendeten das Projekt, bevor das Treibhaus gebaut werden konnte, aber der See überlebte es und erfreute die Kinder – junge und alte -, die ihn benutzten, um darauf ihre ferngesteuerten Jachten segeln zu lassen.

Ich blieb oben auf der Doppeltreppe stehen, die zu dem See hinunterführte, ließ meinen Blick über das Gelände streifen und versuchte, MacIntyre oder seinen Kumpel zu entdecken. Die Wege und Bänke entlang des Wassers waren überfüllt mit Schulkindern, die Pause hatten, und Angestellten aus dem nahegelegenen Krankenhaus und den Büros, die den warmen Sonnenschein genossen.

Von MacIntyre war nichts zu sehen. Ich lief die Treppe hinunter, kaufte mir am Imbißstand einen Hotdog und fand eine freie Bank. Nach einem Bissen Hotdog sprang ich auf, um die Gegend zu durchsuchen und alle Stellen zu überprüfen, an denen Rudy und sein Freund sich mit einer Pistole verstecken und darauf warten konnten, mich von den Ermittlungen auszuschließen. Es gab zu viele einsame Verstecke. Mir verging der Appetit. Ich warf den halbverzehrten Hotdog in einen Abfalleimer und zündete mir eine Zigarette an.

MacIntyre erschien bei meiner zweiten Runde um den See. Er kam den Weg am nördlichen Ende des Treibhausgeländes heruntergeschwankt und fiel neben mir in den Schritt, als ich die Spitze des Ovals umrundete. Die Mittagsbesucher machten sich wieder auf den Weg zur Arbeit und ließen leere Bänke und überfüllte Abfalleimer zurück. Wir setzten uns auf eine Bank neben dem Erfrischungsstand und starrten uns an. MacIntyres Augen waren verklebt und blutunterlaufen; er blinzelte und setzte hastig seine Brille auf.

»Hast du das Geld mit?«

»Hast du die Geschichte mit?«

»Vielleicht. Wenn die Bezahlung gut genug ist, rede ich.«

Ich zog einen brandneuen, steifen Fünfzigdollarschein aus der Tasche und reichte ihn ihm. Er knisterte, als er danach griff. »Hier ist die Anzahlung. Jetzt rede. Es gibt mehr, wenn es mir gefällt, was ich höre.«

»Ich wurde neugierig auf diesen Blake, darum erkundigte ich mich ein wenig. Er war kein Sängerknabe. Blake hat dir vielleicht erzählt, daß er sauber sei, aber er war es nicht. Er fing mit kleinen Wetten an und arbeitete sich hoch zum Buchmacher –«

»Alte Geschichte. Erzähl mir etwas, was ich noch nicht weiß.«

»Der Kerl war wieder im Geschäft. Nur war er eine Klasse besser geworden und wollte sich mit dem Abschaum von der Straße nicht mehr abgeben.« MacIntyre beugte sich zu mir herüber. »Er hatte eine ausgewählte Kundschaft, wenn du weißt, was ich damit meine.«

Ich entzog mich seinem abgestandenen Atem und sagte: »Ich weiß nicht, was du meinst. Sprich es aus.«

Das Schweigen wurde von dem knisternden Geräusch eines zweiten frischen Fünfzigers gebrochen, der MacIntyres Hand berührte. Seine Kraft zu sprechen war schnell wieder hergestellt. »Er wollte von den Cops nicht belästigt werden, darum wurde er Buchmacher für die Bullen.«

»Parker ist ein Cop. Er hat Blake häufig belästigt.«

MacIntyres heiseres Lachen brachte mich zum Schweigen. »Lady, er hatte einen sehr dicken Zettel bei dem Kerl liegen. Einen alten, aber sehr, sehr dicken. Er lag auf Eis, aber Blake wurde gierig. Parker wollte ihm den Laden dicht machten, bevor er fällig wurde. Aber jedesmal, wenn er es versuchte, pfiff Blakes scharfe Wortführerin ihn zurück.«

Zumindest hatte Eileen gute Arbeit geleistet. Es war nur schade, daß sie nicht die Wahrheit über Hurley Blakes Geschäfte wußte – sie hätte Geld verlangen können, statt die Arbeit umsonst zu machen. Ich schüttelte den Kopf. »Bist du dir sicher mit diesem Zettel? Wie zuverlässig ist deine Information?«

»Die hab ich von einem rechtschaffenden Kerl. Er sagte mir –« Plötzlich merkte Rudy, daß er im Begriff war, Informationen zu geben, ohne dafür zu kassieren. Er hielt inne. »Mein Informant ist nicht billig. Fünfzig Dollar bringen ihn nicht zum Reden.«

»Du bekommst mehr Geld, wenn ich mehr höre. Erzähl mir von diesem Zettel.«

MacIntyre zuckte die Achseln. »Da gibt's nicht viel zu erzählen. Mein Informant verkehrt mit diesen alten Typen; sie erzählten ihm davon. Der Zettel ist so alt, daß er schon antiquiert ist. Er muß fünf, sechs Jahre alt sein.«

Ich schob MacIntyre zwei weitere Scheine in die Hand. »Red nochmal mit deinem Informanten. Bring etwas über diesen Zettel in Erfahrung. Ruf mich an, wenn du mehr darüber weißt. Wenn du richtige Informationen bringst, verdoppele ich die Summe.« Ich stand auf.

»Hey, Lady, beruhige dich und bleib sitzen. Ich bin noch nicht fertig. Dieser Blake hatte 'ne Menge schweres Zeug auf Lager. Viele Leute werden Mr. Hurley Blake vermissen. Besonders die, die seine Vietnam-Verbindungen nutzten.«

Unser kleiner Abschnitt des Parks war leer; die Mittagspause hatte begonnen und war wieder vorbei. Das helle Sonnenlicht machte den einsamen Platz noch düsterer. Ich schauderte und sagte unsanft: »Erzähl schon, MacIntyre! Ich kann nicht den ganzen Nachmittag auf der Parkbank sitzen und mir deinen Mist anhören. Ich zahle nicht pro Stunde, also komm endlich zur Sache!«

MacIntyre grinste. »Bei der Armee kannst du was werden. Die Jungs in der grauen Uniform in Dix haben den Scheiß aus dem Munitionslager geklaut. Blake war ihr größter Hehler.«

Mein Hirn erarbeitete eine englische Übersetzung, während Rudy sprach. »Handelte Hurley Blake mit gestohlenen Waffen?«

MacIntyre nickte ungeduldig. Es würde nicht mehr lange dauern, bis er von der Bank aufsprang, weil er den nächsten Schuß brauchte. Schnell stellte ich die nächste Frage. »Handelte Blake neben den Waffen noch mit anderen Dingen?«

»Oh ja. Er konnte alles besorgen, einfach alles. Alles, was die Armee mit deinen Steuergeldern kaufen kann. Du brauchst die

Bestellung nur im Laden abzugeben und genug Schotter dazulassen. Du bekommst alles, was du willst. Maschinengewehre, Schußwaffen, Raketen, Bomben.«

MacIntyres selbstgefälliges Grinsen ärgerte mich. Ich wollte ihn nicht länger sehen. Ich zog noch einen Schein aus meinem Versteck und ließ ihn über seiner gierigen Hand baumeln. »Finde etwas über den Zettel raus.« Ich weiß nie genau, unter welchem Posten ich Zahlungen an Informanten bei meinen Ausgaben aufführen soll, aber ich beschloß, es zu versuchen. Ich ließ das Geld in MacIntyres Hand fallen. »Wie ich schon sagte, wird die Summe verdoppelt, wenn du etwas Handfestes bringst.«

MacIntyre stopfte die Scheine zu den anderen in seiner Brusttasche. »Ja, ja, das habe ich gehört. Ich rufe dich an. Sag deiner eingebildeten Sekretärin, daß sie mich nicht so lange warten lassen sollte – ich könnte die Lust verlieren und aufhängen.« Er tippte an einen imaginären Hut und stolzierte davon.

Ich rauchte eine Zigarette und beobachtete die Kindermädchen und Nachmittagssegler, die ihre Boote ins Wasser ließen. Alles sah so normal aus, so perfekt. Ich gähnte, zertrat die Zigarette und ging langsam zum Büro zurück, während ich auf dem Weg MacIntyres Information verdaute.

14

Eileen versäumt keine Gelegenheit, mir zu sagen, daß ich mein Jurastudium beenden soll. Dann lache ich immer und antworte, daß ich keine Lust habe, so wie sie mit zwanzig Pfund Papier unter dem Arm bei Gericht rein- und rauszulaufen. Ich betrachtete die Papiere, die auf meinem Schreibtisch ausgebreitet lagen, rieb meine schmerzenden Schläfen und fragte mich, ob es zu spät sei, ihrem Rat zu folgen.

Ich saß fest. Wie eine Comiczeichnerin hatte ich mich mit meinen Ermittlungen selbst in eine Ecke manövriert und kam nicht mehr raus. Auch die endlosen Tassen Kaffee und viele Zigaretten lockten keine Ideen aus den tiefen Windungen meines Hirns, wo sie sich hartnäckig verschanzt hatten. Ich beschloß, nach draußen zu gehen. Ich ging quer durch die Stadt ins St. Katherine's in der Hoffnung, Eileen hätte eine guten Tag gehabt und würde bereit sein, sich meine Probleme anzuhören.

Eileen wollte meine Probleme nicht hören, aber ich erfuhr eine Menge von ihren. Nachdem ich eine halbe Stunde zugehört hatte, entfloh ich ihren Klauen und rannte aus dem Krankenhaus. Ich blieb am Straßenrand stehen, atmete dankbar die warme süße Frühlingsluft ein und ging heim. Der Gedanke an die dunkle Wohnung und die Ruine von Idas Haus brachte mich vom Weg ab. Ich ging ins View. Die Bar war brechend voll. Ich stürzte zur Tür hinein und suchte, die Stimmung auf dem Tiefpunkt, niedergeschlagen nach einem leeren Hocker. Ryan bemerkte meinen verlorenen Blick, blinzelte mir mitfühlend zu und füllte ein Glas mit Selters. Er schob das Glas über den Tresen und sagte: »Warte nur, Süße, die Kanalratten werden bald zu ihren Bussen rennen. Die geht auf meine Rechnung, erzähl es aber nicht Bobby – sonst schreit er.«

Ich nahm die Selters und drängte mich, ohne einen Tropfen zu vergießen, durch die Menschenmenge zum Zigarettenautomaten. Ich lehnte mich dagegen und wartete auf einen freien Platz, als sich ein bekanntes Gesicht näherte. Der Mann war zu sehr mit seiner Aufgabe beschäftigt, Zigaretten zu besorgen, um mich zu bemerken.

»Jose.« Ich tippte an seinen Arm. Er blickte auf und grinste. Es war schön, daß mich ein Polizist zur Abwechslung mal anlächelte – in letzter Zeit hatten sie immer nur die Stirn gerunzelt, wenn ich mich näherte. »Seit wann ist das View eine Bar für Cops?«

Er lachte. »Ist es nicht. Carmelita hat die Nase voll von Cops, von Cop-Bars und Cop-Gesprächen. Sie drohte, mich zu verlassen, wenn ich mit ihr in einen Laden ginge, der voller Cops sei. Nach fünfzehn Jahren höre ich auf ihre Warnungen. Darum sind wir hier – keine Cops. Wie geht es deiner Schwester?« Er warf eine Reihe Münzen in den Automaten und drückte die Taste; eine Packung Marlboro kam heraus. »Komm, setz dich zu uns. Carmelita wird sich freuen, dich zu sehen.«

Wir drängten uns durch die Menge zu einer Nische in der Nähe der Küche und zu Carmelita, Joses dunkelhaariger Frau. Sie versuchte gerade, ihren Mann in der Menge zu entdecken, und sah mich hinter ihm gehen; ihr erfreutes Lächeln machte ihr schlichtes Gesicht schön.

Leicht resigniert wie viele Polizistenfrauen sagte sie: »Ich bin sicher, daß ihr über die Arbeit reden wollt«, wobei sie wie alle Polizistenfrauen das A betonte.

Ich ruinierte ihren Abend, trotzdem nickte ich und fragte Jose: »Was ist mit deinem Chef los? Er sieht in letzter Zeit ziemlich grimmig aus.«

Jose entging nicht, wie unglücklich Carmelita war. Er nippte an seinem Bier und sagte: »Parker? Er ist in Ordnung, er hat viel Druck, aber er ist in Ordnung.«

»Der Mann liebt Druck. Er langweilt sich, wenn es ruhig ist. Da muß eine ziemlich dicke Sache am Laufen sein – er sieht schrecklich aus.«

Jose sah mich über den Rand seines Bierglases hinweg an. »Es gehen einige Gerüchte rum.«

Ich wartete. Carmelita seufzte. Jose tätschelte ihre Hand, bat sie um Geduld und fuhr fort. »Es heißt, Parker hätte sich auf einen neuen Posten beworben. Er ist im Gespräch für ein neues Einsatzkommando für straffällige Jugendliche, das der Bürgermeister aufstellen will. Mulchakey war die Nummer eins für die Stelle, aber aus seinem Schrank fiel eine Leiche und erledigte ihn. Wenn du Leichen im Schrank hast, holen sie dich immer ein.«

Carmelitas lange ungeduldige Finger begannen, den Brezelteller zu drehen. Ich sah sie an und blickte schnell wieder zu Jose. »Ich habe von diesem Einsatzkommando noch nichts gehört. Was ist daran so besonders?«

»Es ist werbewirksam. Gut für die eigene Beförderung. Alles, was ein Aufsteiger zum Aufstieg braucht. Parker will aus dem mit Abschaum gefüllten neunundvierzigsten Revier raus und glaubt, es ginge ihm besser, wenn er versucht, diese Kinder wieder auf den geraden Weg zu bringen. Zumindest wäre er jeden Tag in der Zeitung. Und abends könnte man sein Gesicht in den Nachrichten sehen und hören, was er alles macht, damit diese Kinder ihre 45-Kaliber-Pistolen hinlegen und sich nicht mehr wegen eines Mantels gegenseitig umbringen. Die nächste Etappe wäre der Posten des Polizeipräsidenten – oder so, denkt er.«

Carmelita wurde unruhig und sprach ihr Mißfallen über unser Gespräch aus; meine Zeit war um. Den Rest des Abends verbrachten wir damit, uns über Baseballteams wie die Mets und die Yankees, die Schulgebühren und das unvorhersehbare Verhalten von dreizehnjährigen Mädchen zu unterhalten und zu lachen.

Leichen im Schrank. Ich ging um drei ins Bett und dachte darüber nach, wie Jose gelächelt hatte, als er sagte: »Leichen im Schrank.« Ich glitt in den tranceartigen Zustand vor dem Einschlafen, in dem sich die Träume mit der Wirklichkeit vermischen, als Jeffs Stimme mir etwas zuflüsterte.

Die Leichen waren auf dem Dachboden – nicht im Schrank. Ich war plötzlich hellwach, krabbelte aus dem Bett und ließ die Kissen und Decken auf den Boden fallen.

Ich zog etwas an, das zum Wühlen auf dem verstaubten Dachboden geeignet war, und rannte die Treppe hinauf. Die Glühbirne, die am Mittelbalken hing, war nicht sehr stark, aber sie gab mir genug Licht. Selbst in absoluter Dunkelheit hätte ich die Truhe gefunden, die in einer einsamen Ecke stand, sorgfältig getrennt vom restlichen Trödel. Ich näherte mich ihr zitternd vor Erregung.

Die Truhe war mit Dingen gefüllt, die zu wertvoll waren zum Wegwerfen und zu schmerzhaft zum Ansehen. Vor fünf Jahren war ich durchs Haus gerannt, hatte alles eingesammelt, was mich an Jeff erinnerte, es in diese alte Eichentruhe geworfen, sie zugeschlagen und schluchzend über den rauhen Holzfußboden gezerrt, bis ich sie zu ihrem endgültigen Standort unter dem Bodenfenster geschoben und gezogen und gestoßen hatte. Ich streckte meine zitternden Hände aus, um das angelaufene Messingschloß zu öffnen, holte tief Luft und warf den Deckel auf.

Relikte aus Jeffs Karriere als Drogenfahnder begrüßten mich. Selbst nach dieser langen Zeit war der Schmerz sofort wieder da und real. Tränen trübten meinen Blick; ungeduldig wischte ich sie weg und begann zu suchen.

Wonach suchte ich? Ich wußte es nicht – ein Traum hatte mich auf den Boden geschickt, nun müßte der Traum mich auch führen. Ich wühlte mich durch Akten, Bilder, Bücher und andere Erinnerungsstücke, bis meine Hände Jeffs Notizbücher berührten. Ich zog sie heraus und stapelte sie neben der Truhe. Nachdem ich ein Dutzend Schnellhefter hinzugefügt hatte, reichte es mir. Ich ließ die Truhe offenstehen und trug meine Schätze nach unten, um sie unter der hellen Küchenlampe auszubreiten.

Jeff hatte die Namen, Daten und andere Einzelheiten aus seinen Fällen genau notiert – und für den Roman aufgehoben, den er immer zu schreiben gedroht hatte. Die letzte Eintragung in seinem Notizbuch beschrieb die Pläne für die gescheiterte Drogenrazzia, bei der er umkam. Ich starrte auf die Liste der beteiligten Dienststellen und der jeweiligen Kontaktpersonen, entdeckte bekannte Namen auf der Liste, berührte jeden einzelnen mit dem Zeigefinger und fühlte die Tränen, die sich sammelten. Parker, Halstead, O'Brien, Ferguson und andere – es war erstaunlich, wieviele dieser Menschen immer noch durch mein Leben gingen. Ich schloß das Buch. Ich wußte, wie die Geschichte endete. Es war durchgesickert, daß eine Razzia geplant war, und Jeff und zwei weitere Fahnder wurden getötet. Die Leichen, falls es welche gab, fand ich nicht.

Sechs Uhr. Es war zu spät zum Schlafen und zu früh, um etwas anderes zu tun. Das Haus konnte einen Putz gebrauchen, aber ich war nicht verzweifelt genug, um mich aufs Wischen und Fegen zu stürzen. Ich nahm eine Dusche und dachte daran, ins Büro zu gehen. Diese schlechte Idee verschwand aber im Abfluß und wurde von dem Gedanken ersetzt, schwimmen zu gehen. Ich fand meinen Badeanzug auf der Leine im Badezimmer, wo ich ihn nach dem letzten Schwimmen aufgehängt hatte, und wanderte langsam durch die verschlafenen Straßen zum Y an der Achten Straße. Das Schwimmbad, das zwischen einer Oben-ohne-Bar und einem Antiquariat eingeklemmt war, lag zwar nicht in der besten Nachbarschaft, aber um sechs Uhr morgens war niemand auf der Straße und die Schwimmbahnen würden leer sein.

Ich zog mich um, warf meine Sachen in ein Schließfach und ging barfuß hinaus zum Schwimmbecken. Eine einsame Schwimmerin befand sich auf der Mittelbahn und wendete am Ende des Beckens. Ich sprang hinein, als sie ihre Wende gerade beendet hatte, und hielt mich Zug für Zug an ihr Tempo. Wir erreichten das hintere Ende zur gleichen Zeit und schwammen zurück. Der Wettkampf stand bis zur Mitte des Beckens unentschieden, wo sie lossprintete und an Distanz gewann, so daß sie den Beckenrand zwei Züge vor mir berührte.

Die Frau zog sich am Beckenrand hoch und drehte sich mit einem zufriedenen Lächeln zu mir um. »Deine Stöße war'n nicht schlecht«, keuchte ich. »Da konnte ich nicht mithalten. Ich habe heute morgen um halb fünf kalte Pizza gegessen, die hat mich wahrscheinlich gebremst.«

»Schätzchen, du hast immer eine Ausrede. Gib es auf, ich bin einfach schneller. War es immer und werde es immer sein.«

»Irma, du bist ein Profi. Ich hätte drei Längen Vorsprung verlangen sollen.«

Drei Längen Vorsprung hätten mir auch nichts genutzt. Irma war zwar kein Profi, aber sie hätte dem olympischen Team der USA angehört und wahrscheinlich eine Medaille gewonnen, wenn junge schwarze Mädchen, die Anfang der Sechziger in der Südbronx aufwuchsen, Zugang zu Schwimmbecken, Trainern und Stipendien für Sportler gehabt hätten. Doch Irma hatte ihrer Familie, den Freunden und den Stereotypen getrotzt und sich einen Platz am College erkämpft, wo ein Sportlehrer ihr Talent für den Wassersport entdeckte.

»Ich habe dich seit Wochen nicht gesehen. Bist du auf dem Weg zur Arbeit oder nach Hause?«

»Nach Hause.« Irma seufzte und wischte sich die Wassertropfen aus dem Gesicht. »Es war eine lange Nacht. Ein paar Messerstechereien, eine Vergewaltigung, ein Mord, zwei Mordversuche. Das ganze Blut hat eine Menge Schreibarbeit verursacht. Und du kennst ja Parker, diese Berichte müssen zur rechten Zeit erledigt werden. Meine Zeit dauerte an diesem verdammten Schreibtisch bis heute morgen um fünf. Ich hatte Nachtschicht. Du würdest mich öfters sehen, wenn du deinen trägen Hintern früh genug hierherbewegen würdest.«

»Hör auf, meinen trägen Hintern zu beleidigen. Laß uns frühstücken gehen. Ich lade dich ein. Das bin ich dir schuldig.«

Irma war Kripobeamtin im 49sten Bezirk. Meine Einladung zum Frühstück beruhte zum Teil auf der alten Tradition, daß die Verliererin bezahlt, und zum Teil auf der Hoffnung, daß ich etwas von ihr erfahren könnte.

Ich wollte mich aus dem Wasser ziehen, aber Irma stieß mich zurück. »Du fängst an, schlaff zu werden, zwei Runden und du willst schon aufhören! Ich drehe noch zwanzig – ich möchte Hunger haben auf das Frühstück, das du mir bezahlst.« Sie stand auf und bückte sich zum Sprung ins Wasser. »Versuche, mir dicht zu folgen. Es ist peinlich, wenn du so weit zurückbleibst.«

Zehn Runden später bedauerte ich die impulsive Idee, die mich ins Y geführt hatte. Mein Stolz veranlaßte mich, die restlichen zehn Runden durchzuhalten. Irma hatte zwei Runden Vorsprung, saß am Beckenrand und ermunterte mich, die Arme mehr zu heben. Ich beendete die Runde, lehnte den Kopf an den Beckenrand und stöhnte.

»Mädchen, kein Stöhnen der Welt wird dich davor bewahren, mir ein Frühstück auszugeben. Jetzt hebe deinen faulen Hintern aus dem Becken und zieh dich an. Ich habe Hunger.«

Irma war Stammgast in dem Café neben dem Y. Die Kellnerin brachte Kaffee und fragte: »Das Übliche?«

»Zwei Übliche. Meine Freundin hat auch Hunger.«

Irma wog ungefähr hundert Pfund und hatte einen Appetit, der einen hungrigen Holzfäller zum Rülpsen und Aufgeben bringen würde. Ich hielt die Kellnerin auf. »Warten Sie ›ne Sekunde, was ist das Übliche?«

Sie spulte eine Liste von Lebensmitteln herunter. Ich bestellte Obst und Toast und sah Irma an. »Wie schaffst du es, das ganze Zeug zu essen und dennoch in deinen Badeanzug zu passen?«

»Das liegt am Stoffwechsel. Du mußt den richtigen Umsatz haben.« Irma warf Zucker in ihren Kaffee und hörte auf zu lachen.

»Also gut, Lady, du bezahlst. Was willst du wissen?«

»Ihr Cops seid so mißtrauisch. Warum glaubst du, daß ich etwas wissen will? Ich habe angeboten, die Rechnung zu bezahlen, damit ich mir nicht anhören muß, wie du dich darüber beschwerst, daß ich mich ums Zahlen drücke.«

»Du hast zu schnell nachgegeben. Ich bin immer mißtrauisch, wenn du dich nicht um die Bezahlung streitest.«

Ich hob die Hände und lachte. »Ich bin leicht zu überreden. Aber wenn du mich so fragst ...« Die Kellnerin kam mit Tellern voller Essen zurück, und ich wartete, bis sie weg war, ehe ich fortfuhr.

»Es kam mir der Gedanke in den Kopf, daß du mir bei ein paar Gerüchten weiterhelfen könntest.« Irmas buschige Augenbrauen hoben und senkten sich wieder. Sie goß Sirup über den Stapel Pancakes auf ihrem Teller und attackierte ihn mit Messer und Gabel.

»Parker schikanierte einen Klienten, einen Buchmacher im East Village. Mein Informant sagt, Parker hätte bei genau diesem Buchmacher beträchtliche Schulden gehabt.«

»Er schließt ständig irgendwelche Wetten ab.« Irma schob sich ein Stück Wurst in den Mund und kaute nachdenklich. »Ist das wichtig? Ich kann mich umhören.«

»Parker brachte eine Menge Energie auf, um mich zu überzeugen, daß ich mir einen anderen Klienten suchen solle. Mein Klient ist plötzlich gestorben.«

Irma ließ die Gabel fallen. »Ich werde dir nicht helfen, einen Polizisten zu hängen. Such dir dafür ein anderes Mädchen.«

»Ich versuche nicht, Parker zu hängen. Erst zeigte er sich besorgt, dann drohte er mir. Ich versuche nur herauszufinden, was mit ihm los ist.«

»Deine Augen sagen etwas anderes. Sei ehrlich mit mir, oder ich kann dir nicht helfen.«

»Als ich bei der Polizei arbeitete, war Parker mein Rabbi. Ich möchte nicht, daß er für etwas verurteilt wird, wenn er es nicht verdient. Jemand hat versucht, meine Schwester umzubringen – ich verfolge jede Spur, egal wohin sie mich führt.«

»Wenn du es nicht für deine Familie machst, bist du ein Schwein. Parker ist meine Familie.« Sie seufzte; ich verdarb ihr den Appetit. »Er hat mir das Leben nie leicht gemacht. Er hilft nur wenigen, den Rest von uns kann er nicht leiden. Wie ich schon sagte, ich werde mich umhören. Ich verspreche nichts.« Sie gähnte. »Ich muß schlafen gehen. Du solltest dir mehr Zeit nehmen zum Schwimmen, du warst schon mal besser.«

15

Ich verbrachte zu viel Zeit in Kneipen, was für eine Alkoholikerin hart ist. Innerhalb weniger Wochen war ich in Schickimicki-Kneipen, in Szenekneipen, in Terroristenkneipen, Ex-Knacki-Kneipen, Lederkneipen und Cop-Kneipen gewesen. Ich stand auf du und du mit sämtlichen Barmännern Manhattans und fand es schwerer und schwerer, den Drang zu trinken zu unterdrücken.

Grants letzte Wahl war ein Laden namens Lloyd's, eine an die Manhattan-Szene angepaßte Version des englischen Pubs. Im Lloyd's drängten sich rote Ledersitze, schwere Eichentische mit winzigen roten Kerzen in der Mitte und Einwanderer mit britischem Akzent. Grant erhob sich von einem Tisch in einer dunklen Ecke, winkte und kam mir entgegengeeilt. Er küßte meine Stirn und sagte: »Die Kerle hier geben einer hübschen Frau nicht viel Zeit zum Alleinsein.«

»Soll ich erröten und sagen: ›Vielen Dank, junger Mann‹? Ich kenne die Regeln dieses Spiels nicht.«

»Ich mache keinen Spaß – ich meine es ernst. Laß uns nicht streiten über ein Kompliment.« Er nahm meinen Arm und brachte mich zu unserem Tisch.

Ich legte die Hand auf Grants Arm. »Entschuldige. Ich bin noch etwas empfindlich wegen dieser Geldsache. Ich habe die halbe Nacht damit verbracht, meine Finanzen durchzurechnen – es ist ein Katastrophengebiet. Es ist mir unmöglich, genug Geld aufzutreiben, um die Demonstration zu finanzieren.«

»Du hast andere Talente. Wir werden dafür Verwendung finden.«

Ich wollte, daß Grant mir erklärte, welche Talente er verwenden wollte, aber ich fragte nicht. Zorn brodelte unter seiner ruhigen Oberfläche; meine Frage hätte einen Ausbruch verursacht.

»Sei nicht traurig, Grant, ich habe auch gute Nachrichten. Du hast recht, wir müssen alles versuchen, was wir können, selbst wenn es ein Opfer für uns bedeutet. Ich kann ein paar Rechnungen bis zum nächsten Quartal hinhalten.« Ich fummelte nach dem Umschlag in meiner Tasche, zerrte ihn heraus und legte ihn zwischen uns auf den Tisch. »Das ist alles, was ich mir leisten kann.«

Grants gute Manieren hinderten ihn daran, den Umschlag an sich zu reißen, und er winkte der Kellnerin und bestellte zwei Wodka-Martini. Ich hielt die Kellnerin zurück und änderte meine Bestellung in eine Selters. Grant nahm den Umschlag beiläufig an sich und schob ihn in seine Brusttasche. »Willst du es nicht zählen?« fragte ich.

»Nein, nicht hier. Wieviel ist es?«

»Siebenhundertfünfzig.« Ich wartete auf seine Reaktion. Die Summe war ein Problem, über das ich mir stundenlang den Kopf zerbrochen hatte. Wenn sie zu hoch wäre, würde Faradeux einen Anfall kriegen, wenn ich sie ihm bei den Ausgaben in Rechnung stellte. Wenn sie zu gering wäre, würde ich nichts erreichen.

Der Vulkan beruhigte sich. Grant lächelte und bewegte seine Schultern, so daß der Umschlag knisterte. »Das ist großartig. Roz kommt auch gleich. Sie wird sich freuen.«

Hatte er sie nicht mehr alle? Roz würde niemals zufrieden sein. Ich nahm einen Schluck eisigen Mineralwassers und schauderte, als es meine Kehle hinunterrann. Grant tätschelte beruhigend mein Knie. »Mach dir keine Sorgen. Es wird alles gutgehen.«

Wie angekündigt, kam Roz hereingefegt und schaute sich in dem Raum um. Grant hatte seinen Kopf zu sehr zu mir hinuntergebeugt, um sie zu bemerken. Sie runzelte die Stirn, und ich gab Grant zur Warnung einen Stoß, aber es war zu spät. Sie sah, daß er mir zu viel Aufmerksamkeit widmete. Ihre Runzeln vertieften sich. Roslynn setzte sich neben mich auf den Stuhl und begrüßte mich mit einem kühlen Nicken. Ich erwiderte es und zündete mir eine Zigarette an.

Auf Grants Lächeln hin brachte die Kellnerin die nächste Runde Drinks. Roz schüttete die Hälfte ihres Martinis in einem Schluck hinunter, schloß die Augen und lehnte sich zurück. Diskret schob ich ihr Glas etwas von mir fort. Ich hatte sehr gern Martinis getrunken und war nicht in der Stimmung, einen verführerischen, leicht erreichbaren Martini so dicht vor meinen Händen zu haben.

»Ich hoffe, dein Tag war besser als meiner. Es war schrecklich. Ich habe ziemlich erfolglos nach einem neuen Lieferanten gesucht. Ich weiß nicht, was ich tun soll –«

Der Rauch meiner Zigarette zog an Roz's Nase vorbei und erinnerte sie daran, daß ich am Tisch saß. Sie öffnete die Augen und leerte den Martini in einem Schluck, wobei sie mich durch den Glasboden feindselig ansah. Grant nickte; wie durch einen Zauber erschien das nächste Glas vor Roz. Roz sah Grant an, hob fragend die Augenbraue und nahm einen Schluck.

»Ich habe tolle Neuigkeiten.« Grants fröhliche Stimme hallte in der stillen Bar wider. »Blaine unterstützt uns.« Er klopfte auf den Umschlag an seiner Brust.

»Wieviel? Unsere Kosten sind eskaliert, weil wir neue Lieferanten suchen mußten. Du glaubst nicht, wieviel Geld ich heute bezahlen mußte.«

»Beruhige dich, Schätzchen. Wir werden schon bekommen, was wir brauchen. Blaine hat mir gerade fast achthundert Dollar gegeben.«

Roz's Gesicht spiegelte ihre Enttäuschung wider. Sie kontrollierte ihren Unwillen und versuchte zu lächeln, aber es gelang ihr nur eine Grimasse. »Achthundert. Nun gut.«

Grant lehnte sich, sehr interessiert an meiner Reaktion, zurück. Ich zog an meiner Zigarette und suchte nach einer eleganten Antwort, die mehr zu besorgen versprach, wenn sie mich aufklärten, wie sie mein Geld zu verwenden beabsichtigten.

Da rief eine vertraute Stimme meinen Namen, und mein Herz sank tiefer. Manhattan ist nicht sehr groß. Es ist eine kleine Insel aus kleinen Dörfern, die nur ein paar Straßen lang sind. Die Leute bleiben normalerweise in ihren Dörfern, und ich war unaufmerksamerweise in Dennis Halsteads Dorf geraten. Ich sprang vom Stuhl auf und drehte mich schnell zu ihm um.

»Blaine, was für eine schöne Überraschung! Ich hätte nicht gedacht, dich hier zu treffen. Willst du mir deine Freunde nicht vorstellen?«

»Nein – verschwinde hier.«

»Was?« Verwirrung verdunkelte sein Gesicht, dann Zorn.

Ich schob ihn vom Tisch weg und flüsterte: »Du Idiot, hast du deinen Verstand abgeschaltet, als du dein Büro verlassen hast? Ich bin bei der Arbeit. Bitte verschwinde hier, bevor ich eine Menge merkwürdiger Fragen beantworten muß.«

Dennis blickte über meine Schulter, dann wieder zu mir. »Zu spät. Die Frau starrt uns bereits an. Sie ist sehr an uns interessiert.«

»Scheiße. Ich kann meine Legende in diesem Fall so spät nicht mehr ändern. Du mußt mir helfen. Kannst du nicht die Rolle vom Ex-Freund spielen?«

Dennis lachte. »Diese Rolle spiele ich schon seit einigen Tagen. Es dürfte nicht schwer sein, deine Freunde zu überzeugen.«

»Gut. Tu das und verschwinde dann, bevor du meine Deckung auffliegen läßt.« Ich hob meine Stimme gerade so viel, daß Roz und Grant mich hören konnten, und sagte: »Ich will es nicht noch einmal sagen. Ich will dich nicht sehen.«

Ich ging zurück an den Tisch. Dennis folgte mir. »Und ich habe keine Lust mehr, Nachrichten auf deinen Anrufbeantworter zu sprechen. Warum rufst du nicht zurück?«

»Ich habe dir nichts zu sagen. Laß mich in Ruhe.«

Dennis gefiel dieses Spiel. Er ergriff meinen Arm und drückte ihn schmerzhaft. Er deutete auf Grant. »Wer ist das, dein neuer Freund? Willst du mich seinetwegen nicht mehr sehen?«

»Ich will dich nicht mehr sehen, weil du ein Säufer bist.«

»Du –«

Ich hob die Hand und gab ihm eine Ohrfeige. Dennis nahm sie entgegen und grinste. »Entschuldige, Schätzchen. Ich wollte dich nicht ärgern. Wir sehen uns.« Er begab sich auf den Weg zur Tür, änderte aber seine Meinung und setzte sich an die Bar.

Ich beobachtete, wie Dennis einen Drink bestellte, und zuckte die Schultern; ich würde ihm später die Meinung sagen. Als ich mich umdrehte, sah Grant mich besorgt an. »Der Kerl ist ein Unruhestifter. Soll ich den Barmann bitten, ihn rauszuwerfen?«

»Nein. Er wird gehen, wenn ich ihn ignoriere. Entschuldigt bitte die Störung.« Ich sah Roz an. »Wo waren wir stehengeblieben?«

Roz überging meine Frage. Sie beugte sich über den Tisch und fragte: »Wer war das, ein alter Freund?«

Ich seufzte. »Das war ein alter Fehler. Wir waren ein paarmal verabredet. Jetzt will er mich nicht in Ruhe lassen.«

Die Zigarette, die ich vor Dennis' Unterbrechung geraucht hatte, schwelte im Aschenbecher. Ich drückte sie aus und zog eine neue Zigarette aus der Packung. Grant nahm mir die Streichhölzer aus der Hand und gab mir Feuer.

»Können wir wieder zur Sache kommen?«

Grant gab Roz unter dem Tisch einen Tritt, und sie begann zu reden. »Wir haben den Fehler gemacht, dich zu unterschätzen. Die Aufnahme einer neuen Person ist immer ein langsamer, schmerzhafter Prozeß. Es hat so viel Verrat gegeben ...«

Roz bekam bei ihrer halbherzigen Entschuldigung eine trockene Kehle; sie ergriff das Glas auf dem Tisch und schüttete den Martini runter. Ich lächelte, von dem Gedanken erheitert, daß Roz am nächsten Morgen einen häßlichen Kater haben würde.

Grant kam ihr zu Hilfe. »Wir haben eine wichtige Aufgabe für dich. Die Polizei kennt uns, aber sie kennt dich nicht, und sie beobachtet dich nicht. Wir möchten, daß du nicht mehr zu unseren Versammlungen kommst, für den Fall, daß wir unter Beobachtung stehen –«

»Ihr habt mir mein Geld abgenommen, aber das reicht euch nicht, darum wollt ihr mich von den Aktionen fernhalten. Ihr seid verlogene Schweine.«

»Das stimmt nicht«, verteidigte sich Roz. »Wir bieten dir eine wichtigere Rolle in der Organisation an. Die Polizei kennt dich nicht – das wollen wir nutzen. Das ist deine größte Stärke. Ab heute abend wird Grant der einzige sein, der Kontakt mit dir hat. Er wird dich auf dem laufenden halten.«

»Was ist das für eine neue wichtige Rolle? Ich habe bereits den Bankier gespielt. Welche ist die nächste, Roz, die Postbotin?«

»Wir brauchen ein sicheres Haus. Einen Ort, wo wir unsere Lieferungen lagern können. Dinge, die wir im Büro nicht lassen können.«

»Drogen, Geld, Waffen oder Sprengstoff? Was versucht ihr zu verstecken?«

»Du wirst nur so viel wie notwendig erfahren. Wir werden es dir rechtzeitig sagen.«

»Roz, es geht um meine Wohnung, die du als Versteck für dein Spielzeug benutzen willst. Ich lande im Knast, wenn es Ärger gibt, nicht du. Ich muß es wissen. Jetzt. Bevor irgend etwas in mein Haus kommt.«

Sie sah Grant an und verdrehte die Augen. Seine Hand bewegte sich unter dem Tisch und kam auf meinem Bein zur Ruhe. »Mach dir keine Sorgen. Wir bitten dich nicht, etwas Gefährliches zu tun. Denk darüber nach. Wir treffen uns morgen.« Grant nannte mir als Treffpunkt eine andere Bar, und sie gingen hinaus und überließen es mir, die Rechnung zu zahlen.

Dennis beobachtete, wie sie gingen, dann kam er zu mir geschlendert. Er ließ sich auf einen Stuhl fallen, ohne auf eine Einladung zu warten – wenn er darauf gewartet hätte, würde er noch stehen. »Deine Freunde hatten es eilig zu gehen. Ist deine Arbeit erledigt?«

Ich funkelte ihn an. »Was beabsichtigst du, mir die Arbeit völlig zu vermasseln? Warum bist du nicht verschwunden?«

»Ich beschloß zu bleiben für den Fall, daß du Unterstützung brauchtest.«

»Wer hat dich zu meinem Beschützer ernannt? Ich kann auf mich selbst aufpassen. Wenn ich Unterstützung brauche, werde ich sie anfordern. Brad kann das ganz gut.«

Er öffnete den Mund, schloß ihn aber wieder und schluckte eine zornige Erwiderung hinunter. »Hast du schon zu Abend gegessen? Ich habe zwei Steaks im Kühlschrank. Wir könnten uns etwas Salat kaufen. Ich koche.«

»Wie kannst du das nur machen? Wie kannst du einfach das Thema wechseln, als wäre nichts passiert?«

»Ich versuche, mich zu entschuldigen, aber du läßt mich nicht. Es tut mir leid. Es tut mir leid. Es tut mir leid. Wie oft soll ich es noch sagen? Es tut mir leid. Es tut mir leid.«

»Halt den Mund.«

»Es tut mir leid. Ich werde nicht aufhören, ehe du mir nicht vergibst. Es tut mir leid.«

»Dennis – dränge mich nicht. Es war ein lausiger Tag, mein Fall ist im Begriff, den Bach hinunterzugehen, und du amüsierst dich damit, mir auf die Nerven zu gehen. Laß mich in Ruhe.«

Er hörte auf zu lachen. »Es tut mir leid. Ich dachte, ich wäre hilfreich, aber ich habe es wohl übertrieben.«

»Du warst blöd.«

»Ich war blöd. Reicht das? Laß uns zusammen zu Abend essen, ein freundliches Abendessen. Kein Streit, ich verspreche es.«

Seine braunen Augen sahen ernst aus. Er war ein guter Koch. Mein Kühlschrank war leer. Ich hatte Hunger und war es leid, mich mit Leuten zu streiten. Ich nahm die Einladung an. Was sollte ich sonst tun?

Dennis' Apartment befand sich im zehnten Stock einer mietpreisgebundenen Oase inmitten von luxuriösen Türmen zu Tausenden von Dollar im Monat. Der Wachposten ignorierte uns, als wir an seiner kleinen Loge in der Lobby vorbeigingen. Er ignoriert alle, da er in seiner Schicht lieber auf den kleinen Fernseher unter seinem Tresen starrt. Dosengelächter verfolgte uns zum Fahrstuhl.

Ich folgte Dennis ins Wohnzimmer und stieß einen leisen Pfiff aus. »Du hast eine Putzfrau gefunden.«

Dennis, der bei der Führung seines Haushalts die bewundernswerte Fähigkeit besaß, Schmutz und Chaos zu übersehen, lachte. »Ich kam an den Punkt, wo ich das Durcheinander auch nicht mehr aushalten konnte. Und du bist sexistisch. Ich habe keine Putzfrau gefunden – ich fand einen Putzmann.«

Dennis ahnte meine nächste Frage und kam mir schnell zuvor. »Frag mich nicht, ich gebe dir seinen Namen nicht. Suche dir deinen eigenen Putzmann.« Er hängte seine Jacke sorgfältig über einen Stuhl, lockerte seinen Schlips und rollte die Ärmel bis über die

Ellenbogen hoch. »Du kannst mir beim Kochen zusehen, wenn du versprichst, mir nicht in die Quere zu kommen.«

Die enge Küche war kaum groß genug für zwei Erwachsene. Ich saß auf einem Hocker und beobachtete Dennis beim Kochen. Einvernehmlich verbannten wir jede Diskussion über unsere Arbeit. Wir unterhielten uns kurz über die in Auflösung befindlichen Ehen alter Freunde, dann über Restaurants, Museen, Theater und andere Dinge, die das Leben in der Stadt erträglich machen.

Wir stellten die Tabletts ins Wohnzimmer, aßen vor dem Fernseher und sahen zu, wie die Mets beim Football verloren, hoffend, ein plötzlicher Regenschauer würde sie retten. Beim siebten Schlagwechsel faßte der Kommentator den mangelnden Schwung zusammen und wiederholte das traurige Klagelied der Saison: »Wieder einmal sind die Mets-Schläger nicht in der Lage, die wunderbare Leistung der Leute am Aufschlag zu unterstützen ...« Dennis drückte auf den Aus-Knopf. Ich sah ihn an und schaute schnell weg, verwirrt von dem plötzlichen Gefühlsausbruch, der mich überkam.

Ich befreite mich aus dem Griff der weichen Kissen und flüchtete mit den Tellern in die Küche. Dennis kam hinterher, als ich zusah, wie sich die Spüle mit Wasser füllte. Er versuchte, sich an mir vorbeizudrängen, um die Gläser in seiner Hand in die Spüle zu legen, was in der winzigen Küche ein unmögliches Manöver war. Seine Arme strichen um meine Taille, ließen die Gläser in das Seifenwasser fallen und schlangen sich um mich.

Wir hatte beide von dem Augenblick an, als ich seine Einladung zum Abendessen angenommen hatte, gewußt, wie der Abend enden würde. Ich lehnte mich zurück und sagte: »Ich vermisse dich.«

»Ich vermisse dich auch.«

Ich zog die Gummihandschuhe von meinen Händen, warf sie ins Becken und drehte mich zu Dennis um. Wir ließen die Teller für seinen unbekannten Putzmann stehen.

Ich erinnerte mich an jede Linie, jede Kurve seines Körpers. Von der Erinnerung geleitet, fanden wir in einem leidenschaftlichen Ausbruch von Energie zueinander, an dessen Ende wir erschöpft und außer Atem waren. Ich unterbrach das Schweigen, das sich über uns legte, drehte mich zu Dennis um und flüsterte: »Schläfst du?«

»Nein.« Er nahm meine Hand und streichelte sanft meine Knöchel. »Ich habe dich beobachtet.«

»Kann ich dir vertrauen?«

»Das hast du gerade getan.« Er küßte meine Finger. »Ich bin vielleicht arrogant, unangenehm und unsensibel, aber ich bin immer vertrauenswürdig. Worum geht es?«

»Etwas macht mir Sorgen. Ich muß darüber reden.«

»Machst du dir um uns Sorgen? Wenn das der Fall ist, laß es sein, diesmal wird es anders. Du kannst mir vertrauen.«

Diesmal? Ich biß mir auf die Zunge; ich konnte mich nicht erinnern, irgendwelche Verpflichtungen eingegangen zu sein. »Das ist nicht das Problem. Was weißt du über Nägel?«

»Nägel? Das verstehe ich nicht – Oh, ja doch ...« Dennis ließ meine Hand fallen und richtete sich auf. Seine Stimme war ausdruckslos. »Du willst über die Arbeit reden. Ich hatte gehofft, du wolltest über uns reden.«

»Sei nicht böse. Ich muß mit jemandem reden, dem ich vertraue.« Ich schloß die Lücke, die zwischen uns entstanden war, und rieb mit der Hand über seinen Schenkel.

Er schob meine Hand weg. »Nicht bei der Arbeit.«

»Dennis, bitte ...«

Sekunden von einem Streit entfernt hörten wir auf zu reden. Ich zog mich von ihm zurück, drehte mich auf meine Seite und starrte die Wand an. Ich holte tief Luft und versuchte, ruhig zu bleiben. Minuten vergingen, bevor Dennis sprach. Seine Stimme war ruhig und geschäftlich. »Ich weiß nichts über Nägel. Ich versuche, mich von ihnen fernzuhalten. Warum bist du so versessen auf Nägel?«

Ich murmelte etwas in mein Kissen. Dennis berührte meinen Rücken und sagte: »Sieh mich an, wenn du mit mir sprichst, damit ich dich verstehen kann.«

Ich drehte mich zu ihm um. »Als Ida Weihnachten ihre Enkelkinder besuchte, gab sie mir die Schlüssel, damit ich mich um den Vogel kümmern konnte. Ich gab sie nie zurück. Gestern abend, als ich nicht schlafen konnte, ging ich hinüber, um mich umzusehen. Ich war seit der Bombenexplosion nicht mehr dort gewesen.«

Dennis legte den Arm um meine Schulter und zog mich an seine Brust. »Das hättest du nicht tun sollen.«

»Es war entsetzlich.« Ich schauderte, und Dennis umarmte mich noch fester. »Es herrscht immer noch ein Chaos. Niemand hat dort saubergemacht. Jedenfalls ging ich in die Küche.« Ich hielt inne; die Erinnerung an Idas sterbliche Reste war zu lebhaft, um fortzufahren.

»Was hast du gefunden?«

»Nägel und eine Menge Metallstücke, die in der Bombe gewesen sein müssen. Wie hast du das neulich genannt?«

»Menschenschrapnell?«

Ich nickte. »Menschenschrapnell – es war über den ganzen Boden verstreut. Ich habe nur ein paar Teile aufgesammelt und heute ins Büro mitgenommen. Erinnerst du dich an meine Geschichte über Eileens Mandanten, der in dem Feuer gestorben ist?«

»Ich erinnere mich. Was hat das mit den Nägel zu tun?«

Ich erzählte ihm von dem Nagel, der in meinem Schuh festhing, und sagte: »Ich habe diesen Nagel noch. Dennis, es sind dieselben Nägel. Es muß derselbe Kerl gewesen sein. Die beiden Bomben haben einen Zusammenhang ...« Meine Stimme verstummte, und ich bemerkte, wie absurd meine Theorie klang. Wieviele Nägel gab es in dieser Stadt zu kaufen? Eine Million? Eine Milliarde?

Schweigen.

Dennis räusperte sich. Sanft sagte er: »Blaine, das Feuer in dem Laden wurde durch eine defekte Stromleitung verursacht. Die Ermittler fanden keine Bomben. Sie fanden überhaupt nichts Verdächtiges. Die Autopsie sagte, der Kerl sei an einer Rauchvergiftung gestorben.«

»Aber Dr. Mabe sagte –«

»Ich sage dir, was die Autopsie sagte.«

»Woher weißt du das?«

Er seufzte. »Ich wünschte, ich wäre ein besserer Lügner. Selbst wenn ich weiß, daß du dich aufregst, mache ich den Mund auf und sage die Wahrheit.«

»Hast du Erkundigungen über mich eingezogen?«

»Wofür sind Verbindungen gut, wenn man sie nicht benutzt? Ich habe mir Sorgen um dich gemacht; darum habe ich mich umgehört.«

Ich kaute auf meiner Lippe. »Ich weiß nicht, ob ich wütend oder geschmeichelt sein soll. Bin ich verrückt wegen der Nägel?«

Er küßte meinen Nacken. »Du bist nicht verrückt. Du bist aufgeregt wegen Eileen und Ida. Du versuchst zu verzweifelt, eine Verbindung herzustellen. Du greifst nach jedem Strohhalm – oder Nagel.«

Ein zerbrechliches Schweigen erfüllte das Schlafzimmer. Ich schloß die Augen und lauschte auf seinen Herzschlag. Dennis streichelte mein Haar. »Ich komme morgen bei dir im Büro vorbei wegen dieser Nägel. Das Labor sollte sich die mal ansehen.«

Ineinander verschlungen schliefen wir ein. Als ich wieder aufwachte, fiel Tageslicht durch die Gardinen. Ich drehte mich um und streckte den Arm nach Dennis aus. Er war fort. Ich fand meine Uhr unter dem Bett und blinzelte sie an.

Dennis kam, mit einem anderen herrlichen Anzug bekleidet, mit einer Tasse Kaffee herein. »Gut, daß du wach bist. Ich möchte dich nicht hetzen, aber du wirst zu spät zur Arbeit kommen, wenn du nicht aufstehst und unter die Dusche gehst.« Er stellte die Tasse auf den Nachttisch und schob meine Beine zur Seite, um Platz zum Sitzen zu haben.

»Dennis, es ist erst halb sieben«, stöhnte ich. »Ich habe eine eigene Firma. Niemand schimpft mit mir, wenn ich um neun nicht da bin.«

Er küßte mich und reichte mir einen Schlüsselbund. »Ich bin spät dran, habe einen frühen Termin. Schließ ab, wenn du gehst. Behalte die Schlüssel.«

Ich wollte nicht allein bleiben in seiner Wohnung. Ich wollte keine Schlüssel. Schlüssel bedeuteten Verpflichtung. Ich krabbelte aus dem Bett. »Gib mir fünf Minuten. Ich komme mit dir.« Dennis erklärte sich bereit zu warten. Er saß auf dem Bettrand und trank meinen Kaffee, während ich mich beeilte, meine muffige Kleidung anzuziehen.

Wir hielten Händchen im Fahrstuhl, redeten aber nicht. Dennis war bereits in einer anderen Welt, und ich war erst halbwach. Ein anderer Wachmann machte vor dem Fernseher Dienst und war tief in einen Zeichentrickfilm versunken. Wir traten auf die Straße hinaus und gingen in entgegengesetzte Richtungen.

16

Ich machte mich auf den Heimweg, verwirrt und schuldbewußt. Was führte ich da im Schilde? Dieses »Wir«, über das Dennis ständig gesprochen hatte, plagte mich. Ich ging schneller und versuchte, meine Gedanken von ihm abzulenken und an die Arbeit zu denken. Ich ging am Y vorbei, wo mir der Gedanke an eine rituelle Reinigung in den Kopf kam. Diese dumme Idee und die Hoffnung, daß Irma dort drinnen mit Informationen herumschwimmen könnte, ließen mich kehrtmachen und die Treppe hinaufgehen.

Dank Dennis war ich dem morgendlichen Hauptverkehr wieder zuvorgekommen. Der Umkleideraum war fast leer. Zwei Frauen, die ihre Pflichtübungen beendet hatten, standen in gegenüberliegenden Ecken des Raumes und zogen ihre dunklen Geschäftsanzüge an. Ich zog mich aus und eilte zum Becken.

Irma zog sich aus dem Wasser. Sie nahm das Handtuch, das ich ihr hinhielt und trocknete sich das Gesicht. »Du hast Glück – ich bin gerade fertig. Wie lange wirst du bleiben?«

Ich zuckte die Schultern. »Kommt drauf an. Wie lange willst du warten? Sag es, dann bin ich vielleicht sofort fertig.«

Irmas braune Augen funkelten. Sie musterte mich von Kopf bis Fuß und lachte. »Schätzchen, du brauchst die Übung. Ich gebe dir eine halbe Stunde, dann bin ich weg.«

Meine gemächlichen Runden endeten in dem wütenden Versuch, vor den vielen beunruhigenden Fragen über Dennis, Parker und Ida davonzuschwimmen. Die halbe Stunde verging, ohne daß ich irgendeine Antwort hatte. Mit bleischweren Armen zog ich mich aus dem Wasser und ging in den Umkleideraum. Irma lag auf einer Bank, als ich nach Luft schnappend und mein Haar mit einem Handtuch rubbelnd hereinkam. Sie fand meine Versuche, Luft zu bekommen, amüsierend.

Ich warf ihr das nasse Handtuch an den Kopf. »Hör auf zu lachen. Bei unserem nächsten Rennen wirst du wie taubes Gestein aussehen. Ich werde dich schlagen, daß du blaß aussiehst.«

»Schätzchen, dazu hast du keine Chance.« Sie hörte auf zu lachen. »Wo du gerade von taubem Gestein sprichst. Gestern abend habe ich bei meinem geliebten Chef ganz beiläufig deinen Namen erwähnt. Er hat mich praktisch aus dem Zimmer geworfen, Schätzchen.«

»Wettet er nun oder nicht?«

Irma kniff die Augen zusammen. »Verstehst du nicht? Ich weiß nicht, ob Parker auf Pferde setzt, und ich werde ihn nicht fragen. Ich möchte von der Nachtschicht weg und nicht den Rest meines Lebens dort begraben sein.«

Wieder hatte ich eine Informantin verloren.

»Vermutlich kommt ein Frühstück nicht in Frage.«

»Vielleicht ja, vielleicht nein. Wer bezahlt?«

Das war schon das zweite Mal, daß ich ein Frühstück anschreiben ließ.

Brad saß wartend in meinem Büro und spielte mit dem Briefbeschwerer auf meinem Schreibtisch. Er sah mich an und sagte vorwurfsvoll: »Du warst letzte Nacht nicht zu Hause.«

Ich riß ihm den Briefbeschwerer aus der Hand und sagte brüsk: »Springst du für meine Mutter oder für meine Schwester ein? Wo ich die Nacht verbringe, geht dich nichts an.«

»Beruhige dich, Babe. Es interessiert mich nicht, wo du letzte Nacht warst. Es scheint nicht sehr lustig gewesen zu sein, sonst hättest du bessere Laune.« Ich errötete, und er lachte. »Du sagtest, ich sollte dich gestern abend anrufen. Ich gab es gegen ein Uhr auf. Ich dachte mir schon, daß du ausgegangen bist. Seit halb neun bin ich hier, wie bestellt, und warte geduldig. Wenn wir uns nicht beeilen, kommen wir zu spät.«

»Oh Gott«, stöhnte ich, »der Trauergottesdienst.«

Idas Leiche war zur Bestattung auf dem Friedhof ihrer Vorfahren in den Süden transportiert worden, bevor die Nachbarschaft ihren Tod richtig zur Kenntnis nehmen konnte. Um dieses Versäumnis nachzuholen, hatten mehrere meiner Nachbarn einen Gottesdienst in einer nahegelegenen Kirche organisiert. Aus Angst vor ihren anklagenden Blicken hatte ich Brad gebeten, mich zu begleiten, weil ich glaubte, daß seine kräftige Gestalt vor Angriffen abschrecken würde. Jeder hat manchmal das Recht, sich wie ein Feigling zu verhalten; diesmal war ich dran.

»Das habe ich völlig vergessen. Ich habe solche Angst vor dem Augenblick, wenn alle zusammen sind. Jeder weiß, daß das Paket für mich bestimmt war; nur durch Glück stand mein Name nicht in der Zeitung. Was soll ich tun, wenn mich jemand anschuldigt? Ich möchte nicht hingehen.«

Brad stand auf und streckte sich. »Niemand wird dich anschuldigen. Wenn jemand es versucht, schlag ich ihm eins auf die Nase. Wenn es eine Sie ist, schlag ich ihr auch eins auf die Nase. Komm schon, Babe, laß uns gehen. Du kannst mir den ganzen interessanten Klatsch im Taxi erzählen. Fang mit der letzten Nacht an.«

Niemand zeigte auf mich. Niemand starrte mich an. Niemand gab mir öffentlich die Schuld an Idas Tod. Wir saßen fast in der Mitte der Kirche. Brad ergriff meine Hand und hielt sie während der ganzen Zeremonie fest, wobei er sie gelegentlich zur Ermutigung leicht drückte. Ich sah die Pfarrerin ernst an und folgte aufmerksam ihren Bewegungen, ohne ein einziges Wort zu hören.

Der Gottesdienst war glücklicherweise kurz. Als er zu Ende war, zog Brad mich hoch und auf den Gang. Wir schlossen uns der Menge an, die sich langsam zur Tür bewegte. Da entdeckte ich eine vertraute Gestalt, riß mich von Brad los und drängte die Trauergäste rüde zur Seite, aber der Mann verschwand in der Menge. Ich erreichte gerade rechtzeitig die Tür, um zu sehen, wie er unten an der Treppe auftauchte und zu einem wartenden Streifenwagen ging. Ich flog die Treppe hinunter und ergriff seinen Arm.

»Tony.«

»Blaine.«

Eine glänzende Unterhaltung. Ich unterdrückte meine Überraschung und versuchte es nochmal. »Ich habe nicht damit gerechnet, dich hier zu treffen. Wir müssen miteinander reden.«

»Ich bin nur ein neugieriger Cop, der seinen Job erledigt. Ich habe keine Zeit, mit dir zu plaudern, ich habe ein Revier zu leiten.«

»Du kannst mich nicht einfach ignorieren –«

Brad hatte sich endlich einen Weg durch die Menge gebahnt und stand jetzt hinter mir und hörte zu. Parker sah ihn an, dann wieder mich.

»Okay, wir werden reden. Nicht hier, nicht jetzt. Morgen abend nach der Arbeit. Komm zu mir nach Hause. Gegen neun, bis dahin werde ich zu Hause sein.« Er drehte sich um, setzte sich ins Auto und schlug die Tür zu, wobei er beinahe meine Finger einklemmte.

Brad wartete, bis der Wagen um die Ecke war, dann fragte er: »Zum Empfang, ins Büro oder ins Krankenhaus? Wohin möchtest du als nächstes?«

»Ins Büro.« Ins Büro zu gehen, war eine feige Entscheidung. Die zweite an diesem Morgen. Aber ich war weder erpicht darauf, meine Nachbarn, noch meine Schwester zu sehen.

Wie immer lag ein Stapel Nachrichten auf meinem Schreibtisch. Ich blätterte sie durch und fand drei von Dennis. Eine Am-Morgen-danach-Unterhaltung? Ich wählte die Nummer; er nahm den Hörer beim ersten Klingeln ab.

Dennis verschwendete keine Zeit mit dem Am-Morgen-danach-Geplänkel, sondern kam gleich zur Sache. »Wer waren die Leute, mit denen du gestern abend bei Lloyd's warst? Hatten sie etwas mit den Bomben zu tun?«

Ich antwortete nicht, da ich mich hintergangen fühlte.

»Blaine, hast du mich gehört?«

»Halstead, dazu habe ich dir nichts zu sagen. Hör auf, dich in meine Angelegenheiten einzumischen.«

»Ach so, jetzt bin ich wieder Halstead. Warum willst du mir nicht vertrauen? Vergiß nicht, daß es ja auch meine Angelegenheit ist. Wir haben mit der New Yorker Polizei ein gemeinsames

Einsatzkommando zur Terroristenbekämpfung. Ich habe die Absicht, mit ein paar Leuten von dort zu reden, um zu erfahren, was sie über deine kleine Gruppe wissen.«

»Ich habe dich nicht um einen Gefallen gebeten.« Meine Antwort wurde von dem lauten Knall des Türgriffs, der gegen die Wand schlug, unterbrochen. Oma Blake stand wutschnaubend in der Tür. Jona war hinter ihr und versuchte vergeblich, sie zurückzuhalten. Dennis' Stimme dröhnte in meinem Ohr, und ich unterbrach seine Tirade über Zusammenarbeit: »Ich muß aufhängen. Klienten stürmen mein Büro. Geh noch nicht zu diesem Einsatzkommando. Ich rede später mit dir.« Ich legte auf und gab Jona zu verstehen, daß sie gehen konnte. Sie trat zurück, schloß leise die Tür und ließ mich mit der aufgeregten Frau allein.

Oma Blake überquerte in drei Schritten den Läufer zu meinem Schreibtisch und blieb davor stehen. Dann stülpte sie ihre Handtasche um und kippte eine rostige 38er Spezial auf meine Papiere. Der Revolver drehte sich und blieb mit dem Lauf auf meinen Bauch gerichtet liegen. Ich zuckte vor der Mündung zurück. Sie funkelte mich an. »Er ist nicht geladen.«

Die Patronen purzelten aus ihrer Hand und rollten über den Tisch. »Er war geladen, als ich ihn meiner Enkelin heute morgen wegnahm. Ich habe Gott um Kraft und Hilfe gebeten. Er schickte mich zu Ihnen.«

Wie soll man sich mit einer Frau streiten, die Gott zu dir geschickt hat? Ich forderte sie auf, sich zu setzen, nahm den Revolver und öffnete den Zylinder. Die Kammern waren leer. Obwohl Gott sie zu mir geschickt hatte, verlor ich die Geduld. Ich kann es nicht leiden, mit Revolvern beworfen zu werden.

»Ich habe versucht, Ihnen zu helfen, und Sie haben mich hinausgeworfen. Jetzt stürmen Sie in mein Büro, werfen mir einen Revolver auf den Tisch und schauen mich an, als hätte ich ihn Ihrer Enkelin gegeben. Was wollen Sie von mir?«

»Miss Stewart, ich bin eine eitle, dumme Frau. Bitte stoßen Sie mich in einer Zeit der Not nicht von sich. Ich bete, daß Sie noch einen Platz in Ihrem Herzen finden, um mir zu vergeben. Edwina hat meinen Scheck vom Sozialamt gestohlen, um diesen Revolver zu kaufen. Sie will Blut sehen, um den Tod ihres Vaters zu rächen. Sie ist entschlossen, jemanden zu töten, irgendwen.«

Schweigend sagte die alte Frau tröstende Gebete vor sich her. Wenn sie beten konnte, konnte ich auch rauchen – wir brauchen alle unsere Krücken. Ich zündete eine Zigarette an und blies das Streichholz aus, bevor ich fragte: »Wo ist Wina?«

»Sie ist in der Schule. Ich weiß nicht, was ich mit diesem Mädchen machen soll.« Hoffnung erhellte die Angst in ihren Augen. »Vielleicht können Sie mit ihr sprechen. Sagen Sie Wina, daß Sie den Mörder ihres Vaters suchen werden.«

»Ich werde mit ihr reden. Vielleicht kann ich sie überzeugen, daß sie ihre Probleme nicht löst, indem sie auf der Straße Revolver kauft, aber verlassen Sie sich nicht darauf. Wina ist eine eigenwillige junge Dame. Sie wird immer wieder Revolver kaufen, solange sie glaubt, das sei eine Lösung. Wenn Sie wollen, daß ich Ihnen helfe, müssen Sie ehrlich sein. Ihr Sohn war an einer Reihe illegaler Geschäfte beteiligt. Erzählen Sie mir von den Papieren, die Sie verbrannt haben.«

Die alte Frau verzog das Gesicht und versuchte zu sprechen. Besorgt stand ich auf und beugte mich über den Tisch. »Mrs. Blake, sind Sie in Ordnung? Soll ich Ihnen ein Glas Wasser holen?«

Sie keuchte und griff an ihre Brust. Bevor ich um den Tisch herumlaufen konnte, brach sie auf dem Boden zusammen.

»Es war ein leichter Herzinfarkt.« Der Notarzt blickte über den Rand seiner Brille. »Sind Sie mit der Frau verwandt?«

Ich deutete mit dem Kopf auf Wina, die auf der anderen Seite des Flurs stand und um ihre Selbstbeherrschung kämpfte. »Das ist ihre Enkelin. Ich bin eine Freundin der Familie. Was können Sie mir noch über Mrs. Blake sagen?«

»Sie ruht jetzt. Vielleicht werden wir einen Schrittmacher einsetzen, damit es wieder richtig klopft. Wir werden das in ein oder zwei Tagen entscheiden. Wenn Sie versprechen, daß das Mädchen ruhig bleibt, kann es Mrs. Blake ein paar Minuten sehen. Dann wird sie auf die Station gebracht. Sorgen Sie dafür, daß sie ihre Großmutter jetzt besucht; oben haben Kinder keinen Zutritt.«

Da ich Dr. Mabes tolerante Art gewohnt war, drängte ich den Notarzt, mir mehr Informationen zu geben. Sein Gesicht rötete sich; ungeduldig sah er auf seine Uhr und belehrte mich rüde: »Junge Frau, ich muß noch zwanzig Patienten aufsuchen, bevor meine Schicht zu Ende ist. Die Großmutter des Kindes ist in dem Zimmer am Ende des Flurs. Wenn Sie noch Fragen haben, wenden Sie sich an die Krankenschwester. Ich habe keine Zeit, Ihr Händchen zu halten.«

Das Kind mochte das Verhalten des Arztes nicht und begann es ihm zu sagen. Eine Krankenschwester blieb stehen und lauschte der Unterhaltung. Sanft ergriff sie Winas Arm und zog sie mit sich. »Dr. Harvey ist ein Griesgram, aber er ist ein großartiger Arzt. Komm mit, ich bringe dich zu deiner Großmutter. Sie wird wieder gesund werden. Versuch, nicht so aufgeregt zu sein, sonst macht sie sich Sorgen.« Der Arzt murmelte etwas und stolzierte davon.

Ich folgte Wina und der Krankenschwester den Flur hinunter und blieb stehen, als sie das Zimmer betraten. Die Krankenschwester forderte mich auf, ihnen zu folgen. »Lassen Sie das Mädchen nicht allein da drinnen; ich glaube nicht, daß sie damit zurechtkommt. Stecken Sie den Kopf raus, wenn Sie etwas brauchen. Ich bin im Schwesternzimmer am Ende des Flurs.«

Omas zerbrechlicher Körper lag an die Kissen gelehnt; langsame Leuchtpunkte bewegten sich über den Monitor über ihr. Wina starrte auf den Bildschirm, gebannt von den grünen Linien, die die Herzschläge anzeigten. Befangen streckte ich die Hand aus und reichte Oma Blake die Tasche, die sie auf meinen Teppich hatte fallenlassen. Mit zitternder Hand nahm sie die Tasche entgegen.

Sie hielt meine Hand fest und flüsterte: »Seien Sie gesegnet, Miss Stewart. Ich habe keine Familie. Können Sie sich um Edwina kümmern?«

»Oma, ich kann für mich selbst sorgen. Ich brauche niemanden zum Aufpassen. Schon gar nicht eine weiße –«

»Halt den Mund, Kind.« Ihre kräftige Stimme beendete Winas Einwand – ich war zu überrascht, um selbst einen zu formulieren. Ich war im Begriff, wider meinen Willen Vormund eines sechzehnjährigen Mädchens zu werden, das sich auf dem Weg zur

Schule Revolver kaufte, und sah keine Möglichkeit zu widersprechen.

Die alte Dame holte tief und rasselnd Luft. »Kind, ich bin sehr müde. Geh mit Miss Stewart – sie ist eine gute Frau. Benimm dich ordentlich.« Sie schloß die Augen und schlief ein. Wina und ich starrten uns über das Bett hinweg an; keine von uns beiden war glücklich über das Arrangement.

»Laß uns gehen«, murmelte ich. »Wir fahren bei dir vorbei, holen deine Sachen und fahren dann zu mir.«

Wina öffnete den Mund. »Fang nicht an zu streiten«, fuhr ich sie an. »Du bleibst bei mir, bis es deiner Großmutter besser geht.«

Wir blieben nur kurz in der Wohnung der Blakes. Wina ging schmollend in ihr Zimmer, riß Schubläden auf, warf Kleider, Bücher und Turnschuhe in eine Tasche und fluchte dabei vor sich her. Ich wartete schmollend am Küchentisch und rauchte Zigaretten. Ein sechzehnjähriges Kind: das fehlte mir gerade noch, um mein Leben zu vervollständigen.

Als wir bei mir zu Hause ankamen, schob ich meinen Teenagergast in die Küche und befahl ihr, sich zu setzen. Auf den spärlich gefüllten Regalen des Kühlschranks standen ein paar Dosen Sprudel; ich reichte dem Mädchen eine. Wina öffnete den Verschluß der Dose und hockte sich auf einen Stuhl. Ich zündete eine Zigarette an, nahm einen tiefen Zug und versuchte, sie zu genießen – die Schachtel war leer, und ich hatte keine mehr im Haus.

Beleidigte Blicke beobachteten, wie ich die Schachtel zerknüllte und in den Mülleimer warf. »Du solltest nicht rauchen, es ist ungesund für dich.«

»Du solltest keine Revolver kaufen.« Ich nahm einen Schluck Sprudel – mein verdrießlicher Gast ließ sich nicht beeindrucken. »Dir gefällt dieses Arrangement nicht und mir auch nicht. Halte dich einfach an meine Regeln, und wir werden es überleben. Verstanden?«

Sie murmelte etwas in ihre Sprudeldose. Ich nahm es als eine Einverständniserklärung an und stellte ein paar Regeln auf, die hauptsächlich die Schule, die Ausgangszeiten und das Lernen betrafen. Wina hörte zu, ohne etwas zu sagen, dann stapfte sie nach oben ins Gästezimmer, um auszupacken. Ich saß am Tisch und betete, daß Oma schnell gesund würde.

Es war halb acht. Ich brauchte einen Babysitter. Brad gewann den Auftrag, weil er der einzige Mensch war, der meinen Anruf entgegennahm. Er war in weniger als einer halben Stunde da, ein Sechserpack Bier zärtlich unter dem Arm haltend. Ich beäugte das Bier – ich hasse es, Alkohol im Haus zu haben, selbst wenn die Leute ihn trinken, wenn ich nicht da bin. Dann fange ich an, darüber nachzudenken, wie leicht es wäre, immer welchen da zu haben. Ich erklärte Brad kurz, wie es dazu gekommen war, daß Wina Blake mein unwillkommener Gast geworden war, während er eins der Biere trank.

»Babe, was zum Teufel machst du nur? Einen Fall untersuchen oder Sozialarbeiterin spielen? Du solltest dich entscheiden. Sich zu verzetteln ist gefährlich; du konzentrierst dich nicht.«

»Brad, ich habe keine Zeit, mich zu konzentrieren – paß auf das Kind auf. Und laß kein Bier in meinem Kühlschrank!«

Ich eilte aus dem Haus, um mich mit Grant zu treffen.

17

Ich hatte es satt, in Kneipen herumzuhängen. Sie vermischten sich alle zu einem Einheitsbrei aus Rauch, Menschenmassen und pulsierender Musik, und mit jedem Besuch wuchs mein Verlangen nach einem Drink. Ich schwor mir, daß ich nicht nachgeben würde, betrat die neueste Kneipe und sah mich nach Grant um, ohne meine Energie damit zu verschwenden, die Gäste oder die Dekoration zu beachten.

Grant versteckte sich im Schatten einer dunklen Ecke und blickte ungeduldig auf seine Uhr. Er sah mich kommen, strich sich mit den Fingern durch das buschige Haar und lächelte. Das provozierende Lächeln erreichte jedoch nie seine Augen.

Eine Karaffe Rotwein stand auf dem Tisch. Ich nahm einen Stuhl und setzte mich. Trotz meines Beitrags von siebenhundertfünfzig Dollar hatte man mich zu dem billigen Zeug degradiert. Ich schob das leere Weinglas in die Mitte des Tisches und schaute mich nach dem Kellner um.

Mein Gentleman hatte sich in einen Tölpel verwandelt. Er bot mir keinen Drink an, sondern leerte sein Glas Wein, füllte es nach und kümmerte sich nicht um mich. Ich zuckte die Schultern und fragte: »Wo ist das Paket? Hast du es bei dir, oder soll ich es im Büro abholen?«

»Es gibt kein Paket. Amy ist heute nachmittag verhaftet worden. Jemand aus unserer Gruppe hat den Cops einen Tip gegeben.«

Die Tatsache, daß mein Plan scheiterte, hinterließ einen sauren Geschmack in meinem Mund. Ich runzelte die Stirn. »Damit bin ich raus, richtig? Roz wird mich als Sündenbock benutzen. Sie wollte mich nie dabeihaben, weil sie eifersüchtig ist.«

Meine Antwort überraschte Grant, und er sah mich fragend an. »Wie meinst du das? Warum glaubst du, Roz sei eifersüchtig?«

»Sie ist auf mich, auf uns, eifersüchtig. Sie glaubt, zwischen uns laufe etwas. Seit dem Tag, als ich in ihr Büro kam, hat sie nach einem Grund gesucht, um mich loszuwerden.«

»Das stimmt nicht.«

»Das stimmt doch«, fuhr ich bitter fort, in der Hoffnung, damit Grants Ego zu wecken. »Jetzt hat sie es geschafft. Jetzt braucht Roz sich keine Sorgen mehr zu machen, daß ich ihr in die Quere komme. Sie hat mein Geld und glaubt nicht, daß ich noch mehr habe, darum bin ich draußen.«

»Du bist draußen, weil uns jemand verraten hat. Der Zufall ist zu groß. Eine neue Person kommt zu uns und bringt die Polizei mit sich. Der innere Zirkel hat die Entscheidung getroffen – nicht ich -, daß du draußen bist. Es war nicht meine Entscheidung.« Er stieß den Stuhl zurück und stand auf. »Wenn ich glaubte, daß du eine Verräterin bist, wärst du nicht gewarnt worden.«

Grant drehte sich um, ging hinaus und ließ mich mit der Rechnung allein. Es war ein verdammter Tag gewesen: Zwei Rechnungen, ein Teenager, ein Kopfschmerz. Ich rauchte in Ruhe eine letzte Zigarette, bevor ich mich langsam auf den Heimweg machte.

Brad lag ausgestreckt auf dem Sofa und sah sich ein Baseballspiel an – eine unserer Heimmannschaften war mal wieder dabei, zu verlieren. Er begrüßte mich mit einem Wedeln der Bierflasche, und ich stieß seine Füße beiseite und ließ mich fallen.

»Hey, Babe, ich hoffe, du hattest etwas Spaß. Hier ist alles unter Kontrolle. Die Rap-Königin ist oben und plant den Umsturz der freien Welt. Weißt du, ich glaube, ich könnte dieses Babysitter-Geschäft auch ganztags machen. Babys, Bier und die Bronx Bombers. Was für ein Leben! Deine Schwester hat angerufen. Sie möchte wissen, warum du sie seit zwei Tagen nicht besucht hast. Willst du mir erzählen, was hier vor sich geht?«

»Das dauert zu lange. Außerdem würdest du es nicht glauben, wenn ich es dir erzählte.« Ich schloß die Augen und lehnte den Kopf an die Sofalehne. Ich fühlte, wie sich Brads Gewicht vom Sofa erhob, und lauschte seinen Schritten durchs Zimmer. Wenige Minuten später kam er zurück und preßte ein kaltes Glas an meine Wange.

»Trink einen Sprudel. Genieß ihn, es ist der letzte. Da ist nichts mehr im Kühlschrank, Babe. Außer du stehst auf saure Milch.«

Ich setzte mich auf, nahm das Glas Sprudel aus seiner Hand und seufzte. »Ich habe vergessen, Milch und Brot und all das Zeug einzukaufen. Was zum Teufel soll ich dem Kind morgen früh zu essen geben?«

»Darum hat Gott Cafés geschaffen. Geh mit ihr aus, bring ihr bei, eine Speisekarte zu lesen. Laß mich die Frage noch einmal stellen. Was geht hier vor?«

Ich stellte das Glas auf ein paar Zeitschriften, die auf dem Tisch verstreut lagen, und sah mich im Zimmer um. Es müßte mal gründlich geputzt werden. Mit Neid dachte ich kurz an Dennis' Putzmann. Brad klopfte ungeduldig mit den Füßen – er würde sich von einer Diskussion über meinen Mangel an haushälterischen Fähigkeiten nicht ablenken lassen.

»Irgendwie brach alles zusammen. Ich weiß nicht, was passiert ist. Gestern machte ich noch Fortschritte. Heute bin ich fast enttarnt worden, und ich weiß nicht, ob ich noch etwas retten kann. Das Kind hat sich einen Revolver besorgt und damit bei seiner Großmutter einen Herzinfarkt verursacht. Die Großmutter hat mir das Kind anvertraut. Und ich habe Eileen nicht besucht, weil sie mich anmeckern wird.«

»Das hört sich schlecht an, Babe. Möchtest du einen Rat?«

»Nein. Antworten ja, aber Ratschläge brauche ich nicht.« Ich seufzte. »Brad, es tut mir leid. Wenn du es mir nicht übel nimmst, werfe ich dich jetzt raus. Ich werde ein Bad nehmen und schlafen gehen. Vielleicht laß ich das Bad sein und gehe sofort ins Bett.«

Brad grinste. »Kein Problem, ich kenne dich zu lange, um beleidigt zu sein, wenn du mich rauswirfst. Ich sehe dich morgen früh. Ich habe eine heiße Verabredung abgesagt, um für dich babysitten zu können. Ich werde versuchen, sie wieder aufzuwärmen.«

Er ging. Ich sah zu, wie die Yankees das Spiel endgültig verloren, als sie in der neunten Runde einen Feldfehler begingen, und beschloß, ins Bett zu krabbeln. Zumindest hatte ich die Absicht, mich bis zum Morgen unter den Decken zu verstecken.

Aber ich konnte nicht schlafen. Jedes Knarren und Ächzen, das das alte Haus leise von sich gab, weckte mich sofort auf und ließ mich in der Dunkelheit nach meinem Revolver tasten. Alle Probleme, die ich zu verdrängen versucht hatte, gingen mir durch den Kopf. Ich versuchte, in die Kissen zu boxen und mich zu drehen und zu wenden, doch meine quälenden Gedanken ließen mich nicht los.

Meine Zigaretten waren im Wohnzimmer. Ich rollte mich aus dem Bett, zog einen Bademantel über, falls mein Hausgast herumwanderte, und ging hinunter ins Wohnzimmer, um mich hinzusetzen, zu rauchen und zu warten, bis mich die Erschöpfung überkäme. Nach zwei Zügen merkte ich, daß ich keine Zigarette mehr wollte. Ich drückte sie aus und blieb im Dunkeln sitzen, zu erschöpft, um mich zu bewegen.

Die Lampe auf dem Anrufbeantworter im Flur blinkte. Ich beobachtete sie, das moderne Äquivalent von glühender Asche im Kamin, bis die Neugier mich aus dem Schaukelstuhl zog.

Zwei Blinkzeichen, zwei Nachrichten. Die erste stammte von einem Computer, der mir eine Lebensversicherung verkaufen wollte. Die Maschine hatte sich mitten im Angebot des Verkaufsroboters ausgeschaltet. Die zweite stammte von einer Frau, die eine kurze Nachricht hinterließ: »Du brauchst mehr Übung. Versuche es mit Schwimmen. Morgen früh. Halb neun.«

Ich zwang mich zu einem Gähnen, um mich zu überzeugen, daß ich reif fürs Bett war. Ich ging zurück ins Wohnzimmer und schlief auf dem Sofa ein.

18

Die höllische Realität, ein sechzehnjähriges Mädchen zu Besuch zu haben, holte mich um Viertel vor sieben ein.

Das unheimliche Gefühl, beobachtet zu werden, weckte mich aus einem ruhelosen, unbequemen Schlaf. Ich zwang meine Augenlider auf. Winas unglückliches Gesicht war nur Zentimeter von mir entfernt. Ein schwacher Sonnenstrahl spiegelte sich in dem Diamantenstecker in ihrem Nasenflügel. Ich rieb mir die Augen und fragte mich, wo ich gelandet war.

»Warum schläfst du hier?« Ohne meine Antwort abzuwarten, erklärte sie mürrisch: »Es gibt nichts zu essen. Meine Oma macht mir immer Frühstück.«

Die Muskeln in meinem Rücken schmerzten, als ich mich bewegte – ich war zu alt, um die Nacht auf einem Sofa zu verbringen, das allmählich klumpig wurde. Ich gähnte und streckte mich vorsichtig. »Ich bin nicht deine Oma. Es ist fast zwei Wochen her, seit ich einkaufen war. Laß mir eine halbe Stunde Zeit zum Anziehen. Ich werde dich zum Frühstück einladen.« Sie runzelte die Stirn, und ich fuhr sie brüsk an: »Verzieh nicht das Gesicht. Zieh dich an.« Meine Verdrießlichkeit vor dem ersten Kaffee übertraf noch Winas Verhalten. Sie stampfte die Treppe hinauf, und ich schleppte mich hinterher, um meinen steifen Rücken unter der heißen Dusche zu entspannen.

Genau zwanzig Minuten später schleppte ich mich wieder die Treppe hinunter. Wina saß auf dem Schaukelstuhl, den Walkman auf den Ohren, und schaukelte ungeduldig hin und her. Wir waren eine (selbst für Greenwich-Village-Normen) merkwürdige Truppe, als wir die Barrow Street entlang zu einem Café in der Sixth Avenue gingen.

Eingedenk der alten, etwas vagen Warnungen meiner Mutter, nicht mit vollem Magen schwimmen zu gehen, trank ich einen Kaffee und rauchte eine Zigarette. Wina verschlang unterdessen Eier mit sämtlichen Beilagen. Sie sah auf meine Zigarette und wollte mir eine weitere Antiraucherlektion erteilen.

Ich verdrehte die Augen. »Warum kümmerst du dich nicht lieber um deine eigene Gesundheit? Hör auf, Revolver zu kaufen, dann lebst du länger.«

»Du wirst mich nicht daran hindern«, knurrte Wina. »Ich werde das Arschloch finden, das meinen Vater umgebracht hat, und ihn töten.«

»Woher bekommst du die Revolver?«

Wina schüttelte den Kopf und konzentrierte sich darauf, mit einem Stück Toastbrot die letzten Krümel Rührei auf die Gabel zu schieben. Sie schob das Ei in den Mund, warf das Toastbrot hinterher und murmelte: »Kümmer dich um deine eigenen verdammten Angelegenheiten.« Beim Anblick des Essens, das sie in ihrem Mund umwälzte, drehte sich mein Magen um, und ich schaute weg. Wina beendete ihren Satz damit, daß sie mich eine Hexe nannte. Es war zu früh zum Streiten, darum zuckte ich nur die Schultern, zündete mir die nächste Zigarette an und sprach schweigend ein weiteres Gebet für Omas schnelle Genesung.

Wir beendeten das Frühstück in mißgelauntem Schweigen und gingen dann, froh einander zu entkommen, in verschiedene Richtungen davon. Wina ging zur Schule, ich schlenderte ins Y.

Irma war bereits im Schwimmbecken. Ich sah ihr ein paar Runden zu, dann kehrte ich in den Umkleideraum zurück. Mit gluckerndem Kaffee im Magen Runden zu drehen, war mehr, als ich ertragen konnte. Ich stieg in den Whirlpool, schloß die Augen und entspannte mich in dem warmen schaumigen Wasser.

Ein nasses Handtuch strich über mein Gesicht, und ich wurde wieder wach. Irma wickelte das Handtuch um ihre Schultern und lachte. »Hast du Angst, heute gegen mich zu verlieren?«

»Es ist zu früh für Späße. Du hast mich angerufen – was wolltest du?«

»Parker hat erfahren, daß ich mit dir frühstücke, und sich zwanzig Minuten lang darüber ausgelassen, daß ich hinter seinem Rücken herumschnüffle. Du sitzt bei meinem Chef ganz tief in der Scheiße, und ich möchte da nicht hineingezogen werden. Such dir ein anderes Mädchen.«

Irma drehte sich um und eilte davon, bevor Parkers Spione entdeckten, daß sie mit mir sprach. Ich ließ ihr genug Zeit, um die Umkleidekabine zu verlassen, bevor ich aus dem Pool krabbelte, um mich anzuziehen und mir den Rest des Tages zu verderben, indem ich meine Schwester besuchen ging.

Eileen war am Tag zuvor entlassen worden und zu Hause. Doch dieser bedeutende Tag war durch meine Abwesenheit verdorben worden. Oder so ähnlich stellte sie es mir dar.

Dreimal hörte ich mir ihre Vorwürfe an, ein neuer Rekord für mich. Dreimal biß ich die Zähne zusammen und lächelte. Beim vierten Mal unterbrach ich sie in dem verzweifelten Versuch, das Thema zu wechseln.

»Wie geht es deinen Augen? Ich habe in letzter Zeit keine Berichte mehr gehört.«

»Das rechte ist verloren. Das andere erholt sich. Dr. Mabe sagt, es würde noch ungefähr einen Monat dauern. Sie täuscht sich; ich komme nächste Woche wieder ins Büro.«

Eileens fröhlicher Ton erstaunte mich. Ich an ihrer Stelle wäre wahrscheinlich am Durchdrehen gewesen und würde riesige Mengen Beruhigungsmittel brauchen. Ich wollte noch eine Frage stellen, aber sie ließ mich nicht aussprechen.

»Ich bin sicher, daß im Büro ein Chaos herrscht. Du kümmerst dich nie genug um die Kleinigkeiten. Was ist mit den Rechungen? Sind sie alle rausgeschickt worden?«

Ich zwang mich zu einem Lächeln und ließ es zu, daß Eileen sich erneut beklagte. »Wo warst du gestern? Alle anderen haben es geschafft, herzukommen.«

»Nun hör aber auf, Eileen. Es tut mir leid, daß ich deine Party verpaßt habe – ich habe gearbeitet. Und im Büro läuft alles gut. Ich bin durchaus in der Lage, den Betrieb aufrechtzuerhalten.« Ich bekam meinen Zorn wieder unter Kontrolle und grinste. »Freu dich, wir verdienen Geld.«

Keine Reaktion. Eileen hörte nicht zu. Sie starrte durchs Zimmer ins Nichts. Ich versuchte eine andere Vorgehensweise. »Wenn du über deine Probleme nicht reden willst, laß uns über meine reden. Ich habe jede Menge – mein Fall ist im Begriff zu scheitern. Faradeux wird explodieren, wenn er erfährt, daß ich seit seinem Anruf keine Fortschritte gemacht habe. Und mein junger Gast hat mich zum Frühstück eine Hexe genannt.«

»Ich will nicht zuhören, und ich will nicht reden. Ich werde Tee kochen.«

Eileen stand auf. Mit vorsichtigen Schritten ging sie über den Flur in die Küche, wobei sie sich an den Möbeln und Wänden abstützte, um nicht das Gleichgewicht zu verlieren. Ich beobachtete sie und überlegte, ob ich ihr folgen sollte, beschloß aber, im Wohnzimmer zu bleiben. Auf Eileen aufzupassen bedeutete, einen Krieg heraufzubeschwören. Ich nahm die Times, überflog die Leitartikel und ermahnte mich, zu entspannen – Eileen würde es schon schaffen. Sie würde auch ohne meine andauernden Belehrungen wieder normal werden. Eileen hatte immer gute Ratschläge für mich: Ich vertraute darauf, daß sie ihren eigenen Ratschlägen folgen würde.

Ein lautes Krachen ließ mich in die Küche stürzen. Eileen lehnte am Küchentisch und schluchzte hysterisch. Die Reste einer Tasse, der Teekessel und eine Pfütze Wasser bildeten vor dem Herd einen sauberen Kreis.

»Eileen, das ist doch nicht schlimm. Nur ein bißchen Schmutz, der leicht wegzuwischen ist.« Ich versuchte, tröstend den Arm um ihre Schulter zu legen, aber Eileen schluchzte auf und stieß meine Hand weg.

»Laß mich in Ruhe … Ich kann mit diesem verdammten Auge – dem guten – fast nichts sehen. Was für ein Witz! Was soll ich nur machen? Ich kann nicht einmal eine Tasse Tee kochen.«

»Eileen –«

»Laß mich in Ruhe. Geh weg. Laß mich einfach in Ruhe.«

Sie hörte nicht auf zu schimpfen. Ich nahm eine Kehrschaufel aus dem Schrank unter der Spüle und begann sauberzumachen. Eileen ließ sich auf einen Stuhl fallen und schniefte, während sie versuchte, wieder die Kontrolle über sich zu gewinnen.

»Eileen, du mußt darüber sprechen. Du mußt lernen, damit umzugehen und dein Leben fortzusetzen.«

»Ich brauche deine Ratschläge nicht«, fuhr sie mich an. »Was weißt du denn schon darüber?«

Ich wußte genug darüber, wie man sein Leben fortsetzt, um ganze Enzyklopädien zu füllen, aber Eileen war noch nicht bereit zum Zuhören. Eigensinn liegt in unserer Familie. Ich beachtete sie nicht, machte sauber und schaute gelegentlich über die Schulter. Sie rührte sich nicht und zeigte keine Reaktion auf meine Anwesenheit.

Da mir nach etwas Stärkerem als Tee zumute war, kochte ich noch mehr Tee, füllte zwei Tassen und stellte sie auf den Tisch. Eileen nahm die Tasse in beide Hände und hob sie vorsichtig an die Lippen. Ich zuckte zusammen, als ich sah, wie empfindsam meine stolze, unabhängige Schwester wirkte, und schaute weg.

Auf dem Rückweg ins Büro betete ich, daß der Tag nicht noch schlimmer werden würde. Als ich in den Flur trat und Dennis dort sitzen sah, lächelte ich. Vielleicht würde der Tag jetzt besser werden. Dennis bemerkte mich nicht; mit finsterem Gesicht starrte er auf die Titelseite des Wall Street Journal. Ich setzte mich neben ihn und zog die Zeitung vor seinem Gesicht weg.

»Dennis, ich habe nicht damit gerechnet, daß du hier auf mich wartest. Wolltest du mit mir zu Mittag essen?«

Er runzelte die Stirn. »Ich bin geschäftlich hier. Können wir in dein Zimmer gehen? Wir müssen reden.«

Mein Magen machte eine kleine Drehung – ein deutliches Signal, daß der Tag noch schlimmer werden würde. Ich stand auf und ging unserer finsteren Prozession schweigend voraus in mein Arbeitszimmer. Ich schaute Dennis dabei immer wieder an, aber sein leerer Gesichtsausdruck gab mir keinen Hinweis, was los war. In der Erwartung einer unangenehmen Mitteilung krampfte sich mein Magen schmerzhaft zusammen.

Jona winkte mir mit einem Stapel Benachrichtigungen zu. Wie immer ignorierte ich sie und führte Dennis in mein Büro. Er warf die zerknitterte Zeitung auf meinen Tisch und ging ans Fenster. Ich schloß die Tür und sah ihn an.

»Dennis?« Er antwortete nicht. Ich holte tief Luft und sagte zu seinem Rücken. »Was ist los? Du siehst so ... ich weiß nicht. Ich habe dich noch nie so wütend gesehen.«

»Ich habe einen neuen Auftrag bekommen. Die Ermittlungen zu den Bombenattentaten sind eingestellt worden.«

Ich stürmte durch das Zimmer und packte seinen Arm. »Nein, sag, daß das ein böser Scherz ist. Wie können die Ermittlungen eingestellt werden? Du hast mir doch den Laborbericht gezeigt. Wollt ihr den einfach ignorieren?«

Er schob meine Hand weg und funkelte mich an. Nach ein paar Sekunden sprach er mit einer sorgfältig kontrollierten, monotonen Stimme. »Der Befehl kam von ganz oben. Die weitere Ermittlung bedeutet für unsere Behörde eine Verschwendung von Finanzmitteln. Die Bombe in Idas Küche war keine Bombe; es war eine Gasexplosion. Du denkst, es sei eine Bombe gewesen, weil du wegen des Attentats auf deine Schwester verzweifelt bist. Ein unzufriedener Mandant hat die Bombe geschickt. Es ist ein Haftbefehl auf Rudy MacIntyre ausgestellt worden.«

Ich war zu wütend, um die Botschaft hinter seiner emotionslosen Stimme zu hören. »Hast du deswegen auf mich gewartet? Um mir zu sagen, daß das FBI entschieden hat, ich sei eine hysterische Frau, die nur etwas paranoid ist?«

»Laß mich erklären –«

Ich war nicht bereit, ihm die Gelegenheit zu geben, mir irgend etwas zu erklären. »Vergiß es«, schrie ich, »ich will mir deine leeren Entschuldigungen nicht anhören. Danke, Dennis. Ich bin dir wirklich dankbar für deine Unterstützung.«

»Hör auf zu schreien und hör mir zu!«

Mein Zimmer hat dicke Wände, so daß ich mir keine Sorgen zu machen brauchte, daß jemand etwas hörte. Ohne die Stimme zu senken, schrie ich: »Ich will dir nicht zuhören. Du hast versagt, Dennis. Du hast aufgegeben.«

Dennis errötete und hob die Stimme auf meine Lautstärke. »Hast du nicht gehört? Der Befehl kam von ganz oben.«

Ich hatte den Wunsch, ihn zu schlagen. Ich hob sogar die Hand, aber ich hielt inne. Dennis zu schlagen würde die Situation nur noch schlimmer machen. Ich zwang meine Hände in meine Taschen und schüttelte den Kopf.

»Du bist zu bemitleiden. Wenn ich so oft aufgäbe wie du, müßte ich Sozialhilfe beziehen. Du hast deine Nachricht überbracht, jetzt mach, daß du hier rauskommst. Ich habe sehr viel zu tun.«

Dennis nahm mein Kinn und drehte mein Gesicht zu sich um. »Sei doch nicht so wütend auf mich. Hör mir einfach ein paar Sekunden zu, bevor du mich rauswirfst. Es ist sehr schwer für normal Sterbliche wie uns, deinen hohen Ansprüchen zu genügen, aber ich versuche es. Ich laß dich nicht im Stich. Ich weiß, daß Ida durch eine Bombe getötet wurde. Ich weiß auch, daß die Bombe für dich bestimmt war. Aber ich kann den Befehl von meinem Chef nicht ignorieren.«

Ich stieß seine Hand weg. »Großartig – mach deinen Chef glücklich. Aber mach mich auch glücklich und laß mich in Ruhe.«

»Du bist –«

»Wenn du mich wieder eine Idiotin nennst, knalle ich dir eine runter.«

Dennis lächelte. »Dann laß mich ausreden, bevor du anfängst zu schreien. Mein Chef kann mir nicht vorschreiben, was ich in meiner Freizeit tue. Eine Menge Leute schulden mir einen Gefallen, und ich werde sie alle zu mir bestellen. Verdammt nochmal, Blaine, ich bin auf deiner Seite. Ich laß dich nicht im Stich. Wann wirst du mir endlich vertrauen?«

Die Unterhaltung kam außer Kontrolle, geriet auf ein Gebiet, das ich nicht erforschen wollte. Ich trat einen Schritt zurück und wich Dennis' Blick aus. Sanft wiederholte er: »Wann?«

Ich antwortete nicht. Er verließ das Zimmer, wobei er die Tür sorgfältig hinter sich schloß.

19

Parkers Mitteilung auf meinem Schreibtisch war knapp: »Termin gestrichen.« Keine Erklärung, einfach nur »Termin gestrichen«.

Ich versuchte anzurufen; die unverbindliche Stimme, die den Anruf beantwortete, versprach, eine Nachricht zu hinterlassen. Nach drei Anrufen hatte ich die Nase voll, gab es auf und verbrachte den Rest des Tages am Computer, wo ich meine Sorgen über Eileen und meine erfolglosen Fälle mit Schreibarbeiten verdrängte und mir weiterhin vorzumachen versuchte, daß ich auch Geld verdiente, wenn Eileen weg war. Dennis' Bemerkung beim Abschied ging mir den ganzen Nachmittag durch den Kopf. Sie machte mir sehr zu schaffen – doch nicht so stark, um ihn anzurufen.

Brad kam gegen fünf herein und warf einen schmalen Hefter auf meinen Schreibtisch. »Hier drin ist alles, was du haben wolltest, Babe. Die Leute haben hervorragende Arbeit geleistet.«

Mit den Leuten waren unsere Spürhunde gemeint, Männer und Frauen, die die Kunst beherrschen, über jedermann Informationen zu besorgen. Ihre Werkzeuge sind einfach – Spürhunde brauchen nur ein Telefon und eine Frage, und sie finden die Antwort. Es ist leicht. Die Leute geben am Telefon erstaunlich viele Informationen heraus – wenn man weiß, wie man fragen muß. Spürhunde wissen, wie man fragt. Sie sind Chamäleone, die ihre Stimme verändern, ihren Slang und ihre Persönlichkeit, um sich auf die Person am anderen Ende einzustellen. Angestellte denken, sie reden mit Angestellten, Inspektoren mit Inspektoren, Buchhalter mit Buchhaltern, Firmenchefs mit Firmenchefs.

Spürhunde sammeln und schützen ihre Informanten, achten sorgfältig auf ihre Anonymität und pflegen die Beziehungen, bis sie mit einem einzigen Anruf Daten aufdecken können, für die ich Wochen brauchen würde, um sie auszugraben. Wir beschäftigen ein Zimmer voll von den besten; sie sind jeden Cent wert, den wir für Gehälter, Kaffee und Zigaretten ausgeben. Spürhunde rauchen immer.

»Sie haben lange gebraucht. Vor einer Woche habe ich danach gefragt. Ich habe nicht mehr viel Zeit.«

»Hey, Babe, immer mit der Ruhe. Die Leute haben hart daran gearbeitet. Sie haben jeden Trick angewandt, den sie kannten, und noch ein paar dazu erfunden, um das rauszufinden.«

Ich wandte keinen Blick von der unkooperativen Zahlenreihe, die einfach nicht aufgehen wollte. »Was sagt deine kleine Akte? Ich habe keine Zeit zum Lesen.«

Brad setzte sich und machte es sich bequem. Ich hörte das Poltern seiner Lederschuhe auf meinem Schreibtisch. Brad ignorierte meinen stirnrunzelnden Blick, den ich ihm über die Schulter zuwarf, kippte mit dem Stuhl auf die Hinterbeine und begann zu berichten.

»Grant Wilder: Einundvierzig Jahre alt, wohnt mit Rosalynn Carter in Brooklyn. Von WARM erhält er ein kleines Gehalt, andere Einnahmen sind nicht bekannt.«

»Was ist mit dem Militär? Er sagte, er habe seine Finger in Vietnam verloren.«

»Wilder hat 1968 seinen Pflichtdienst gemacht. Hör dir das an, Babe: Er war als Sprengstoffexperte bei der Sondereinheit. Als er zurückkam, schrieb er sich an der Columbia Universität ein und verbrachte den Rest des Krieges damit, gegen den Krieg zu protestieren.«

»Was ist mit den anderen?«

»Rosalynn kam ein Jahr später nach Columbia. Dort lernten sie sich kennen. Rosalynn war auch in der Antikriegsbewegung aktiv. Es heißt, daß sie und Grant mit ziemlich radikalen Leuten zusammen waren. Als Vietnam vorbei war, irrten sie umher und waren Terroristen ohne Ziel. Ich weiß nicht, wann sie mit der Tierschutzbewegung anfingen, aber sie mußten etwas finden, wogegen sie protestieren konnten – seit Vietnam haben wir keinen anständigen Krieg mehr gehabt, sie endeten alle viel zu schnell.«

»Laß die politischen Kommentare sein, Brad, sie interessieren mich nicht. Gib mir nur die Fakten.«

»Okay, Babe, keine Politik. Wir haben noch nichts über Hodgkins.«

Der Monitor bereitete mir allmählich Kopfschmerzen. Ich drehte mich zu Brad um und zündete eine Zigarette an. »Warum nicht?«

Brad zuckte die Achseln. »Sie haben sich auf die anderen beiden konzentriert. WARM ist eine neue Organisation, die vor einem Jahr gegründet wurde. Ihr Kontostand ist meistens tief; die Summe liegt unter tausend Dollar. Es gibt viele kleine Einzahlungen mit einer gelegentlich größeren. Gib uns drei, vier Tage und wir haben Kopien von den Kontoauszügen.«

»Ich habe keine drei oder vier Tage. Ich muß wissen, wer WARM Geld gibt und wie es ausgegeben wird. Morgen, Brad. Ich muß es morgen wissen.«

Brad schwang die Füße mit einer fließenden Bewegung von meinem Schreibtisch und stand für einen Mann, der aus 275 Pfund Muskeln bestand, überraschend elegant auf. Er salutierte. »Wird gemacht! Bis morgen. Keiner geht nach Hause, ehe du nicht alle Antworten hast.«

»Ich wünschte, es wäre so leicht, alle Antworten zu bekommen«, murmelte ich. Brad lachte und ging hinaus, um seinen Leuten die schlechte Nachricht zu überbringen, daß es Überstunden gäbe.

Mit der Zigarette in der Hand drehte ich mich zum Computer um und versuchte, mich auf die Arbeit zu konzentrieren. Es war unmöglich. Immer wieder ging mir Dennis durch den Kopf.

Ich versuchte, ihn nach ganz weit hinten zu verdrängen, um später über ihn nachzudenken, aber er wollte dort einfach nicht bleiben. »Wann wirst du anfangen, mir zu vertrauen?« ging es mir immer wieder durch den Kopf. Um sechs Uhr gab ich mich schließlich geschlagen, griff nach dem Telefon und bat Dennis, sich später am Abend, nachdem ich mich noch etwas um meine Fälle gekümmert hatte, mit mir zu treffen. Er war einverstanden. Es wurde Zeit, daß ich mich mit Dennis und meinen Ängsten konfrontierte.

Pokerfans kennen sich aus in der Kunst zu bluffen – wie man die anderen Spieler täuscht und die Einlagen erhöht, obwohl man lausige Karten in der Hand hat. Ich ging mit lausigen Karten zu WARM und fragte mich, ob sie bemerken würden, wie ich bluffte. Ich hatte die Idee, und sie war nicht besonders gut, es ein letztes Mal zu versuchen, mich bei ihnen einzukaufen.

Roz und Grant saßen am Tisch. Überrascht von meiner plötzlichen Invasion, sprangen sie auf. Ich zog einen Umschlag aus der Tasche und warf ihn zwischen sie auf den Tisch.

»Nehmt ihn, seid nicht doof. Ich habe ein paar Dinge zu sagen.«

Grant, praktisch wie er war, öffnete den Umschlag und blätterte die Scheine mit dem Daumen durch. Als Roz mich unterbrechen wollte, fuhr er sie an: »Laß Blaine ausreden.«

»Amy wurde verhaftet, weil sie von einem verdeckten Ermittler Kokain gekauft hat, nicht weil jemand aus der Gruppe sie verraten hat. Die Frau besitzt einfach keinen Verstand; ständig kauft sie etwas von den Cops.«

»Woher wußtest du –«

Ich lachte. »Roz, ich habe gute Quellen. Dein Protest gegen Faradeux ist gefährdet. Ich kann euch helfen.«

Grant schob Roz den Umschlag hin. Ein Stapel Geldscheine fiel heraus und erstickte jeden Einwand, den sie erheben wollte.

»Wie kannst du uns helfen?«

Als wollte ich all die schlechten Krimis imitieren, die ich bisher im Fernsehen gesehen hatte, stützte ich die Hände auf den Tisch und beugte mich vor. Doch keiner von beiden lachte über den Text meines Spätfilms.

»Die tierischen Wesen werden niemals das Recht bekommen, ohne Ausbeutung zu leben. Wir müssen diese Recht für sie erkämpfen. Ich bin bereit zum Kampf.«

Harold Hodgkins kam herein und funkelte mich an. Ich verfluchte mich, weil ich die Tür nicht abgeschlossen hatte. Roz riß das Geld vom Tisch und stopfte es schnell in den Umschlag. Als hätte sie Angst, ich könnte meine Meinung ändern und es wieder an mich nehmen, ließ sie das Paket auf ihren Schoß fallen. Hodgkins, der seine Neugier nicht verbergen konnte, beobachtete mich, während er einige Papiere aus seiner Aktentasche holte.

Grant drückte meinen Arm. »Du solltest besser gehen. Ich rufe dich später an.«

Niemand interessierte sich für eine Fortsetzung der Unterhaltung. Ich ging, um zweitausend Dollar ärmer. Ich versuchte, an der Tür zu lauschen. Sie war zu dick. Mein großartiger Plan löste sich in Wohlgefallen auf. Zornig drückte ich den Fahrstuhlknopf, und die Türen glitten auf.

Doch da kam Grant aus dem Büro gestürzt und hielt die Fahrstuhltüren offen. »Blaine, warte –«

»Ich habe kein Geld mehr.«

»War das, was du eben gesagt hast, ernst gemeint?«

»Natürlich war das ernst gemeint. Glaubst du, ich werfe aus Spaß zweitausend Dollar auf den Tisch?« Ich schüttelte den Kopf. »Ihr seid alle wahnsinnig.«

»Wir sind nicht wahnsinnig. Wir sind vorsichtig. Wenn du Lust hast und bereit bist zu kämpfen, können wir dich gebrauchen. Bist du dabei?«

Ich nickte. Grant lächelte. »Gut. Warte morgen früh in der Börse auf mich. Ich werde um elf auf der Besuchergalerie sein. Komm nicht früher – die Wachen werden nervös, wenn man dort zu lange rumhängt.«

Es ging auf neun Uhr zu, als ich Chelsea verließ. Wenn mein früherer Chef seine alten Gewohnheiten nicht geändert hatte, würde er jetzt sein einsames Abendessen in dem italienischen Restaurant eine Straße von seinem Wohnhaus entfernt beenden. Dann würde er nach Hause gehen und auf dem Weg eine Zigarre rauchen. Ich hatte die Absicht, ihm im Flur seines Hauses aufzulauern.

Bei dem gleichgültigen Portier mit ein paar netten Worten Einlaß zu finden, war nicht schwierig – er interessierte sich mehr für das Formular fürs Pferderennen als die Überprüfung der Besucher. Ich gab ihm fünf Dollar für die Pferde, erzählte ihm, daß ich einen Freund überraschen wolle, und ging zum Fahrstuhl. Ich fuhr zu Parkers Etage hinauf, setzte mich auf seine Türschwelle, rauchte Zigaretten und zählte die Fliesen auf dem Boden.

Eine Tür am Ende des Flurs öffnete sich, eine ältere Frau steckte den Kopf heraus und beäugte mich kurzsichtig. Ich schnitt ihr ein Gesicht – ich wollte nichts mehr mit kleinen alten Damen zu tun haben; sie verursachen einem zu viel Kummer. Meine Bemühungen gingen in ihrem kurzsichtigen Nebel verloren. Da sie zu der Überzeugung kam, daß ich auf der Türschwelle eines Polizisten nicht zu viel Schaden anrichten könnte, schlug sie die Tür zu, und das Klicken von Türschlössern hallte durch den Flur.

Parker ging am Fahrstuhl vorbei und kam zu Fuß die Treppe hinauf, wobei er vorsichtig aus der Tür zum Treppenhaus trat. Als er mich sah, stopfte er seinen Dienstrevolver schüchtern in die Tasche seines Anzug zurück.

»Der Typ unten sagte mir, daß sich jemand an ihm vorbeigeschlichen habe und auf meinem Flur warte. Blöder Hund, wenn er sich die Mühe gemacht hätte, von seiner Zeitung aufzublicken, wäre er in der Lage gewesen, dich zu beschreiben. Hätte mir die Mühe erspart, all die Stufen hinaufzusteigen. Ich werde allmählich zu alt für diesen Scheiß.« Parker hatte Mühe, Luft zu bekommen, und tat alles, um es zu verbergen.

»Du solltest diese Zigarren wegschmeißen und mehr Sport treiben. Willst du mich nicht hereinbitten?«

Tony kniff die Augen zusammen und versuchte, sich auszurechnen, wieviel Krach ich machen würde, wenn er es ablehnte. Klugerweise kam er zu dem Schluß, daß das Risiko zu groß wäre. Er schloß die Tür auf und ließ mich widerwillig hinein.

Nach dreiundzwanzigjähriger Ehe, die drei Söhne, alles Polizisten, und eine müde, verbitterte Frau hervorgebracht hatte, die es schließlich aufgegeben hatte, war Parker kürzlich geschieden worden und lebte jetzt allein in dem Apartment mit den Überbleibseln aus seiner Ehe. Es hatte sich seit meinem letzten Besuch vor zwei Jahren nicht verändert. Wenn man die Staubschicht von den Möbeln kratzte, würde das Apartment so aussehen, als wäre seine Frau nie weggegangen. Ich fragte mich, ob Parker sie, abgesehen vom Kochen und Saubermachen, vermißte.

»Setzen wir uns in die Küche. Der Rest der Wohnung ist ein Chaos.«

Ich nickte und folgte Parker in den einzigen sauberen Raum der Wohnung. Ohne zu fragen, schenkte er zwei Whisky ein. Er stellte einen vor mich hin, leerte den anderen und füllte ihn schnell nach. Dann stellte er die Flasche in die Mitte des Tisches und setzte sich.

Ich schob das Glas weg und fragte: »Vermutlich hast du nicht irgendwo eine Soda im Kühlschrank versteckt, oder?«

»Scheiße, ich vergaß, daß du nicht trinkst.« Parker zog das Glas zu sich hin. »Trotzdem brauchen wir den nicht verkommen zu lassen. Tut mir leid, mein Kind, keine Soda. Ich vermute, du bist hier, weil ich dir heute abend aus dem Weg gegangen bin. Was ist so wichtig, daß du dich auf meine Türschwelle setzen mußtest?«

Er steckte sich eine Zigarre in den Mund, hielt ein Streichholz daran und paffte. Flammen schossen empor und ergaben eine ziemlich gute Imitation eines feuerspeienden Drachens.

»Ich habe Dinge über dich gehört, Tony, die mir Sorgen machen. Ich wollte dazu etwas aus deinem Mund hören.«

»Du weißt, wie sehr die Cops Gerüchte lieben. Du solltest dem ganzen Mist, den du hörst, nicht so viel Aufmerksamkeit schenken.« Eine weitere Rauchwolke rollte über den Tisch. »Nun erzähl mir, was du Schlimmes gehört hast.«

»Zum Beispiel, daß du den Befehl gegeben hast, deine Cops sollen nicht mehr mit mir reden. Warum sind die Ermittlungen über den Tod von Hurley Blake eingestellt worden? Und wie hast du es geschafft, das FBI von der Bombe abzuziehen, die meine Nachbarin getötet hat?«

Parker tippte etwas nicht existierende Asche in den Aschenbecher und nippte an seinem Whisky. »Ist das alles? So wie du aussiehst, mit wildem Blick und wehenden Haaren, dachte ich schon, es sei etwas Schreckliches passiert. Du solltest das Gerede auf dem Revier ignorieren – nichts ist los. Sieh mal, mein Kind, ich bin geschmeichelt, daß du mich für so mächtig hältst, aber ich habe keinen Einfluß auf das FBI. Die müssen einen guten Grund haben, den Fall einzustellen. Vielleicht gibt es da nichts zu ermitteln.«

»Tony, ich sah den Laborbericht über die Bombe in Idas Küche. Über Nacht wird aus einer Bombe eine Gasexplosion. Erwartest du von mir, das zu glauben? Warum sagst du deinen Leuten, sie sollen sich von mir fernhalten?«

»Ich habe nichts eingestellt. Ich habe meine Leute nur gewarnt, dir zu nahe zu kommen, weil ich versuche, dich zu schützen. Ich will nicht, daß du verletzt wirst.« Er paffte an seiner Zigarre. »Ich hörte, du hättest diesen Kerl umgestimmt, von dem du geglaubt hast, daß er deiner Schwester die Bombe geschickt hat, und bekommst von ihm Informationen.«

»MacIntyre – wer hat dir von ihm erzählt?«

Parker lächelte. Ich bemerkte meinen Fehler – zu spät, um ihn wiedergutzumachen.

»Das habe ich nur so gehört. Wem willst du nun glauben, einem Ex-Sträfling oder deinem alten Sergeant? Komm schon, Blaine, ich bin auf deiner Seite.«

»Laß uns über etwas anderes sprechen. Was wird aus dem tollen Posten, auf den du es abgesehen hast, wenn bekannt wird, daß du den Buchmachern Geld schuldest?«

Parkers Gesichtsausdruck veranlaßte mich, hektisch über Erste-Hilfe-Maßnahmen nachzudenken. Aber er bekam keinen Herzinfarkt. Statt dessen beugte er sich vor, und aus der Zigarre strömten wütende Rauchwolken.

»Ich sollte dir einen Tritt in deinen smarten Arsch geben. Was glaubst du, wer du bist? Was gibt dir das Recht, in meiner Wohnung zu sitzen und mich mit falschen Anschuldigungen zu beschimpfen?«

»Ich dachte, wir wären Freunde. Du warst bei meiner Hochzeit. Du warst in einem Team mit meinem Mann, als er getötet wurde.«

»Wer hat dir das erzählt? Ich habe dir das nie erzählt ...«

Dennis stand wenige Minuten, nachdem ich zu Hause war, an der Tür. Ich hatte kaum Zeit, um meine Schuhe und Socken auszuziehen, den Babysitter zu bezahlen – einen Collegestudenten aus der Nachbarschaft, der gemein genug aussah, um Wina die Grenzen zu zeigen – und nach meinem schlafenden Gast zu sehen, bevor es klingelte. Ich eilte zur Tür und bedauerte bereits die impulsive Einladung, die ich ein paar Stunden früher ausgesprochen hatte. Ich wollte nicht in gegenseitige Offenbarungen mit Dennis verwickelt werden, sondern meinen schmerzenden Kopf unter kaltes Wasser halten und mich aufs Sofa legen.

Dennis hatte seinen Anzug und den Schlips ausgezogen und trug eine verblichene Jeans und ein altes Rugbyhemd. Ich erkannte das Hemd. Es war ein Geburtstagsgeschenk gewesen – das einzige Geschenk, das er jemals von mir bekommen hatte. Bis der Urlaub endlich kam, waren wir bereits getrennt gewesen. Ich starrte auf das Hemd und erinnerte mich an die Mittagspausen, die ich geopfert hatte, um ein perfektes Geschenk zu finden.

Dennis räusperte sich. »Kann ich reinkommen? Oder willst du mir die Tür ins Gesicht schlagen? Denk dran, du hast mich eingeladen.«

Seine Stimme brachte mich in die Realität zurück. Ich holte tief Luft und sagte: »Entschuldigung. Dieses Hemd ruft viele Erinnerungen wach.«

»Die Erinnerungen sind gut, aber die Gegenwart bereitet uns Schwierigkeiten.« Er lächelte. »Kann ich bitte reinkommen? Ich verspreche, daß ich mich benehmen werde.«

Ich zögerte, dann machte ich die Tür weit auf. Heute abend würde er über meine Fragen nicht beiläufig hinweggehen. Dennis war aus geschäftlichen Gründen hier.

Wir ließen uns im Wohnzimmer nieder. Ich setzte mich schnell auf den Schaukelstuhl am Kamin und überließ Dennis das Sofa. Er wußte, warum ich mich für den Stuhl entschieden hatte, und es gefiel ihm nicht.

»Was ist in dich gefahren? Vor ein paar Nächten bist du ohne jede Angst mit mir ins Bett gegangen. Heute willst du nicht einmal neben mir sitzen. Ich verstehe dich nicht.«

Ich strich mir mit den Fingern durchs Haar und lehnte mich auf dem Stuhl zurück. »Du bist nicht der einzige. Ich verstehe mich selbst nicht. Meine Rezeptoren für Vertrauen haben Kurzschluß. Die Alarmanlagen gehen los, wenn ich mit dir oder Tony zusammen bin – mit Menschen, denen ich vertrauen sollte. Alles steht Kopf. Oben schläft ein Mädchen, das ich nicht mag. Ida ist tot. Eileen ist ... Eileen versteckt sich in ihrer Küche und tut so, als wäre nichts passiert. Ich stecke in einem verrückten, undurchsichtigen Durcheinander fest. Und ich befürchte, es liegt nur daran, daß ich irgend etwas übersehen habe.« Ich stand abrupt auf. »Ich brauche eine Zigarette – bin gleich wieder da.«

Ich brauchte mehr als eine Zigarette. Ich brauchte Ruhe. Aber Dennis wartete und würde nicht still in der Nacht verschwinden.

Ich durchwühlte erfolglos die Küchenschränke, bevor ich eine ungeöffnete Schachtel im Kühlschrank fand.

Dennis hatte sich nicht vom Sofa bewegt. Als ich ins Zimmer kam, streckte er die Hand aus und sagte: »Warum setzt du dich nicht zu mir? Dieses Sofa ist viel bequemer als dieser wackelige alte Schaukelstuhl.«

»Der Stuhl ist eine Antiquität. Und er ist nicht wackelig.«

Dennis lachte. »Wenn du dich zu mir setzt, werde ich dir alle Fragen, die du stellst, beantworten.«

Ich war zu müde zum Streiten, zu müde, um über meine Gefühle nachzudenken. Ich ließ mich neben Dennis fallen und ließ mir von ihm Feuer geben. Nach einem tiefen Zug atmete ich aus und fragte: »Was ist mit den Ermittlungen?«

»Ich habe so etwas noch nie erlebt. Wir hatten kaum angefangen, da wurde uns der Strom schon wieder abgestellt.« Dennis versuchte, neutral zu klingen – es gelang ihm fast. »Ich weiß, daß du glaubst, ich hätte aufgegeben, aber das stimmt nicht. Ich versuche immer noch, daran weiterzuarbeiten, aber ich muß mich still verhalten. Wenn ich kämpfe, werde ich nur an einen entlegenen Ort versetzt. Du kannst nicht behaupten, daß ich aufgehört habe, aber du kannst behaupten, daß ich egoistisch bin – ich möchte hier bleiben.«

»Aber –« Ich wollte ihn fragen, wie man die Beweise einfach ignorieren konnte, aber ich wußte, daß die Frage naiv war. Beweise können immer ignoriert werden. Ich seufzte. »Vergiß es.«

»Vergiß was? Du weichst mir schon wieder aus.« Er deutete auf die Zigarette in meiner Hand. »Du hast deine Zigaretten. Welche Entschuldigung hast du jetzt, um zu verschwinden?«

»Warte einen Augenblick, ich überlege mir eine.« Dennis runzelte die Stirn. Schnell sagte ich: »Entspann dich, Junge, das war ein Scherz.«

»Warum erzählst du mir nicht von deinem Tag, bevor du wieder wegläufst. Vielleicht finden wir eine Erklärung für dieses Durcheinander.«

Ich wiederholte meine Unterhaltung mit Parker und das überraschende Ende. In der nachfolgenden Ruhe beugte ich mich vor, um mir eine weitere Zigarette anzuzünden. Als ich mich zurücklehnte, legte Dennis den Arm um meine Schulter und fragte: »Und was denkst du?«

»Es war eine merkwürdige Reaktion. Ich erinnerte mich nicht, daß er in dem Team war, bis ich Jeffs alte Notizbücher las.« Ich zuckte die Schultern. »Er sagte, er versuche, mich zu schützen. Ich wünschte, er würde damit aufhören. Ich brauche keinen Schutz.«

Dennis legte den Arm in einer bequemeren Haltung um meine Schulter und streichelte mein Haar. »Was passierte dann?«

»Er nahm seine Zigarre in die Hand und warf mich raus.«

Dies war ein guter Augenblick, um Dennis von meinem nächsten Treffen – bei WARM – zu erzählen und von meinem Plan, mich am nächsten Morgen mit Grant zu treffen. Doch die kleine Stimme im Inneren, die einem manchmal gute, manchmal schlechte Ratschläge gibt, hielt mich zurück; ich war noch nicht so weit, diese Vertrauenssache zu weit zu treiben. Ich gähnte. »Ich gehe ins Bett. Bleibst du hier?«

»Willst du, daß ich bleibe?«

Ohne zu zögern, sagte ich: »Ja.«

Später, als Dennis schon schlief, starrte ich an die Decke, die Arme unter dem Kopf gekreuzt, und machte mir um häusliche Dinge Gedanken. Der Kühlschrank war immer noch leer, und mein hungriger Gast würde in ein paar Stunden aufstehen und nach dem Frühstück verlangen. Amüsiert über meine Sorgen um Haushaltsangelegenheiten schlief ich ein.

Mit rauher Hand wurde ich aufgeweckt. Ich vergrub mein Gesicht im Kissen und murmelte: »Laß mich in Ruhe.«

»Steh auf, ich habe Hunger. Ich habe schon in den Kühlschrank geschaut. Du hast nichts zu essen, also mußt du uns zum Frühstück einladen.«

Ohne die Augen zu öffnen, griff ich nach einem Kissen, fand eins und warf es über die Schulter hinweg in Dennis' Richtung. Er ging nicht weg.

»Wenn du nicht aufstehst, laß ich die Rap-Königin rein. Ich wette, das Mädchen kann morgens unglaublich ruppig sein.«

Ich lachte. »Steh auf, du Hexe. Ich verlange etwas zu essen.« Ich drehte mich um, brachte meine Augen dazu, sich zu öffnen, und blinzelte ihn an.

»Warum tust du mir das an?«

»Weil ich dich liebe. Weil ich Hunger habe.«

Ich stöhnte. »Es ist zu früh. Ich kann keinen Mann lieben, der mich bei Morgengrauen weckt und keinen Kaffee bringt. Ich brauche Kaffee.«

Dennis bückte sich, um mich zu küssen und sich kurz von seinem knurrenden Magen abzulenken. »Laß uns ein Abkommen schließen. Ich koche Kaffee. Ich sorge auch dafür, daß das Mädchen wach wird. Und dafür« – er küßte mich erneut – »mußt du aufstehen.«

Ich log und erklärte mich einverstanden. Aber ich hatte nicht die Absicht aufzustehen. Sobald er das Zimmer verlassen hatte, nahm ich alle Kissen und vergrub mich darin für eine weitere halbe Stunde Schlaf. Als die Schlafzimmertür sich öffnete, drückte ich ein Kissen auf meinen Kopf, um Dennis' Vorwurf zu ersticken.

»Steh auf.« Der heitere Ton war aus seiner Stimme verschwunden. »Das Mädchen ist weg. Sie hat zwar in dem Bett geschlafen, aber sie ist nicht im Haus. Ich habe draußen nachgesehen. Sie ist weg.«

»Laß sie gehen.« Ich warf die Kissen und das Laken auf den Boden, richtete mich auf, sah mich nach meinen Sachen um und fing an zu stöhnen. Stöhnen macht mich immer wach. »Ich möchte wieder allein wohnen. Ich wohne gern allein. Vielleicht ist sie in die Schule gegangen.«

»Es ist halb sieben, ein bißchen früh für die Schule. Ihre Bücher sind noch im Schlafzimmer. Was soll ich tun?«

»Mein Turnschuhe suchen.«

Die Jeans und die Bluse von gestern lagen auf dem Stuhl am Fenster, wo ich sie am Abend hingeworfen hatte. Sie waren noch gut genug, um ein vermißtes Kind zu suchen; schnell zog ich sie an. Von der anderen Seite des Zimmers warf Dennis mir die Turnschuhe zu. Ich war fertig. Ich nahm mein Geld und die Hausschlüssel, stopfte alles in die Taschen und sah Dennis an.

Er war geduscht, rasiert und angezogen. Er war hellwach, was mich rasend machte: Niemand sollte morgens um halb sieben munter und fidel sein.

»Laß uns gehen. Wenn ich sie finde, bringe ich sie um.«

»Wohin gehen wir?«

»Ins Café. Wenn sie da nicht ist, trinken wir einen Kaffee und versuchen es in ihrer Wohnung. Dann in der Schule. Dann im Krankenhaus. Danach gebe ich auf.«

Das Café war leer. Dennis blickte auf seine Uhr. Er entschuldigte sich mit einem frühen Termin und ließ die Suche fallen. Ich verstand, daß er sich nur ungern in meine häuslichen Probleme verwickeln lassen wollte, und schaute ihm nach, als er in der U-Bahnstation verschwand. Dann eilte ich hastig durch die Stadt.

20

Die Junkies und Bettler aus der Gegend waren alle draußen auf der Avenue B, genossen den Sonnenschein und bettelten die Passanten um Geld an. Ich war zu mies gelaunt, um an Wohltätigkeit zu denken. Ich ignorierte ihre Fluche, wenn ich mich weigerte, und ging weiter.

Ein frisch aufgebrochenes Schloß hing nutzlos an der Eingangstür. Ich stieß die Tür auf und trat ein. Der gelangweilte Hauswart verteilte gerade Desinfektionsmittel auf dem Boden, so daß sich der frische Kiefernduft mit den abgestandenen Gerüchen vermischte, die von den gestrigen Abendessen zurückgeblieben waren. Auf Zehenspitzen umging ich die Pfützen und rannte die Treppe hinauf.

Es war still auf dem Flur im fünften Stock. Ich suchte in meiner Tasche nach dem Schlüsselbund, das ich während der wilden Fahrt im Krankenwagen aus Oma Blakes Handtasche geklaut hatte, und öffnete die Tür. Meine Schnüffelei entschuldigte ich mit der Notwendigkeit, Wina zu finden, und begann, die beengten Zimmer zu durchsuchen.

Ihr Zimmer war zuerst dran. Es war ein typisches Mädchenzimmer, vollgestopft mit Schulbüchern, herumliegenden Kleidern,

Kassetten, Make-up, Postern von Musikern und Schmuck. Ich durchwühlte den Schrank, dann wandte ich mich dem Schreibtisch zu. Kein Tagebuch, keine Adressenliste von Freunden, keine Verstecke. Ich fand mehrere Kugeln – aber keinen Revolver -, drei Kondome und einen vergilbten Schnappschuß. Die Kugeln und die Kondome waren uninteressant. Aber das Foto nicht. Ich steckte es in meine Hosentasche und ging über den Flur in Omas Schlafzimmer.

Ihr Zimmer stand in einem lebhaften Kontrast zu dem Chaos auf der anderen Seite des Flurs. Es war makellos. Religiöse Figuren beobachteten mich mit mißbilligenden Blicken, als ich Schubladen öffnete und die Kleider im Schrank zur Seite schob, bis mich die sterile Leere und das überwältigende Gefühl von Voyeurismus überkam. Ich gab es auf und verließ die Wohnung.

Mit schleppenden Füßen passierte ich die fünfundvierzig Straßen bis zu dem Krankenhaus, in dem Oma Blake Patientin war, und nutzte die Zeit, um mir Erklärungen auszudenken, wie ich Wina verloren hatte. Sie klangen alle schwachsinnig. Im Krankenhaus erlebte ich den ersten Lichtpunkt an diesem Morgen: Oma schlief. Mein Angsthasenherz wurde leichter – ich hatte noch einen Tag Zeit, bevor ich der Frau entgegentreten mußte, die ihre Enkelin meiner inkompetenten Fürsorge anvertraut hatte.

Nachdem ich meine Münzen in vier verschiedenen Telefonzellen verloren hatte, gab ich es auf, mich im Büro zu melden und winkte ein Taxi heran. Wenn meine dünne Glückssträhne anhielt, hätte ich im Finanzviertel noch Zeit für ein Brötchen und Kaffee.

Im Vorraum zur Besuchergalerie gibt es ein kleines Museum; ich blieb nicht stehen, um mir die Ausstellung anzusehen, sondern drängte mich durch die Menschenmenge auf die Galerie. Grant stand am hintersten Ende der schmalen Galerie mit Ausblick auf den Handelsplatz und beobachtete die Aktivitäten zu seinen Füßen.

Eine dicke Glasscheibe, die installiert worden war, nachdem Demonstranten Dollarscheine hinuntergeschüttet hatten, umgab die Galerie. Der Handel war kurz unterbrochen worden, als das Geld zu Boden flatterte und jeder seinen Posten verließ, um wie wild nach dem Geld zu grapschen. Die Glasscheibe wurde schon am nächsten Tag aufgestellt.

Ich begrüßte Grant und wandte mich leicht ab, so daß sein Kuß auf meiner Wange landete, dann schaute ich hinunter. Die Sommerflaute hatte schon einen Monat vor der Sommersonnenwende zugeschlagen und reduzierte den Handel auf das träge Niveau vom August. Die Devisenhändler standen tratschend in kleinen Gruppen herum und erzählten sich Witze.

»Guck sie dir an. Gierige Hunde. Kapitalistische Huren. Wie sie sich verkaufen …«

Kindische Sprüche sprudelten aus Grants Mund. Ohne zuzuhören, nickte ich zustimmend und fragte mich, ob er in der Lage war, ein längeres Gespräch zu führen, das keine revolutionären Klischees enthielt.

»… dein Geld wird für einen guten Zweck eingesetzt.« Ich richtete meine Aufmerksamkeit wieder auf Grant. Er zeigte auf ein metallenes Gerüst, das an der Decke hing, an dem Computerkabel, Telefonleitungen und Stromleitungen befestigt waren, die zu den Ständen führten, wo die Geschäfte abgewickelt wurden. »Die Bomben werden an den Balken befestigt. Eine Zeituhr wird sie am Montagmorgen um Punkt halb zehn zünden, wenn Faradeux auf den Gong schlägt.« Er lächelte. »Gefällt es dir, wie dein Geld verwendet wird?«

Es gefiel mir nicht. Eine Gruppe von Touristen blieb neben mir stehen. Ich wartete, bis sie außer Hörweite waren, ehe ich antwortete. »Bomben von oben verursachen keinen großen Schaden. Können sie nicht besser plaziert werden?«

»Der innere Zirkel hat die Entscheidung getroffen. Ich muß sie befolgen, selbst wenn ich nicht einverstanden bin. Anstatt die Arschlöcher in die Luft zu sprengen, wie sie es verdienen, überschütten wir sie mit roter Farbe, die das Blut, das von unschuldigen Tieren vergossen wird, symbolisieren soll.«

Ich ergriff den hölzernen Handlauf, um mich festzuhalten, und unterdrückte mit zusammengebissenen Zähnen ein hysterisches Lachen. »Rote Farbe? Ich dachte …«

Grants Stimme wurde von dem Lautsprecher über uns, der Daten über die Börse von sich gab, übertönt. Ich beugte mich vor, um ihn zu verstehen. »Ich habe mir überlegt, daß wir sie vielleicht richtig überraschen könnten.«

Marcella streckte mir halbherzig einen Stapel Nachrichten entgegen, als ich zur Tür hereinkam. Mein Gesichtsausdruck hatte sie bereits gewarnt, daß ich kein Interesse hatte. Ich eilte an ihrer ausgestreckten Hand vorbei in mein Büro. Es war mir egal, wer am Telefon war oder auf mich wartete, ich mußte nachdenken.

Brad hielt mich an und wedelte mit einem gelben Blatt Papier vor meinem Gesicht. »Hey, Babe, ich habe dich schon gesucht. Jeannie hat bei der Bank angerufen und ein bißchen geweint. Sie behauptete, die neue Buchhalterin bei WARM zu sein und entlassen zu werden, weil sie den Kontoauszug verloren habe. Ein Angestellter, der sich mit miserablen Bossen identifiziert, schätzte sich glücklich, ihr die Informationen vorzulesen. Es sind keine Schecks auf Bombenlieferanten ausgestellt worden. Kein Faradeux-Kind hat etwas eingezahlt.« Er reichte mir das Blatt. »Tut mir leid, Babe. Es gibt keine rauchenden Revolver.«

Ich betrachtete die sauber geschriebenen Zahlenreihen auf dem Blatt. Über der einen stand »Eingänge« und über der anderen »Ausgänge«; keiner der Namen in beiden Reihen war mir bekannt. Ich faltete das Blatt zusammen und sah Brad an. »Sag Jeannie vielen Dank. Sag den anderen Leuten auch vielen Dank. Ich weiß, daß sie hart gearbeitet haben. Freitagabend gebe ich einen aus.«

»Okay, ich werde es ausrichten. Ach, was hältst du übrigens von Eileen?«

Ich zuckte die Schultern. »Ich habe nicht mit ihr gesprochen – ich bin nicht sicher, ob wir überhaupt miteinander sprechen. Gestern haben wir ihre Küche als Kampfplatz benutzt. Erst beschimpfte sie mich, dann warf sie mich raus.«

Brad lächelte. Verärgert über seinen selbstgefälligen Gesichtsausdruck knurrte ich: »Worüber lachst du?«

»Über nichts.«

Brad drehte sich um und versuchte zu flüchten, aber ich hielt ihn am Arm fest.

»Über nichts, Babe. Entspanne dich, du bist zu nervös. Deine Nerven sind am Ende. Geh nach Hause und schlaf dich mal richtig aus.«

Er befreite sich und eilte den Flur hinunter. »Brad, komm zurück«, schrie ich hinter ihm her.

»Später, Babe. Ich muß ein paar Dinge erledigen, derentwegen du mich immer quälst.«

»Brad!« Er winkte mir über die Schulter zu und verschwand um die Ecke. Ich kam mir selbst wie eine Komödiantin vor, als ich in mein Büro ging und murmelte: »Alles, was ich verlange, ist ein bißchen Respekt. Niemand hört mir zu ...«

Eine Frau saß hinter meinem Schreibtisch mit einem Blatt Papier vor der Nase und bemühte sich, die Schrift zu lesen. Sie legte das Blatt ab und sah mich an. »Ich höre dir zu. Es mag noch ein oder zwei Tage dauern, bis mir klar wird, daß du recht hattest, aber ich höre dir zu.«

Die Augenklappe vor Eileens rechtem Augen, deren Farbe zu ihrem Kostüm paßte, verlieh ihren Worten einen bizarren Anstrich. Ein Faß-mich-nicht-an/Stell-keine-Fragen-Ausdruck lag auf ihrem Gesicht. Ich starrte sie an, unsicher, was ich sagen sollte. Ich beschloß, mit der offensichtlichen Frage anzufangen: »Was machst du denn hier?«

»Wo warst du heute morgen?«

Wir sagten es zur gleichen Zeit. Eileen lachte. »Ich zuerst, meine Antwort ist kürzer. Ich beschloß, auf dich zu hören und zur Arbeit zu kommen. Wo warst du? Sprich schnell, denn deine Faradeux-Freunde müßten in ungefähr drei Minuten hier sein.«

Ich seufzte. »Wann haben sie angerufen? Ich habe vor morgen nicht mit ihnen gerechnet.«

»Jacob hat den Preis für den ersten Anrufer des Tages gewonnen.« Alle in meinem Büro hassen den ersten Anrufer des Tages – meistens ist es ein wütender Mandant oder ein wütender potentieller Mandant. »Er bestand darauf, dich heute morgen zu sehen. Wo warst du heute morgen? Ich nehme an, es hatte was mit Faradeux zu tun.«

Eileen hörte sich meine Geschichte über Grant und seine roten Farbbomben an. Sie warf den Kopf zurück und lachte. »Perfekt! Faradeux wird sehr glücklich sein; du hast seinen Fall ein paar Tage früher gelöst. Er kann seine große Party feiern, ohne sich Sorgen um häßliche Demonstranten zu machen.« Ich kreuzte die Arme vor der Brust und starrte auf meine Füße. Eileen hörte auf zu lachen, beugte sich über den Tisch und sah mich an.

»Was ist los? Du solltest glücklich sein. Es ist vorbei; schnapp dir Dennis und fahr für ein paar Tage weg!«

»Es ist noch nicht vorbei. Hier, sieh dir das an.« Ich reichte Eileen das Foto aus Winas Schreibtisch. »Der Typ rechts ist Hurley Blake. Grant Wilder ist der in der Mitte, der den Arm um Blake legt. Wilder diente in Vietnam bei der Sondereinheit. Ich vermute, Blake auch.«

Eileen betrachtete aufmerksam das Foto. Nach ein paar Sekunden fragte ich: »Wenn du etwas in die Luft jagen willst, wo besorgst du dir dann am besten den Sprengstoff? Wie wäre es mit einem alten Kumpel von der Armee, der sich auf den illegalen Waffenhandel spezialisiert hat?«

Ich zündete mir eine Zigarette an, zog ein paarmal kurz und zornig daran und blies den Rauch über Eileens Kopf hinweg. »Ich habe in der Columbia Universität angerufen, um ein paar Daten zu überprüfen. Benji Faradeux besuchte die Universität von 1968 bis 1970. Er wurde entlassen, weil er eine Antikriegsdemonstration anführte, die einen beträchtlichen Sachschaden verursachte. Grant Wilder und Rosalynn Carter – nicht verwandt mit Jimmy Carter – waren von 1969 bis 1970 dort. Sie waren in derselben Gruppe sehr aktiv.«

»Und das Motiv?«

»Benji will die Firma haben. Daddy hat sie Nanci versprochen.«

»Das reicht.« Eileen drehte einen Bleistift in ihrer Hand und fragte: »Was willst du Faradeux erzählen?«

»So wenig wie möglich. Ich will nicht, daß er die Sache vermasselt. Jacob würde Benji umbringen und Nanci beschimpfen, weil sie ihm von ihrem Verdacht nichts mitgeteilt hat. Würdest du an diesem Termin teilnehmen? Ich könnte deine Hilfe gebrauchen.«

Unter meiner Schädeldecke bildete sich ein verspannter Knoten. Ich massierte ihn und beendete meinen grimmigen Report. »Es gibt noch weitere schlechte Nachrichten: Wina Blake ist verschwunden.« Ich erzählte Eileen die klägliche Geschichte, wie Wina sich aus dem Haus geschlichen hatte, während Dennis und ich uns in meinem Schlafzimmer amüsierten, und beendete sie mit einem: »Willkommen im Büro.«

Jonas leises Klopfen an der Tür unterbrach uns, bevor Eileen irgendwelche Weisheiten von sich geben konnte. Sie steckte den Kopf herein und erklärte: »Mr. und Ms. Faradeux sind da. Sie warten im Konferenzzimmer.«

Eileen ließ den Bleistift fallen und stand auf. »Ein Problem nach dem anderen. Wir werden das Mädchen später suchen.«

Ich blieb zurück, um kurz im Krankenhaus anzurufen und zu hören, ob Wina dort aufgetaucht war. Sie war es nicht, und Oma schlief immer noch. Ich versuchte es wieder in der Schule und wählte eine Nummer, die ich in Omas Adreßbuch gefunden hatte. Die Frau am Apparat wiederholte, was ich bereits gehört hatte: »Wollen Sie die Wahrheit hören, Schätzchen? Wir wissen nicht, wer da ist und wer nicht. Wir kommen mit dem Zählen nicht mehr mit – zu viele Kinder erscheinen nicht.« Ich nahm einen Notizblock, um einen offiziellen Eindruck zu machen, und ging los, um Vater und Tochter Faradeux zu begrüßen.

Jacob und Nanci saßen Eileen gegenüber am Tisch im Konferenzzimmer. Jacob unterhielt meine Schwester mit einem Vortrag über die einzelnen Vorgänge beim Kastrieren von Bullen. Nanci ignorierte den Bericht ihres Vaters, und wie unbehaglich Eileen sich wand, und konzentrierte sich lieber darauf, ihre Fingernägel zu kauen. Jacob stand auf, als ich das Zimmer betrat, und schüttelte mir kräftig die Hand.

»Hallo, Red. Ihre Schwester hier sagte mir, daß Sie gute Nachrichten hätten. Sie müssen wohl gut sein, wenn sie hier, gekleidet wie die Helfer auf meiner Ranch, hereinkommen.«

Ich verzog das Gesicht; ich brauchte seine unhöfliche Bemerkung über meine Erscheinung nicht. Meine Kleidung von gestern kam mir zerknittert und muffig vor; ich hoffte, sie würden es nicht riechen. Jacob drückte nochmals meine Hand. »Nun verstehen Sie das doch nicht als Beleidigung, Red. Sie sehen bequem gekleidet aus, und ich bin neidisch, weil ich einen Anzug trage. Ich bin froh, daß jemand in dieser Stadt etwas Pferdeverstand besitzt – «

»Daddy –«

»Nanci meint: ›Setz dich hin und halt den Mund, du alter Narr.‹ Lassen Sie uns zum Geschäft kommen, Red. Ich habe dem Fräulein hier alles erzählt, wie man eine Ranch führt.«

Das Fräulein funkelte mich an. Selbst mit einem bedeckten Auge war das immer noch ein eindrucksvoller Blick. Ich grinste sie an. Wir waren uns quitt, was den Kummer betraf, den sie mir während der letzten Woche bereitet hatte.

»Ich weiß, Sie haben keine Zeit für Plaudereien. Mein großer Auftritt findet am Montag statt. Erzählen Sie mir, was passiert.«

»Ihr Auftritt sollte ohne Probleme ablaufen.« Ich klang viel zuversichtlicher, als mir zumute war. »WARM plant eine Demonstration vor dem Gebäude. Mein Büro hat die New Yorker Polizei und die Börse über WARMs Pläne unterrichtet. Sie sind darauf vorbereitet, sie aufzuhalten.«

Jacob akzeptierte meinen optimistischen Bericht und entspannte sich. Der Ärger kam von unerwarteter Seite. Nanci hörte auf, ihre Fingernägel zu kauen und fragte: »Was passiert drinnen in der Börse? Plant WARM, Daddy daran zu hindern, den Gong zu schlagen?«

Ich dachte daran, daß Grant eine Überraschung versprochen hatte, und versuchte, zuversichtlich zu antworten. »Sie werden versuchen, den Handel zu stören. Ich kenne einen Teil ihres Plans und bin damit beschäftigt, auch den Rest zu erfahren.«

»Red, Sie haben nicht mehr viel Zeit.«

»Heute ist Freitag. Ich habe noch bis Montag Zeit.«

Eileen und ich hielten ein düsteres Nachbereitungstreffen in meinem Arbeitszimmer ab. Wir setzten uns in die Sitzecke und zündeten uns Zigaretten an. Nachdem sie ein paar Minuten Jacobs Texasdialekt imitiert hatte, kam Eileen schnell zur Sache.

»Ich zitiere diesen unerträglichen Cowboy ungern, aber er hat recht. Du hast nicht mehr viel Zeit.«

»Mach dir man keine Sorgen, Fräulein.« Eileen runzelte die Stirn, und ich gab den Versuch auf, lustig zu sein. »Ich verspreche dir, daß ich die Börse am Montagmorgen entweder über die Tatsachen oder die Gerüchte informieren werde. Sie werden sich darum kümmern. Faradeux wird seine Gongnummer nicht machen, ehe nicht sichergestellt ist, daß dort kein Sprengstoff oder rote Farbe versteckt sind.«

Eileen war ein paar Sekunden still. Sie nahm einen tiefen Zug an ihrer Zigarette, blies eine Rauchwolke aus und stellte die Frage, die sie immer stellt: »Was wirst du jetzt unternehmen?«

Meine Antwort war immer dieselbe. »Ich weiß es nicht.«

21

Wo war Wina? Die Frage beschäftigte mich den ganzen Nachmittag. Eileen arbeitete an meinem Schreibtisch; ich saß auf dem Sofa, machte mir Fallnotizen und schaute gelegentlich zu Eileen hinüber, um zu sehen, wie es ihr ging. Wenn ich Eileen nicht beobachtete, starrte ich auf die Miniaturhand, die über das Zifferblatt meiner Uhr schlich.

Drei Uhr siebenundfünfzig. Zeit genug für Wina, um die Schule zu beenden, falls sie dorthin gegangen war, und ins Büro zu kommen. Zeit genug, um sich einzugestehen, daß sie nicht auftauchen würde. Drei Uhr achtundfünfzig. Das Telefon klingelte. Eileen nahm den Hörer ab, hörte ein paar Sekunden zu und bat den Anrufer zu warten.

Sie hielt mir den Hörer hin. »Das ist für dich. Tony Parker.«

»Wahrscheinlich ruft er an, um mich wegen irgend etwas zu beschimpfen, was ich nicht getan habe. Er hat mich seit ein oder zwei Tagen nicht mehr angeschrien.« Ich nahm das Telefon und sagte Hallo.

»Blaine, wie geht es dir?«

»Sehr gut, Tony. Und dir?« Eileen schmunzelte. Ich drehte mich um und sagte höflich: »Was kann ich für dich tun? Ist das geschäftlich oder privat?«

»Unglücklicherweise ist es geschäftlich. Hier sitzt ein junges Mädchen vor meinen Zimmer und behauptet, bei dir zu wohnen. Ich dachte, ich tue dir einen Gefallen und rufe an, anstatt sie in eine Jugendstrafanstalt zu schicken.«

»Wina –«

»Ja, das ist sie. Charmantes Mädchen – bringst du ihr Manieren bei? Sie beschimpft jeden, der ihr zu nahe tritt.« Ich überging die Beleidigung und fragte in demselben lockeren Ton wie Tony: »Welches heimtückische Verbrechen hat sie begangen?«

»Das Mädchen fuchtelte auf dem Schulhof mit einem Revolver herum, so daß der Direktor die Polizei gerufen hat. Sie erwähnte, daß du vorübergehend die elterliche Sorge ausübst. Sie hat Glück gehabt, daß meine Jungs sich an deinen Namen erinnerten.«

»Scheiße.«

Ich überlegte mir gerade verschiedene Methoden, wie ich das Kind umbringen könnte, und war mir nicht bewußt, daß ich meine Reaktion in den Hörer geflüstert hatte. Tony lachte. »Meine Kinder haben mich zum Wahnsinn getrieben, als sie Teenager waren. Warum kommst du nicht her und holst sie ab? Das ist eine berufliche Gefälligkeit – sie erspart uns eine Menge Zeit.«

»Danke, Tony. Ich freue mich über deine Hilfe. Ich bin in ungefähr einer halben Stunde da.«

Ich drehte mich wieder zu Eileen um. Sie nahm den Hörer, legte ihn auf die Gabel und lachte. »Ist Parker wieder ein anständiger Kerl?«

»Ich nehme es an.« Ich erzählte ihr die Hälfte der Unterhaltung, die sie nicht mitbekommen hatte, und warf ein paar Papiere in meine Aktentasche, während ich sprach. »Ich werde versuchen, heute abend ein paar Dinge zu Hause zu erledigen. Wie überzeugt man ein sechzehnjähriges Mädchen, daß ein Revolver keine Probleme löst?«

Eileen zuckte die Schultern. »Willst du eine Antwort oder einen philosophischen Vortrag über die Waffenkontrolle?«

»Ich habe für beides keine Zeit. Ich muß das Kind abholen.« Ich warf einen letzten Ordner in meine Aktentasche und verschloß sie. »Bist du morgen hier?«

Eileen lachte. »Was für eine lächerliche Frage. Natürlich bin ich hier. Bis morgen. Sei vorsichtig.«

Von draußen sieht das neunundvierzigste Revier wie ein Schloß aus, das von einem Burggraben in Form eines rissigen und mit Müll bedeckten Fußweges umgeben ist. Wenn die Besucher die zerbrochenen Gehwegplatten und die zerfallene Treppe erfolgreich überwunden haben, betreten sie die mit Ruß bedeckte Burg in der Erwartung, dort König Arthur und einem Haufen Ritter zu begegnen. Das schäbige Innere, das mit alten Schreibtischen und Plastikstühlen gefüllt ist, erschüttert jedoch die Illusion vom Schloß. Es ist auch kein einziger Ritter in einer glänzenden Rüstung zu sehen.

Der Sergeant in der Anmeldung blickte von seinem erhabenen Hochsitz herab. Er hörte sich meine Geschichte an und zeigte auf eine Treppe hinter sich. »Der Fahrstuhl ist kaputt, Sie müssen laufen.«

Wina saß auf einer Bank im Flur. Erleichterung breitete sich auf ihrem Gesicht aus, als sie mich kommen sah, die aber schnell verschwand, als sie meine grimmige Miene entdeckte. Ich zeigte auf die Bank. »Rühr dich nicht. Ich muß mich erst beim Kommissar bedanken, daß er dich freiläßt. Wir reden, wenn wir zu Hause sind.«

Parkers Büro war voller Cops. Da ich nicht stören wollte, winkte ich ihm durch die offene Tür zu und drehte mich um. Tony verließ die Polizisten, die um seinen Tisch versammelt waren, und stürzte hinter mir her.

»Entschuldige, ich wollte deine Versammlung nicht unterbrechen. Ich wollte mich für den Anruf bedanken.«

Revierchefs müssen die Nichtraucherschilder an der Wand nicht beachten. Tony zündete sich eine Zigarre an und ließ das Streichholz auf den Fußboden fallen. »Du hast nichts unterbrochen. Die Leute organisieren nur das jährliche Picknick. Ich brauchte eine

Pause, um über so wesentliche Fragen, wieviele Hotdogs wir brauchen, zu entscheiden. Erzähl mir doch mal, seit wann du ins Babysitter-Geschäft eingestiegen bist. Du kommst mir nicht gerade mütterlich vor.«

Parker tat mir einen Gefallen, darum lächelte ich über seine Bemerkung über meine mütterlichen Instinkte. »Die Großmutter des Mädchens ist vor ein paar Tagen in meinem Büro umgekippt. Zuerst glaubten die Ärzte, es handele sich um einen Herzinfarkt, aber jetzt meinen sie, es sei Streß gewesen – was mich nicht überrascht, denn Wina macht einem zu schaffen. Die Großmutter wird morgen entlassen. Ich bin froh, meinen Gast dann loszuwerden.«

Tony begleitete mich den Flur hinunter. »Laß uns einen Blick auf deine kleine Kriminelle werfen. Vielleicht können wir ihr etwas Angst einjagen, damit sie nicht noch einmal so eine Nummer abzieht.«

Wina hatte sich nicht von der Bank fortbewegt; sie funkelte immer noch jeden verdrossen an, der an ihr vorbeiging. Wir blieben vor ihr stehen, und ich stellte die beiden einander vor. »Tony, das ist Wina Blake. Wina, Captain Parker hat hier das Sagen. Seinetwegen mußt du nicht vor Gericht.«

Parker riß die Zigarre aus dem Mund und zog mich beiseite. »Ist das dieselbe Blake wie Hurley Blake?« Ich nickte, woraufhin Tony explodierte. »Verdammt nochmal, bist du immer noch hinter dem Mist her? Ich dachte, du wärst mit dem Müll fertig.«

»Tony, ich –«

»Nimm das Mädchen und macht, daß ihr hier rauskommt. Komm nicht noch einmal und bitte um irgendeinen Gefallen.«

»Tony, hör doch mal zu.«

»Ich interessiere mich nicht für deinen Scheiß. Ich habe genug von dir und deinen Versuchen, mich anzumachen.« Parker zeigte mit der Zigarre auf Wina. »Du hast deine Wahl getroffen, jetzt nimm sie mit nach Hause.«

Wir gingen. Wir hielten kurz in einem Lebensmittelladen, dann begaben wir uns nach Hause. Wina stritt nicht, erklärte nichts und entschuldigte sich nicht. Man mußte kein sensibles Genie sein, um zu erkennen, daß es ein Fehler gewesen wäre, mich anzusprechen.

Sie folgte einen Schritt hinter mir und ließ mich klugerweise meinen Ärger ablaufen.

Ich marschierte in die Küche. Wina trödelte hinterher. Mikey schwatzte im Hintergrund, als ich das Essen aus der Tüte nahm und auf den Tisch warf und mich bemühte, meine Wut unter Kontrolle zu bekommen. Wina betrachtete den Wok, den ich aus dem Schrank nahm, und fing an zu meckern.

»Du und Chinesisch? Meine Oma kocht das nie.«

Ich warf ihr quer durch die Küche ein Paket Pilze zu. »Schneide die klein, ja? Und hör auf zu jammern. Du wirst froh darüber sein, wenn es zum Abwasch kommt – dafür braucht man nur eine Pfanne.« Ich begann, das Hähnchen zu schneiden. »Das ist der letzte Abend, an dem du fremde Sachen essen mußt. Deine Großmutter wird dir morgen sicherlich deine Lieblingsspeisen kochen, um ihre Heimkehr zu feiern.«

»Das würde ich ihr auch raten. Ich will Hamburger. Und Kartoffeln. Und ...« Sie hielt inne, hackte unbeholfen die Pilze und fragte unschuldig: »Bist du sauer auf mich?«

»Total sauer.« Heftig haute ich die Hähnchenbrust in kleine Stücke. »Du bist heute morgen weggelaufen, ohne mir zu sagen, wohin du gehst. Ich habe Stunden damit verbracht, nach dir zu suchen und mir Sorgen zu machen.«

Ich haute erneut auf das Hähnchen ein. »Wo hast du das Geld für den Revolver her? Hast du es mir geklaut? Soll ich meine Brieftasche überprüfen, ob Geld fehlt? Oder hast du mein Silber versetzt?« Ich schlug das Messer in die nächste Hähnchenbrust. »Was zum Teufel hast du eigentlich vor?«

»Dieser Cop. Wie heißt der?«

Sich mit scharfen Messern gegenüber zu stehen, war keine gute Idee; ich fühlte mich versucht, meins für etwas Schlimmeres als die Zerlegung eines Hähnchens zu benutzen. Ich ließ das Messer auf das Brett fallen und drehte mich zu dem Mädchen um. »Hör zu. Ich will eine Erklärung für das, was du heute gemacht hast. Fang damit an, warum du wieder einen Revolver gekauft hast.«

Wina ging auf meine Frage nicht ein und tat so, als würde sie sich darauf konzentrieren, die Pilze zu schneiden; ich war zu wütend, um auf einer Antwort zu bestehen. Ich sagte mir, daß sie am nächsten Morgen fort sein würde und daß ich dann die ganze Familie Blake vergessen könnte, und warf das Hähnchen in den Wok, fügte die Pilze, Broccoli, zu viel Knoblauch und Ingwer hinzu. Ein Schuß Sojasauce vervollständigte mein Meisterwerk. Ich taute etwas Reis in der Mikrowelle auf und schüttete meine namenlose chinesische Kreation darauf. Das Essen war fertig. Wina nahm einen Bissen und schlang das Essen, ohne zu kauen, hinunter. Dann ließ sie die Gabel fallen und starrte mich an.

»Was ist jetzt wieder los?«

»Nichts.«

Wina gabelte ein Stück Hähnchen auf, schob es in den Mund und kaute langsam. Schließlich schluckte sie es hinunter. »Ich habe heute die Schule geschwänzt –«

»Ich weiß. Ich habe dich gesucht.« Obwohl ich mir sagte, daß es egal sei, weil mir das Kind morgen früh aus den Augen sein würde, fragte ich: »Warum hast du die Schule geschwänzt?«

»Ich ging nach Hause. Ich wollte alles schön herrichten für Oma.« War das dasselbe Kind, das festgenommen wurde, weil es Revolver kaufte, um die Leute umzubringen, die für den Tod ihres Vaters verantwortlich waren? »Ich sah mich in ihrem Zimmer um. Sie hatte noch ein paar Sachen von Daddy – ich weiß, sie erzählte dir, sie hätte sie verbrannt, aber ich habe es gefunden.«

»Was hast du gefunden?«

»Ein Buch. Da sind viele Namen drin ... Sein Name stand auch darin.«

»Parkers Name?« Das Mädchen nickte. »Bist du sicher, daß Parkers Name in dem Buch steht?«

»Ja. Da steht, daß er Daddy Geld schuldet. Was soll das heißen?«

Das Mädchen versuchte, an dem anständigen Bild ihres Vaters festzuhalten, und ich wollte es nicht zerstören. Darum überging ich ihre Frage. »Wo ist das Buch?«

»In der Schule, in meinem Schrank. Ich hatte Angst, jemand könnte versuchen, es mir wegzunehmen.«

Das Telefon klingelte. Wina rannte durch die Küche und nahm den Hörer ab. »Ja, wer ist da?«

Ich zuckte etwas zusammen und folgte ihr, um ihr den Hörer aus der Hand zu nehmen, bevor sie irgend einen weiteren Schaden anrichten konnte. »Hallo.«

»Stewart?«

Vage erkannte ich die Stimme des Mannes, konnte sie aber nicht mit einem Gesicht in Verbindung bringen. Wina kehrte an den Tisch zurück, schob sich eine weitere Gabel Essen in den Mund und hörte beim Kauen aufmerksam zu.

»Ja, hier ist Blaine. Wer ist da?«

»MacIntyre. Suchen Sie noch die Kerle, die Bomben kaufen wollen? Weil ich was hab'. Interessiert?«

»Was haben Sie erfahren?«

»Ein paar Typen haben gestern abend Verbindung aufgenommen. Sie war'n heute nachmittag auf'n Bier bei Billy's und laberten ständig von diesem großen Job. Ich dachte, sie wär'n zu besoffen, um irgend ›nen großen Job zu erledigen, und sprach sie darauf an. Sie meinten, sie hätten genug Zeit zum Ausnüchtern. Sie woll'n sie heute abend installieren.« Rudy machte eine Pause, um die Spannung zu erhöhen. »Sie woll'n die Börse in die Luft jagen.«

Da mir Winas neugierige Ohren bewußt waren, fragte ich nüchtern: »Was haben sie noch gesagt?«

»Die Putzkräfte sind um neun fertig. Sie benutzen den Eingang in der New Street, hinter dem Gebäude. Wenn sie geh'n, lassen sie die Tür offen. Diese Kerle gaben damit an, daß sie den Wachleuten ›ne Weihnachtszulage geben, mit der sie sich soviel Koks kaufen könnten, daß sie nicht ›mal mehr den Nikolaus erkennen würden, wenn er durch'n Kamin käme. Diese Kerle sind um neun drin und um halb zehn wieder raus. Montagmorgen – peng. Bezahlen Sie mich dafür?«

Mein käuflicher Informant wartete begierig auf meine Antwort. »Lassen Sie es mich überprüfen. Wenn Ihre Information stimmt, werde ich zahlen. Rufen Sie mich morgen an.«

»Wann geh'n Sie?«

»Keine Sorge, ich werde es überprüfen. Wenn Sie recht haben, werde ich zahlen.«

»Gut.« Ich hörte einen erleichterten Seufzer, dann ein Klicken. Die Verbindung war unterbrochen.

Wina schob ihr Essen auf dem Teller hin und her und fragte: »Gehst du?«

Sprach denn niemand mehr in kompletten Sätzen? Ich beantwortete ihre Frage in sehr korrektem Englisch: »Ja, ich gehe später aus. Es wird nicht lange dauern.« Lange genug, um zu prüfen, ob Grant mehr als rote Farbe für Jacob Faradeux vorgesehen hatte.

Ich versuchte, mein Abendessen zu beenden, aber der Appetit war mir völlig vergangen und von den hektischen Überlegungen verdrängt worden, wie ich mich auf den Besuch in der Börse vorbereiten sollte. Da ich mich immer noch bemühte, als gutes Beispiel voranzugehen, entschuldigte ich mich höflich und lief die Treppe hinauf, um in der Privatsphäre meines Schlafzimmers zu telefonieren.

Eileen antwortete nicht. Ich fluchte über ihren Unwillen, sich einen Anrufbeantworter anzuschaffen, und versuchte, Dennis und Brad anzurufen. Bei beiden Nummern begrüßte mich ein Anrufbeantworter. Ich fluchte, weil sie nicht selbst anworteten, und traf eine Entscheidung: Piepser. Morgen früh würden alle im Büro einen Piepser bekommen. Ich wählte nochmal Dennis' Nummer, wartete ungeduldig, bis seine Mitteilung beendet war, und hinterließ eine kurze Nachricht, bevor ich frustriert den Hörer aufknallte. Dann rief ich Brads Anrufbeantworter an und hinterließ dieselbe Nachricht.

Es war fast halb neun. Ich hatte kaum noch Zeit, denn ich wollte rechtzeitig an der Börse sein, um Grant auf frischer Tat beim Anbringen des Sprengstoffs zu erwischen. Ich zog hastig meine Kampfausrüstung an – dunkle Jeans, Bluse und Jackett, Turnschuhe, Halfter, Revolver und Ersatzpatronen – und setzte mich an den Tisch. Während ich nervös die letzte Zigarette rauchte, bevor ich ging, schrieb ich für Wina eine kurze Liste von Telefonnummern auf.

Als die Liste fertig war, ging ich wieder in die Küche hinunter. Mein Gast hatte sich nicht die Mühe gemacht, abzuwaschen. Schmutzige Teller stapelten sich auf dem Schrank neben der Spüle, während Wina, gebeugt über ein Schulbuch, am Tisch saß. Ich unterbrach ihre Hausaufgaben, um ihr die Liste zu geben. Ausführlich erklärte ich ihr ihre Rolle; ein verständnisvoller Blick blitzte in ihren Augen auf. Befriedigt, daß sie sich daran halten würde, eilte ich aus dem Haus. Erst als ich im Wagen saß und auf dem Weg zur Wall Street war, begann ich mich zu fragen, woher MacIntyre meine private Telefonnummer hatte.

22

Ich parkte ein paar Straßenzüge von der Börse entfernt und lief zur New Street. Es war nicht schwer gewesen, einen Parkplatz zu finden, da die Wall Street nachts eine Geisterstadt wird. Die Devisenhändler, Angestellten und Hilfskräfte drängeln sich kurz nach Börsenschluß in die U-Bahnen und Expresslinien, um nach Hause zu fahren und sich für den Kampf am nächsten Tag zu erholen, und lassen Tausende von Parkplätzen hinter sich.

Der öffentliche Eingang in die New Yorker Börse im Herzen der Wall Street befindet sich nicht in der Wall Street, sondern in der Broad Street. Aber ich wollte nicht zum Vordereingang. Ich eilte an der Broad Street vorbei und ging zur Rückseite.

Ich sah auf das Straßenschild und nickte. Jetzt hatte ich wenigstens die Antwort auf meine geographische Frage – ich hatte die New Street gefunden; sie führte an der Rückseite der Börse entlang. Die richtige Tür zu finden, war einfach. Sie befand sich in der Mitte des kurzen Blocks – dort, wo die Überwachungskamera nutzlos an ihrer Halterung hing.

Meine Nerven waren zum Reißen gespannt, als ich die Tür berührte. Sie war nicht abgeschlossen. Ich zog die Tür auf, schlüpfte hinein und wartete darauf, von einem Sicherheitsposten angesprochen zu werden. Doch ich hörte nichts als Schweigen.

Ich wanderte ein paar Minuten herum, guckte in Lagerräume, Hauswartsschränke und Toiletten, bevor ich den Tunnel fand, der zum Haupttrakt führte. Niemand hielt mich auf.

Mein Magen krampfte sich zusammen. Es war so leicht. Viel zu leicht. MacIntyres Beschreibung zu ähnlich. Ich ignorierte meine angespannten Nerven und lief durch den Tunnel in einen dunklen Winkel auf der Handelsetage, wo ich nach Atem ringend stehenblieb und mir einredete, ich würde nur darauf warten, daß meine Augen sich an die Dunkelheit gewöhnten.

Jeder hat schon einmal Bilder von der Börse gesehen, wenn sich dort die Käufer und Verkäufer drängen. Nachts ist es anders, wenn du am Rande des stillen Raums stehst und dir das Tollhaus vorstellst, das ausbrechen würde, wenn während Jacob Faradeux's Eröffnungszeremonie eine Bombe explodierte. Der im Laufe der Jahre angesammelte Staub machte aus der Deckenbeleuchtung eine finstere Dekoration, aber meine Phantasie produzierte genug Licht.

Die Reihen dunkler Inseln, die Stände, wo die Devisenhändler arbeiteten, wären mit Angestellten besetzt, die darauf warteten, Aufträge auszuzeichnen. Die Gänge wären mit Maklern und selbständigen Brokern bevölkert, die herumrannten und sich einen letzten Witz erzählten, bevor der Gong den Beginn eines neuen Arbeitstages signalisierte. Jacob würde auf dem VIP-Balkon stehen und mit einem stolzen Lächeln auf die Menge hinabblicken. Nanci, Börsenvertreter und Investmentbanker stünden neben ihm. Alle würden lächeln. Doch ihr Lächeln würde wenige Augenblicke, nachdem Jacob den Arm nach hinten bewegt hatte, verschwinden.

Ich schüttelte den Kopf und dachte über Bomben nach. WARM wollte mehr erreichen, als Jacob Faradeux zu zerstören. Sie wollten ein Statement abgeben. Die Bombe würde an der schwächsten Stelle installiert werden: An der Säule, die die Besuchergalerie stützte. Grant würde sein Ziel nicht verfehlen; die Explosion würde die gesamte Konstruktion zusammenbrechen lassen. Zementbrocken, Holzsplitter und zerfetzte Körper würden den Boden bedecken.

Ich schauderte. Meine Finger berührten die Smith & Wesson in meiner Jackentasche, und ich fühlte mich etwas sicherer. Als ich den Revolver aus der Tasche zog, fühlte ich mich sogar noch besser.

Doch dieser kleine Schub an Zuversicht verflüchtigte sich, als ich durch den Raum sah. Es war ein langer Weg bis zur anderen Seite. Eine ungefähr sechs Meter freie Fläche erstreckte sich zwischen dem schützenden Schatten, in dem ich hockte, bis zu der ersten Reihe der Handelsstände. Mit einem schnellen Sprint über den dunklen Boden könnte ich ihren Schutz erreichen. Von dort könnte ich von Stand zu Stand springen, bis ich am Balkon wäre. Ich holte tief Luft, hielt sie ein paar Sekunden an, bevor ich ausatmete, dann sprang ich aus meiner sicheren Ecke heraus.

Wenn Eileen bei mir gewesen wäre, hätte sie Homer zitiert: »Zeus bringt nicht alle Pläne des Menschen in Erfüllung.«

Mein Plan kam der Erfüllung nicht einmal nahe. Ich war noch mehrere Schritte von meinem ersten Zufluchtsort entfernt, als ein Schuß ertönte. Mein Bein knickte ein, und ich stürzte zu Boden. Beim Aufprall fiel mir die Automatik aus der Hand. Gegen die Panik ankämpfend, die in mir aufkam, tastete ich den Boden nach meinem Revolver ab. Meine Finger berührten den Revolvergriff genau in dem Augenblick, als die nächste Salve über mir hinwegschoß. Ich packte die Waffe, rollte mich auf den Rücken und verschoß das ganze Magazin.

Das Glück, nicht mein Können, leitete meine Schüsse. Ein Mann schrie fluchend auf, dann war er still. Ein unheimliches Schweigen legte sich über den Raum. Ich hielt den Atem an, lauschte vergeblich auf Schritte. Die Deckenbeleuchtung flackerte kurz, dann erwachte sie zu Leben. Ich kroch auf Händen und Knien in den nächsten Stand und hockte mich neben die Mittelsäule. Ein dunkler Fleck breitete sich auf meinem rechten Schenkel aus, als das Blut durch den Jeansstoff sickerte. Schnell zog ich meine Jacke aus, wickelte sie um mein Bein und ermahnte mich, nicht darüber nachzudenken. Ich hatte andere Probleme.

Zuerst die Munition. Ich schob ein neues Magazin in die Automatik und steckte den Nachschub in meine Hemdentasche. Zweiunddreißig Schuß. Gegen wieviele?

Eine vertraute Stimme rief: »Blaine! Wo bist du? Komm raus!«

Tony Parker. Ich verspürte eine kurzlebige Erleichterung; doch Parkers nächste Worte fegten sie fort. »Wir haben die ganze Nacht

Zeit. MacIntyre ist die Sicherheitsleute losgeworden. Er ist gut. Du hast seine Geschichte natürlich geglaubt. Ich wußte, daß du gleich hergerannt kommen würdest. Du warst schon immer zu ungeduldig, um auf Unterstützung zu warten.«

Parker kam näher, während er sprach. Ich zog die Knie an die Brust und versuchte, mich so klein zu machen, daß ich mich unter dem Tresen verstecken konnte. Es ist sonst nicht mein Stil, mich unter Tresen zu verstecken, aber meine Wahlmöglichkeiten waren begrenzt. Ich versuchte nachzudenken, während Tony mich mit seinem Gerede aus dem Versteck locken wollte.

»MacIntyre und ich haben einen Deal gemacht. Nach dieser Nacht interessiert es mich nicht mehr, was er mit deiner Schwester macht. Es dürfte nicht so schwer sein, eine einäugige Lady loszuwerden, wenn ihr Schutzengel weg ist.«

Ich biß die Zähne zusammen, um nicht laut zu fluchen, wie ich es am liebsten getan hätte. Die Schritte hielten neben meinem Versteck inne. Mit scheinheiliger Besorgnis sagte er: »Blut. Du bist verletzt.« Parkers Kopf erschien über dem Tresen; er lächelte nicht. Er zeigte mit seinem Dienstrevolver auf mich und sagte: »Komm schon. Komm da raus.«

»Du Arschloch. Bring mich doch hier um.«

Parker schoß. Der Computermonitor, der hinter mir hing, explodierte, und ein Hagel aus Funken, Glassplittern und Plastikstückchen stob umher. Dann senkte mein früherer Mentor den Lauf seines Revolvers und zielte auf meinen Kopf. Seine Finger drückten langsam auf den Abzug.

»Mach schon, Tony. Töte mich. So wie du Hurley Blake getötet hast. Aber bevor du es tust, gib mir eine Erklärung, damit ich es verstehen kann. Zumindest das schuldest du mir.«

Tonys blutunterlaufene Augen wichen meinem Blick aus, als er in Ruhe seine Geschichte erzählte. Die Wunde in meinem Bein pochte, und ich konnte das Blut durch den behelfsmäßigen Verband sickern sehen. Ich zwang mich, ruhig zu bleiben und mich darauf zu konzentrieren, daß Parkers Aufmerksamkeit nicht auf den Revolver gelenkt wurde, den ich hinter meinen hochgezogenen Beinen versteckt hatte.

»Blake erpreßte mich. Ich hätte ihn sofort töten sollen, aber ich tat es nicht. Ich dachte, ich könnte ihn abschrecken, indem ich Druck auf ihn ausübte. Es klappte nicht. Jedesmal, wenn ich eine Razzia bei ihm machte, rief er deine Schwester an, und ich mußte mich zurückziehen.«

»Warum hast du ihn getötet?« fragte ich ruhig.

Parkers Stimme wurde lauter. »Als ich ihn das letzte Mal durchsuchte, wurde er sauer und drohte, er würde wegen der Razzia zur Presse gehen. Ich hätte meinen Job, meine Beförderung, meine Pension, einfach alles verloren. Als du auch noch anfingst, Fragen zu stellen, mußte ich ihn aufhalten. Dazu benutzte ich die Überbleibsel aus Blakes Lagerraum.«

Die Razzia. Eine unangenehme Erinnerung ging mir durch den Kopf, eine, die ich zu verdrängen versucht hatte. Ich unterbrach Parkers Entschuldigung, daß er versehentlich Ida getötet hatte. »In Jeffs Notizbuch wirst du als Kontaktperson bei der New Yorker Polizei genannt.« Übelkeit überkam mich. »Oh Gott. Du bist es gewesen ...«

Parker antwortete nicht. Er brauchte nicht zu sprechen, denn ich sah die Wahrheit in seinem aschfahlen Gesicht. Sein Revolverlauf senkte sich leicht nach unten.

»Warum ...« Meine Stimme brach. Ich leckte meine Lippen und versuchte es erneut. »Warum hast du das getan?«

Er wollte mich nicht ansehen; ich wollte seine Augen sehen. »Ich hatte ein paar schlechte Wetten abgeschlossen und hatte Schulden – sehr hohe Schulden. Etwas über die Razzia durchsickern zu lassen, war der einzige Ausweg.«

Meine Muskel spannten sich an, mein Herz klopfte. Parkers Geständnis war ein Fehler; jetzt, wo ich den Verräter gefunden hatte, der meinen Mann umgebracht hatte, würde ich alles tun, um ihn zu töten. Ein Feind, der keine Angst hat zu sterben, ist ein sehr gefährlicher Feind.

Das Getrappel von Schritten echote durch den Raum. Dennis' Stimme ertönte: »Blaine? Bist du hier? Antworte mir – wo bist du?«

Parker ließ sich durch das Gerufe nicht ablenken. Langsam hob er den Revolver.

Wir feuerten gleichzeitig. Mein Schuß erreichte sein Ziel zuerst. Parker stürzte und fiel mit einem heftigen Aufprall zu Boden; sein Schuß streifte meine Schulter und vergrub sich in einem Stapel von Bestellscheinen. Langsam legte ich meinen Revolver auf den Boden und schloß die Augen. Ich hatte genug Leichen gesehen, um zu wissen, daß Parker tot war.

23

Ich erwachte in einem stillen Krankenhauszimmer und fühlte mich fast wie normal. Der erste Besucher dämpfte mein Gefühl der Begeisterung.

Harold Hodgkins betrat in einem förmlichen dunklen Anzug, einem frischen weißen Hemd und einer von der Regierung gebilligten dunklen Krawatte das Zimmer. Er lächelte nicht, zückte einen Plastikausweis und setzte sich; der Ausweis besagte, daß Hodgkins keine Einladung brauchte.

Hodgkins war unglücklich; mit ernstem Blick starrte er mich an. Ich starrte zurück, überrascht zu erfahren, daß er zu den Guten gehörte, aber ich wollte es nicht zugeben.

»Das Antiterroristenkommando hat viel Zeit für WARM investiert. Sie haben die Sache fast zum Platzen gebracht.«

»Das stimmt nicht. Von meiner Warte aus sah es so aus, als würden Sie keine Fortschritte machen.« Hodgkins runzelte die Stirn, doch richtig böse machte ich ihn erst mit der Frage: »Wird mir irgend etwas zur Last gelegt? Soll ich meine Anwältin rufen?«

Hodgkins schürzte die Lippen und sah aus dem Fenster. »Aufgrund der Information, die Sie Halstead gaben, und der Ergebnisse meiner Ermittlungen bekamen wir einen Durchsuchungsbefehl für das Büro von WARM. Wir fanden Zünder, die auf Druck reagieren, Sprengstoff und Pläne. Die Zündung hätte bei Faradeux's Eröffnung des Handels stattgefunden. Wir fanden auch eine große Menge C-4, Verpackungen und Zeitzündermechanismen – eine vorläufige Überprüfung ergab, daß alles mit den Bombensplittern im Büro Ihrer Schwester übereinstimmt.«

»Was ist mit Roz und Grant?«

Hodgkins lächelte. »Roz beschuldigt Wilder. Er will nicht reden. Wir werden es aber schaffen, ihnen eine Verschwörung nachzuweisen. Sie haben eine Menge handschriftlicher Unterlagen im Büro hinterlassen.«

»Wie ist es Ihnen gelungen, Dennis von den Ermittlungen abzuziehen?« Ich versuchte, ruhig und professionell zu klingen, was ich nicht geschafft hatte, als Dennis mir diese Nachricht überbrachte.

»Sie kamen mir bekannt vor, aber ich wußte Sie nicht einzuordnen. Eines Tages ging ich in Halsteads Büro, um einen Bericht abzuholen, und da sah ich Ihr Bild auf seinem Schreibtisch. Ich machte von meiner Position Gebrauch und ließ ihn einen anderen Fall bearbeiten.«

Ich runzelte die Stirn. Hodgkins nickte bestätigend. »Es war ein Zufall – mir gefiel es auch nicht. Aber ich wollte meine Ermittlungen nicht gefährden. Darum ließ ich ihn wieder zurückversetzen.«

Paranoides Verhalten endete offenbar nicht mit dem Tod von J. Edgar Hoover. Statt die häßlichen Gedanken in meinem Kopf auszusprechen, lächelte ich nur.

Hodgkins fuhr fort. »Ben Faradeux stattete WARM mit Geld aus. Leider hatte er seinen Etat überzogen. Darum wurden Sie ermutigt, den leeren Geldbeutel zu füllen.«

Ein leicht bewunderndes Lächeln huschte über sein Gesicht. »Sie haben Ihre Identität sehr gut verschleiert. Ich habe hart daran arbeiten müssen, um einen Draht zu Ihnen zu bekommen.«

Und Dennis hatte er natürlich nicht fragen wollen. Statt ihn darauf hinzuweisen, fragte ich: »Was ist aus Benji Faradeux geworden?«

Hodgkins schüttelte den Kopf. »Leider ist es nicht verboten, einer gemeinnützigen Organisation Geld zu spenden. Wir haben nicht genug in der Hand, um ihm etwas nachzuweisen. Er wird so davonkommen.«

Ich stellte mir Jacobs Zorn vor. »Er wird nicht davonkommen.

Jacob Faradeux wird ihn für immer quälen. Mit einer Gefängnisstrafe wäre Benji besser bedient gewesen.«

Der Blutverlust an meinem Bein hatte mich erschreckt, aber die Wunde war nicht schlimm. Die Kugel war am Oberschenkelbein und an der Arterie vorbeigegangen und hatte durch eine Menge Muskeln eine schmale Furche gegraben. Mit etwas Glück würde kaum eine Narbe zurückbleiben. Der Kratzer auf meiner Schulter war innerhalb weniger Tage weg.

Schon nach einer Woche war ich wieder bei der Arbeit. Die meisten Dinge erledigte ich auf dem Sofa in meinem Büro, während mein Bein auf einem Kissen ruhte. Ich beklagte mich nie – ich war froh, daß ich wieder arbeiten konnte, froh, langweilige Berichte zu lesen und die Ermittlungen der Angestellten zu leiten.

Am späten Nachmittag meines dritten Tages kam Eileen mit einem dicken Ordner unter dem Arm in mein Zimmer geschlendert. Ich legte meine Papiere beiseite und beobachtete, wie sie vorsichtig durch den schmalen Korridor zwischen dem Sofa und dem Tisch steuerte und sich darauf konzentrierte, ihre Füße auf die richtige Stelle zu setzen. Eileens Probleme mit der Tiefenschärfe machten ihr noch gelegentlich zu schaffen, so daß sie unelegant stolperte und hilfesuchend die Hände ausstreckte.

Diesmal schaffte sie es ohne Zwischenfall und setzte sich auf das Sofaende. Sie schob meine Füße beiseite und sagte: »Heute kam ein Scheck von Faradeux Industries mit einem zusätzlichen texasgroßen Bonus und einer Einladung, seine Ranch in Texas zu besuchen.«

Sie reichte mir den Ordner. »Hier ist deine Akte. Ich bekam sie gerade von der Staatsanwaltschaft zurück – du bist wieder im Geschäft.« Sie nahm sich eine Zigarette aus der Schachtel auf dem Tisch und zündete sie an. »Du bist entlastet worden. Sie lassen die Anklage fallen.«

Ich streckte die Hand nach den Zigaretten aus und zündete mir auch eine an. »Sie hätten mir eine Medaille geben sollen, statt mir die Lizenz wegzunehmen.« An dem Morgen nach der Schießerei, als ich mich im Krankenhaus von den Folgen der Operation erholte, war meine Lizenz »wegen des schwebenden Verfahrens« suspendiert worden. Es würde noch lange dauern, bis ich über irgend jemanden in diesem Amt wieder freundliche Gedanken hegen würde. »Ich verstehe immer noch nicht, warum sie mir die Lizenz entzogen haben.«

Eileen seufzte. »Du hast die gesamte New Yorker Börse zusammengeschossen. Parker fand man tot auf, Duke mit einem Loch in der Brust und MacIntyre versteckt in einem Schrank. Du liebe Güte, Blaine, es gab sogar Schußlöcher in dem Stand, auf dem IBM gehandelt wird – du kannst nicht einfach Löcher in eine Spitzenaktie schießen und keinen Aufschrei erwarten.« Sie lachte. »Glücklicherweise hast du eine gute Anwältin. Ich überzeugte sie, daß es ein Fehler sei, dich zu verhaften.«

»Wie hast du sie überzeugt, daß ich keine gefährliche Kriminelle bin?«

»Dennis hat mir geholfen. Durch sein rechtzeitiges Eintreffen wurde er dein Kronzeuge. Er erhielt deine Nachricht, dann rief Wina an und bestand darauf, daß er dort hinginge. Daraufhin sammelte er seine Truppen, um die Börse zu stürmen.«

Eileen neigte den Kopf zurück, um einen kreisrunden Rauchring zu blasen. Ich beobachtete sie neidisch; ich hatte noch nie Rauchringe geschafft. »Dennis ist überzeugt, daß du Parker zur Selbstverteidigung erschossen hast. Die Staatsanwaltschaft glaubte ihm. Es ist schwer, eine ernste Aussage von einem FBI-Mann zu bezweifeln.« Sie blies einen weiteren Rauchring und fragte unschuldig: »Es war doch Selbstverteidigung, oder?«

Eileens Frage überraschte mich; ich hatte sie mir selbst schon hundertmal am Tag gestellt. Ich blinzelte und fragte: »Wovon redest du?«

»Wenn die Menschen ihren Rachegefühlen nachgeben, neigen sie zu mehr Brutalität und Grausamkeit. Das sagte Lord Kames, ein schottischer Anwalt und Philosoph, im achtzehnten Jahrhundert. Hast du deinen Rachegefühlen nachgegeben?«

»Parker hat Jeff getötet. Darum wollte ich Parker töten. Aber ich konnte es nicht.« Eileens Blick war gnadenlos. Ich sah auf meine Zigarette und drückte sie schnell im Aschenbecher aus. »Dennis hat recht. Es war Selbstverteidigung. Tony versuchte, mich zu töten. Darum schoß ich zurück.«

Eileen tätschelte zärtlich mein Bein – das gesunde. »Wir haben beide viel von ihm ertragen müssen. Nimm es dir nicht so zu Herzen, du wirst darüber hinwegkommen.«

Ein guter Ratschlag. Aber schwer zu befolgen.

EPILOG

Es gibt ein Lied von Bruce Springsteen, in dem es heißt: »Ist ein Traum eine Lüge, wenn er nicht wahr wird, oder ist es etwas Schlimmeres?« Nun, ich entdeckte noch etwas Schlimmeres: Einen Traum, der wahr wird. Träume von Rache hatten mich nach Jeffs Tod gestärkt, doch jetzt verfolgten sie mich.

In diesem Sommer zog es mich immer wieder zum Battery Park. Sowohl bei gutem als auch bei schlechtem Wetter humpelte ich um die südliche Spitze von Manhattan und blieb stehen, um über das Wasser auf die Freiheitsstatue zu starren und Antworten zu finden. Wenn die große Dame schwieg, humpelte ich weiter und wich den Touristen aus, die zur Fähre eilten.

Dennis begleitete mich, wann immer er etwas Zeit in seinem übervollen Terminkalender fand. An den Tagen ging ich nicht viel. Er wollte meinen Einwand, daß ich Bewegung brauchte, nie hören, sondern bestand darauf, daß wir uns hinsetzten und ich mein Bein ausruhte. Dann kaufte er am Straßenstand Hotdogs, und wir saßen auf einer Bank am Wasser und ließen uns beim Essen den salzigen Wind ins Gesicht blasen. Glücklich schnappten die kreisenden Möwen unsere Reste in der Luft auf.

Dennis und ich versuchten in dem Sommer wieder, uns ineinander zu verlieben. Wir versuchen es immer noch, aber meine Träume stehen mir im Weg. Ich wache immer noch mitten in der Nacht auf, von Schweiß bedeckt und grübelnd. Wenn diese Alpträume bloß endlich aufhören würden.

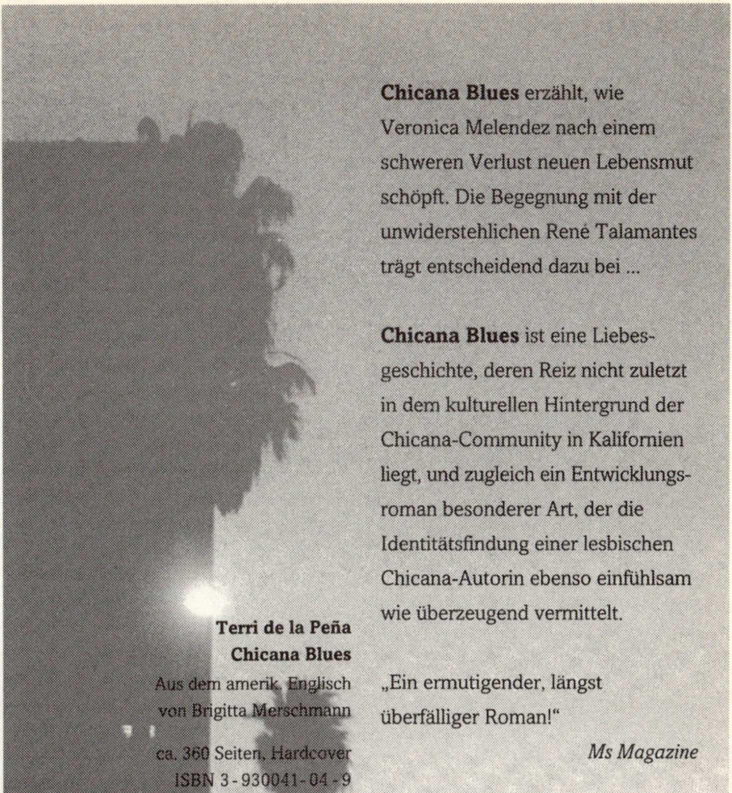
Chicana Blues erzählt, wie Veronica Melendez nach einem schweren Verlust neuen Lebensmut schöpft. Die Begegnung mit der unwiderstehlichen René Talamantes trägt entscheidend dazu bei ...
Chicana Blues ist eine Liebesgeschichte, deren Reiz nicht zuletzt in dem kulturellen Hintergrund der Chicana-Community in Kalifornien liegt, und zugleich ein Entwicklungsroman besonderer Art, der die Identitätsfindung einer lesbischen Chicana-Autorin ebenso einfühlsam wie überzeugend vermittelt.
„Ein ermutigender, längst überfälliger Roman!“
Ms Magazine
Terri de la Peña
Chicana Blues
Aus dem amerik. Englisch
von Brigitta Merschmann
ca. 360 Seiten, Hardcover
ISBN 3-930041-04-9
CHICANA
BLUES
Verlag
Krug & Schadenberg
Heimstraße 19
10965 Berlin